海明威傑作選
ERNEST HEMINGWAY

一生一定要讀過的世界文學名著——《老人與海》最新譯本

老人與海
＋
尼克·亞當斯故事集

穿梭於海明威筆下作品的主人公——尼克·亞當斯故事集結之作：《尼克·亞當斯故事集》

THE OLD MAN AND THE SEA
THE NICK ADAMS STORIES

海明威—著 林捷逸—譯

激流中的孤島——海明威的悲劇英雄文學

國立政治大學國際關係研究中心研究員兼所長
宋國誠

將時代的乖離和生活的痛處，理解爲終究徒勞無功、一無所得的克服與超越，將人類冒死以換取自由尊嚴的生命歷程凝結在小說情節中，向人類展示一種「知之不可爲而爲之」的人生態度；將生存的虛無性、個人的悲劇性和時代的荒謬性，體現在一系列風格獨特的作品中，是恩斯特・海明威（Ernest Hemingway, 1899-1961）留給世人最珍貴的文學遺產。在來不及洋溢青春的唯美就過早承受死亡的陰影，這塑造了海明威的創作背景；不斷的求生卻逃離不了死亡的威嚇，是海明威前後一貫的作品主題；一幅荒野獵客、人中硬漢的外形卻內藏悲憫蒼涼的內心世界，是海明威留在世人記憶中的作家形象。在海明威逝世近半個世紀後重讀他的作品，其對人生意義探索，對生命哲理的和體悟，應驗了「歷久彌新」這句格言。

海明威一八九九年七月二十一日生於美國伊利諾州的橡園鎮（Oak Park, Illinois），一個位於芝加哥不遠的社區。母親教授鋼琴和發音課程，父親克倫恩・海明威（Clarence Hemingway）是一位醫生，他在海明威二十八歲時舉槍自殺，父親不明的死因給年輕時的海明威留下深刻的創痛。橡園高中畢業之後，在堪薩斯市擔任「星報」（Star）記者。一戰期間，前往歐洲戰場，在義大利前線擔任紅十字救護車司機，在一次位於皮耶佛河邊（Piave River）的砲彈襲擊中腿部受到重傷，光是從腿上取出的彈片就高達兩百三十七塊。海明威在米蘭的醫院中治療了二十個月後返回美國，但從此得了嚴重的失眠和恐懼症。一九二一年在美國知名作家舍伍德．安德森（Sherwood Anderson）的介紹之下，與哈德莉．李察德森（Hadley Richardson）結婚並遷居巴黎（1921-1926）。在此期間擔任「多倫多星報」（Toronto Star）記者，在知名作家龐德（Ezra Pound）、史坦恩（Gertrude Stein）等人鼓勵之下，開始嘗試散文寫作。一九二五年出版第一部短篇小說集《在我們的時代裡》（*In Our Time*），從此走上作家之路。

一九三七年海明威前往西班牙，在西班牙內戰期間，海明威以記者身份支持政府軍一邊，許多以鬥牛爲主題的短篇小說在此期間應運而出。二戰期間，海明威積極參戰，是一位英勇的反法西斯主義的戰鬥員。二戰後，海明威住在古巴的哈瓦那，專心寫作，並根據西班牙內戰經驗，寫出了二十世紀經典名著《戰地鐘聲》（*Foe Whom the Bell Tolls*）一書，一九五四年以《老人與海》（*The Old Man and Sea*）一書獲得諾貝爾文學獎，聲望達到顛峰。獲獎之後，海明威前往東非，途中發生飛機墜機事件，海明威再次身受重傷。卡斯楚取得古巴政權以後，海明威離開古巴返回美國的愛達華州，但酗酒和嚴重的皮膚病使海明威身體與精神的雙重病痛日益加重。一九六一年，海明威在自己家中以那把心愛的獵槍自殺身亡。

早熟的憂傷　生命的迷惘

一戰經驗，是海明威創作的緣起。人性的暴虐在殺戮戰場上狂亂的渲洩，無數青春生命在煙硝砲火中悄然消逝，戰爭傷患在病榻中痛苦的呻吟和嚎叫，聲聲撕裂了愛國軍人天眞的幻想，一封又一封沾染血跡的家書記錄著無望的鄉愁，這一切，這一個悲慘時代的死亡世界，將年輕的海明威塑造成一個憤世嫉俗與哀傷主義的作家。

《我們的時代裡》（一九二五年）雖是一部篇幅單薄的短篇小說，但已預示了海明威後期作品的「原型主題」。故事以尼克·亞當斯（Nick Adams）的「成長史」爲軸線，從少年到青年，從參加戰爭到戰後返鄉，以及最後獨自回到孩童時代生長的地方，通過對痛苦、暴力、死亡最直接、最震撼的體驗，由一個脆弱、靦腆的小男孩到成熟、世故的男人。作品始終散發一種早熟的憂傷、血淚交織的領悟、如影相隨的困惑，反映出那個時代人們的迷惘與失落。實際上，尼克·亞當斯就是海明威的「化身」或「身影」，他不斷重現在後來的作品中，扮演海明威生活自傳的第三敘事者身份。在「印地安人營地」（Indian Camp）一篇中，尼克見到醫生父親在沒有使用麻醉藥的情況下，用一把大折刀爲一位印地安婦女進行剖腹生產，他親眼目睹了父親用九英尺長的細線縫合傷口的野蠻場面，印地安婦女的丈夫因不堪忍受手術給妻子帶來的痛苦，用剃刀割斷自己的喉管，將自己裹在毛毯裡。年幼的小尼克體認到，人生是一場生死相搏的戰場，歡樂與痛苦交雜、希望與失落交錯、愛情與野蠻相隨，既無法閃躲也無法逃避。末尾，尼克問他的父親：「死會很難嗎？」父親回答：「不，我認爲很容易。」。這句意味深長的簡短對話，預示了父子都將以自殺告終。海明威的創作主題和人物命運，一開始就是以「生死一線」的嚴酷選擇爲起點。實際上，尼克的父親，一位喜歡打獵、釣魚並與印第安人建立友好關係的紳士，正是海明威一九二八年自殺的父親縮影，尼克則是一九六一年海明威自殺事件的預兆。

二心：從復原到超越

《在我們的時代裡》以兩篇「大二心河」（Big Two-Hearted River）作爲結尾，這是短篇小說集中最重要的篇章。歷經戰爭創傷的尼克從歐洲戰場歸來，回到密西根州錫尼（Seney）鎮，獨自一人重遊兒時故居。這時候的尼克已經不是「印地安人營地」時期那個天眞無邪、懵懂無知的小男生，而是一個歷經滄桑、身心俱疲的成熟男人。然而尼克的返鄉，不只是一趟回家之路，而是一場「心療之旅」，一個戰爭傷患藉由重新投向自然的懷抱，藉由對自然生物「擬人式」的關愛，而獲得精神境界的清洗和沉澱。

「大二心河」雖然只是一個釣魚的故事，卻預示了海明威後來作品的原型主題，那就是不斷通過對自然的挑戰來證明自然的強壯和人類的渺小。在海明威的作品中，大海、森林、雪山、草原、小河，都是人的精神形式的擬像物，是人的精神變化的隱喻指標，從中折射出個人不同的人生階段和不同的精神層次。而悲劇則是指人的「有限性」（human limits）。海明威對自然的生命力量有著深刻的描述和體會，因爲內含在自然中那種通過不斷自我調適和包容痛苦以獲致永恆性的那種力量，正是人類永遠無法達到的境界。自然從不墮落，永不邪惡，所以自然不會失敗，永不屈服。

《老人與海》：人類精神的寓言書

一九五二年根據眞人實事、寫於古巴哈瓦那的中篇小說《老人與海》，是海明威一生中最好的作品，文風簡潔、字字珠璣。小說還被拍攝成電影，由安東尼·昆（Anthony Quinn）主演。小說不僅徹底駁倒了《過河入林》出版後一群認爲海明威才華已經乾枯殆盡的評論家，而且獲得了一九五二年普立茲文學獎和一九五四年諾貝爾文學獎。對比於先前的《非洲的青山》，歷經滄桑的海明威更趨於成熟和睿智，他從一個「狩獵人」成熟到一個「人類家」。從文學史來說，《老人與海》已經不只是一部關於「老漁夫打魚」的故事，而是一種象徵、典故和紀念，它不僅是一部人人必讀的勵志文本，作爲一種崇高的人類精神形式的展露與表達，《老人與海》已經和海明威的個人聲望一起深植人心，永垂青史。

儘管海明威並不同意人們把《老人與海》看成是一部象徵主義小說，但這部小說也不僅僅是一部「討海日誌」，而是一部關於人類精神形式的寓言敘事，而這一精神形式的主題正是悲劇英雄主義，它表現在老人堅信「人不是爲失敗而生的」、「一個人可以被毀滅，但不能給打敗」的信念之上。漁夫「聖地牙哥」不是一個普通的打魚人，而是一個「人類鬥士」。「老人枯瘦憔悴，後頸上滿是深深的皺紋。臉頰上的褐斑是不會致命的皮膚病變，那是熱帶海洋上陽光反射造成的。」。但老人很勇敢、很堅強。對老人來說，這三天的出海，是他一生最後的戰鬥，他要向男孩證明自己依然是他心目中的英雄，他知道自己天生就是個漁夫，他決心要「航向遙遠的地方」，「待在黑暗的深水裡」，他要在一個孤獨無人的海域上，單獨面對他的對手，證明自己、考驗自己。在等待馬林魚浮出水面準備與之奮力搏鬥時，他爲他「抽筋的左手」感到懊惱，因爲這將使他的搏魚失利，他把抽筋看成是「對自己身體的背叛行爲」，用西班牙語「calambre」來說，是丟臉的事，這意味著老人痛恨懦弱、厭惡逃避和投降。聖地亞哥是一個人類英雄的典型，是「耶穌受難者」的化身，但英雄與暴夫的差異就在於，暴夫的目的是在征服他人，英雄是爲了戰勝自己。

面對大海，老人表現的是一種悲天憫人的情懷，一種崇高的生命倫理。他把海洋看成一個「生命場域」，一個生養眾人、哺育蒼生的母親。大海的存在是人類「自我確認」的存在，大海的寧靜是人類渴望和平的象徵，她的咆哮則是人類過失的反映。人們對大海的敬畏，證明了人類作爲一種「倫理存在」的優越性。與自然的同一，就是自我整全的同一。沒有人類在大海身上求取生存，大海將是一灘死水，沒有大海的滋養和賜予，人類就無以維生。經由人與自然的同一化，人類將自身的「偶在」融入了自然的「恆在」，將自身的「缺然」匯入了自然的「圓滿」。這是人類高級精神的表達，「內外無界、物我同一」，正是人類自我超化的聖界。

目錄

Table of contents

老人與海

THE OLD MAN AND THE SEA

他是獨自在灣流[1]中一艘小船上捕魚的老人，到目前爲止已經八十四天沒捕到一條魚。前四十天還有個男孩跟著他。但四十天都沒捕到魚，男孩父母告訴他說，這老人現在肯定「salao」[2]，意思就是運氣差到極點，男孩聽他們吩咐上了另一艘船，第一個星期就捕到三條大魚。男孩看到老人每天駕著空船回來覺得很難過，總會下去幫忙拿成捲的釣索，或者魚鉤、魚叉和繞在桅杆上的船帆。布帆用麵粉袋縫了補丁，捲收起來就像屢屢戰敗的旗幟。

老人枯瘦憔悴，後頸上滿是深深的皺紋。臉頰上的褐斑是不會致命的皮膚病變，那是熱帶海洋上陽光反射造成的。斑紋從臉頰兩側延伸下去，他的雙手因爲拉扯釣中大魚的繩索而留下粗糙傷疤。這些疤痕都不是新的，它們就跟沒半條魚的蝕刻荒地一樣年代久遠。

他一身老態，除了那雙眼睛，它們的顏色如同海洋一般，顯得開朗而頑強。

「聖地牙哥，」他們從小船停靠的岸邊往上爬時，男孩對他說。「我可以再跟你搭檔。我們家賺了一些錢。」

老人教會男孩捕魚，男孩喜歡他。「不，」老人說。「你跟到一艘正好運的船。待在他們那。」

「別忘了，你有次還曾八十七天沒捕到魚，然後接著每天都捕到大魚，且持續了三個星期。」

1墨西哥灣暖流（Warm Current of Mexico Gulf），簡稱灣流，是世界大洋中最大的暖流。起源於墨西哥灣，經過佛羅里達海峽沿著美國的東部海域與加拿大紐芬蘭省向北。本書主角是鄰近墨西哥灣的古巴哈瓦那附近小漁港的古巴漁夫。

2salao，西班牙文，意為加了鹽的，鹹的，苦的，轉義為倒霉的、不吉利的。因古巴官方語言為西班牙語，海明威在本書中不時會夾雜西班牙文。

「我記得，」老人說。「我知道你不是因爲沒有信心才離開我。」

「是爸爸叫我離開的。我還是個孩子，必須聽他的話。」

「我知道，」老人說。「這很合理。」

「他沒多大的信心。」

「的確，」老人說。「但是我們有，對吧？」

「對啊，」男孩說。「我請你到露臺餐館喝杯啤酒，然後再把東西拿回家。」

「有何不可？」老人說。「漁夫的交情。」

他們坐在露臺上，許多漁夫拿老人開玩笑，他並沒有生氣。其他上年紀的漁夫看著他，心裡覺得不好過。但他們沒表露出來，只是客客氣氣談到海流、他們釣索的垂放深度、那穩定的好天氣，以及他們的所見所聞。當天有收獲的漁夫都已進港，將捕到的馬林魚宰殺剖開，直條條擱在兩塊木板上，木板兩端各有一個人在吃力抬著送去漁會，等冷凍卡車載去哈瓦那的市場。捕到的鯊魚就送到港灣另一頭的鯊魚加工廠，牠們被吊在滑車上，掏空內臟、切掉魚鰭、剝去魚皮，魚肉切成長片加以醃製。

起東風時，一股氣味會從鯊魚加工廠吹過海港；不過今天只有淡淡的腥臭，因爲風已轉向北邊，然後逐漸減弱，露臺上盡是一片晴朗舒適。

「聖地牙哥。」男孩說。

「嗯？」老人說。他正握著杯子，想到多年前的事

「我出去補些沙丁魚給你明天用？」

「不用。去打棒球吧。我還划得動船，可以找羅赫略幫忙撒網。」

「我想去。即便不能跟你去捕魚。也想爲你做些事。」

「你請我喝了啤酒，」老人說。「已經是一個大人了。」

「你第一次帶我上船時，我多大？」

「五歲，你差一點丟了命，當我手忙腳亂將魚拖上來時，牠幾乎把船給扯散了。記得嗎？」

「我記得魚尾拍得碰碰響，座板都被打斷，還有棍子敲打的聲音。我記得你推我到船頭，那裡擺了濕透的成捲釣索，感覺整艘船都在震動，你敲魚的聲音就像要砍倒一棵樹，還有新鮮的血腥味濺滿我全身。」

「你是眞的記得那回事，還是我後來跟你說的？」

「從我們第一次一起出海後的每件事我都記得。」

老人用自己飽受日曬、自信而關愛的雙眼看著他。

「如果你是我的孩子，我會帶你出海闖盪一番，」他說。「不過你是你爸爸媽媽的孩子，而且你上了一艘運氣好的船。」

「我去補些沙丁魚來吧？我知道上哪兒可以弄到四條魚餌。」

「我今天有剩下魚餌。我把它們醃在盒子裡。」

「讓我弄四條新鮮的來。」

「一條。」老人說。他的希望和自信從未消失。且現在隨著和風吹起變得更爲強烈。

「兩條。」男孩說。

「就兩條，」老人同意。「你該不會用偷的吧？」

「要偷也行，」男孩說。「不過我是用買的。」

「謝謝您。」老人說。他實在單純得不知道自己什麼時候變得如此謙卑。他知道自己已經到了這地步，但沒什麼不光彩的，也無損眞正的尊嚴。

「看這海流，明天會是好日子。」他說。

「你明天要往哪兒去？」男孩問。

「到遠方外海，風向轉變時再回來。我想在天亮前就出海。」

「我設法說服船主也去外海捕魚，」男孩說。「這麼一來，如果你眞的捕到大魚，我們可以趕去幫忙。」

「他不喜歡出海太遠。」

「是啊，」男孩說。「不過我會看到一些他看不到的東西，比如說看到鳥在盤旋獵食，就要他跟著海豚追去。」

「他眼睛那麼差？」

「幾乎看不見了。」

「眞奇怪，」老人說。「他從沒捕過海龜。那才傷眼睛呢！」

「但你曾在蚊子海岸[3]外捕了好幾年海龜，你的眼睛還是很好。」

3尼加拉瓜東部沿加勒比海的狹長海岸地區舊稱為蚊子海岸（Mosquito Coast），向北延伸到宏都拉斯境內，原為印地安民族米斯基托人（Miskito）居住地而以此命名。

「我是個不可思議的老人。」

「不過你現在還有力氣對付真正的大魚嗎？」

「我想應該可以，有許多訣竅。」

「我們把東西拿回去吧，」男孩說。「然後我可以拿漁網去捕沙丁魚。」

他們從船上拿起捕魚工具。老人把桅杆扛在肩上，男孩拿著木箱，編織緊密的褐色釣索盤捲好放在裡面，還拿了魚鉤和帶柄的魚叉。裝魚餌的盒子放在船尾下層，旁邊那根棍子是用來制服拖到船邊的大魚。沒人會偷老人的東西，不過布帆和繩索還是帶回去比較恰當，因爲露水對這些東西不好，此外，就算他很確定當地人不會來偷東西，也沒必要把魚鉤和魚叉留在船上多個誘惑。

他們沿路一起走到老人的棚屋，從敞開的大門進去。老人將纏繞布帆的桅杆斜靠牆上，男孩把箱子和其他東西放在旁邊。桅杆幾乎和這單一個房間的棚屋一樣高。棚屋是用牢固的大王椰子樹葉搭建的，這樹也被稱做可扇棕櫚，屋裡有一張床，一張桌，一把椅子，泥土地上還有一處放炭燒飯的地方。纖維堅韌的棕櫚葉攤平交疊後搭成褐色牆壁，上面掛著一張彩色的耶穌聖心圖，還有一張是科夫雷聖母圖[4]。這些是他妻子的遺物。原本牆上掛了一張妻子的染色照片[5]，但他看了就覺得很孤獨，所以拿下來擱在屋子角落，壓在一件乾淨襯衫下面。

「你有吃的嗎？」男孩問。

---

4 科夫雷為古巴東南部的一個小鎮，山頂上有一間聖母教堂，是著名的聖母朝聖地。

5 彩色相片尚未發明前，用黑白相片染色為彩色的相片。

「一鍋黃米配魚。你想吃一點嗎？」

「不了。我要回家吃飯。要我幫你生火嗎？」

「不用。我晚一點兒再生火。或者我可以吃冷飯。」

「我能拿漁網嗎？」

「當然。」

根本沒有漁網，男孩記得他們是什麼時候把它賣掉的。不過他們每天都要這樣演上一段。男孩也知道並沒有黃米和魚。

「八十五是個幸運數字，」老人說。「你想不想看我捕一條宰殺剖淨後還超過一千磅的大魚？」

「我拿漁網去捕沙丁魚。你要不要到門口坐著曬太陽？」

「好啊。我有昨天的報紙，我來看棒球新聞。」

男孩不知昨天的報紙是否也是瞎掰的。不過老人從床下拿出報紙。

「佩里科在酒鋪時給我的。」他解釋說。

「我捕到沙丁魚就回來。我會把你那份和我的都冰起來，到早上就可以分著用。等我回來時，你可以告訴我棒球消息。」

「洋基隊不可能輸。」

「不過我認爲克里夫蘭印地安人隊恐怕會贏。」

「要對洋基隊有信心，年輕人。別忘了偉大的狄馬喬[6]。」

「我擔心的是底特律老虎隊和克里夫蘭印地安人隊。」

「省省吧，不然你連辛辛那提紅襪隊和芝加哥白襪隊都得擔心了。」

「你研究一下，等我回來時告訴我。」

「你覺得我們是不是該買張末尾是八五的樂透彩？明天是第八十五天。」

「倒是可以，」男孩說。「不過用你最長紀錄的八七，你看如何？」

「那不可能發生兩次。你想可以找得到一張末尾八五的彩票嗎？」

「我可以訂一張。」

「一張就好。那要花兩塊半。我們可以跟誰借兩塊半？」

「這簡單。我總能借到兩塊半。」

「我想或許我也能借到。但是我盡量不去借錢。起初是商借，後來就變成乞討。」

「穿暖和點，老頭兒，」男孩說。「別忘了現在是九月。」

「大魚出沒的月份，」老人說。「五月的時候，每個人都可以當漁夫。」

「我現在去捕沙丁魚。」男孩說。

男孩回來時，老人在椅子上睡著了，太陽已落下。男孩從床上拿了舊軍毯披在椅背上，蓋住老人

---

6 約瑟夫・保羅・狄馬喬（Joseph Paul DiMaggio, 1914-1999），美國職棒球員，職業生涯均效力於紐約洋基隊，一九五五年獲選進入美國棒球名人堂。

的肩膀。那肩膀眞是奇特，雖然老態畢露卻仍充滿力量，脖子也依舊強健，當老人低頭睡著時，皺紋就沒那麼明顯。他的襯衫縫補過太多次，就像船帆一樣，這些補丁被陽光照到褪成不同顏色。然而老人的那顆頭非常蒼老，閉上眼睛的臉龐顯得毫無生氣。報紙攤在他膝蓋上，被一隻手臂壓著任由晚風吹拂。他光著腳丫子。

男孩離開時讓他繼續睡，回來了他還沒醒。

「醒來，老頭兒。」男孩把手放在老人膝蓋上說。

老人張開眼睛，在那片刻他似乎正從遙遠地方回到現實。然後他露出微笑。

「你弄到什麼？」他問。

「晚餐，」男孩說。「我們來吃晚餐。」

「我不是很餓。」

「來吃吧。你不能只捕魚不吃東西。」

「我曾經如此。」老人說，他起身摺好報紙。然後他開始疊毯子。

「把毯子披在身上，」男孩說。「只要我活著，你就不會空肚子去捕魚。」

「那就活得長長久久，照顧你自己，」老人說。「我們吃些什麼？」

「黑豆煮米，炸香蕉，還有一些燉菜。」

男孩從露天餐館帶來的飯菜裝在一個雙層鐵餐盒裡。兩套刀叉湯匙分別用餐巾紙包裹著放在口袋。

「這是誰給你的？」

「馬丁，餐館老闆。」

「我得謝謝他。」

「我已經謝過他了，」男孩說。「你不需要去跟他道謝。」

「我會給他一條大魚的魚腹肉，」老人說。「他已經不只一次為我們這麼做了吧？」

「我想是的。」

「那麼除了魚腹肉，我得再給他別的東西。他非常關心我們。」

「他送了兩瓶啤酒。」

「我最喜歡罐裝啤酒。」

「我知道。不過這是瓶裝的，哈土依牌啤酒，我會把瓶子拿回去。」

「你人眞好，」老人說。「我們開動吧？」

「我一直在等你開口，」男孩有禮貌地說。「除非你準備好，否則我不敢打開餐盒。」

「現在我準備好了，」老人說。「只需要再花點時間洗洗手臉。」

你要到哪兒去洗？男孩心想。村裡的自來水要從馬路走去兩條街外。我得幫他打水過來，男孩心想，還要帶肥皀和一條乾淨的毛巾。我為什麼如此粗心？我得幫他再弄一件襯衫和夾克好過冬，還有鞋子什麼的，以及另一條毯子。

「這燉菜很好。」老人說。

「告訴我關於棒球的事。」男孩要求他。

「在美國聯盟，就像我說的，是洋基隊稱霸。」老人說得興高采烈。

「他們今天輸了。」男孩說。

「那不算什麼。偉大的狄馬喬已經恢復應有水準了。」

「他們隊上還有其他人。」

「那當然。不過他與眾不同。至於另一個聯盟，在布魯克林[7]與費城之間，我看好布魯克林。但即便如此，我不會忘記迪克・西斯勒[8]在老球場擊出的那些好球。」

「那些真是前所未見的好球。他擊出的球是我看過打最遠的。」

「你還記得他以前常來露臺餐館？我想帶他去捕魚，但是不敢向他開口。然後我要你去問他，結果你也不敢開口。」

「我記得。這真是個天大錯誤。他大概會跟我們出海。那麼我們會有個終身難忘的經歷。」

「我倒想帶狄馬喬去捕魚，」老人說。「人們說他父親是個漁夫。也許他以前像我們一樣窮困，懂得捕魚這回事。」

「偉大西斯勒的父親從沒窮過，他父親在我這年紀就上大聯盟打球。」

「我在你這年紀時上了一艘駛往非洲的橫帆商船當水手，還曾在黃昏的海灘上看到獅子。」

「我知道。你跟我說過。」

---

7 國家聯盟的布魯克林道奇隊，一九五八年球隊移往洛杉磯，成為現今熟知的洛杉磯道奇隊。

8 迪克・西斯勒（Dick Sisler, 1920-1998），美國職棒明星強打者，一九四八年到一九五一年效力於費城費城人隊。迪克也是古巴棒球聯賽的傳奇人物，曾於一九四五年至一九四六效力古巴哈瓦那球隊，並在當地創下最遠全壘打的紀錄。

「我們來聊聊非洲或棒球？」

「我想聊棒球，」男孩說。「跟我談談偉大的約翰·杰·麥格羅[9]。」他把杰唸成荷塔[10]。

「他在更早以前有時也常來露臺餐館。不過只要一喝酒就變得粗魯，口出惡言，人很難相處。他滿腦子都是賽馬和棒球。至少他口袋裡總帶著幾份賽馬名單，而且經常在電話上提到馬的名字。」

「他是個厲害的總教練，」男孩說。「我父親認爲他是最偉大的一個。」

「因爲他最常來這裡，」老人說。「要是杜羅契[11]依舊每年都來這裡，你父親也會認爲他是最偉大的總教練。」

「誰是最偉大的總教練，說眞的，盧克[12]或是邁克·岡薩雷斯[13]？」

「我認爲他們不分上下。」

「那最了不起的漁夫是你。」

---

9 約翰·杰·麥格羅（John J. McGraw, 1873-1934），美國職棒球員，退役後擔任紐約巨人隊總教練長達三十年時間，一九三七年獲選進入美國棒球名人堂。

10 西班牙文中，J字母的發音為荷塔。

11 李歐·杜羅契（Leo Durocher, 1905-1991），美國職棒球員，退役後擔任過包括紐約巨人隊的四支球隊總教練，一九九四年獲選進入美國棒球名人堂。

12 道夫·盧克（Dolf Luque, 1890-1957），古巴棒球員，美國職棒與古巴聯賽雙棲球員，在古巴聯賽中身兼教練，入選古巴棒球名人堂。

13 邁克·岡薩雷斯（Mike González, 1890-1977），古巴棒球員，美國職棒與古巴聯賽雙棲球員，在古巴聯賽中身兼教練，與道夫·盧克同為最早在美國職棒站穩先發位置的拉丁美洲球員，入選古巴棒球名人堂。

「不。我知道還有其他更好的。」

「才不呢，」男孩說。「的確有許多好漁夫，有些很厲害。但你獨一無二。」

「謝謝。你讓我很開心。我希望別出現一條大到對付不了的魚，那就證明我們錯了。」

「如果你像自己講的力氣還夠，不會有魚難得倒你。」

「也許我沒有自己想得那麼強壯，」老人說。「不過我知道許多訣竅，而且我有決心。」

「你現在應該去睡覺，到早上才有精神。我把東西送回露臺餐館。」

「那麼，晚安。早上我會叫醒你。」

「你是我的鬧鐘。」男孩說。

「年紀是我的鬧鐘，」老人說。「爲什麼老人都醒得那麼早？爲了讓一天過得比較長？」

「我不曉得，」男孩說。「我知道的是年輕人都很晚起床，睡得很沉。」

「我記不得了，」老人說。「我會準時叫你。」

「我不希望船主來叫醒我。這樣好像我比較遜。」

「我知道。」

「好好睡，老頭兒。」

男孩出去。他們在沒點燈的桌上吃完飯，老人在黑暗中脫掉長褲去睡覺。他捲起褲子當枕頭，把那張報紙夾在裡面。他裹到毯子裡，用其他報紙蓋住床鋪的彈簧躺了上去。

他很快睡著，夢到年輕時看見的非洲，長長的金黃色與白色沙灘，如此閃亮耀眼，還有聳立的海岬和雄偉的褐色高山。他現在每晚都來到這片海岸，在夢中聽著浪花澎湃，看土著駕船駛過浪頭。他睡著時聞到甲板上柏油和填絮的氣味，清晨時聞到陸風吹來非洲大陸的氣息。

通常當他聞到陸風氣息時就會起床，穿好衣服去叫醒男孩。但今晚很快就吹起陸風，他在夢裡知道時間還早，於是繼續夢到群島的亮白頂峰從海面浮升，然後夢見加那利群島的各個港口與停泊點。

他的夢裡不再有暴風雨，沒有女人，沒有激動時刻，沒有大魚，沒有搏鬥，沒有抗衡較勁，也沒有他妻子。他只會夢到目前這些地方，還有海灘上的獅子。牠們就像幼貓般在黃昏下嬉戲，他愛牠們如同他愛那男孩。他從沒夢見那男孩。他就這麼醒了，往敞開的大門外盯著月亮，接著攤開長褲穿上。他到屋外撒尿，然後走上馬路去叫醒男孩。他在清晨的寒氣中直打顫。不過他知道顫抖一下會變暖，而且不久之後他就要划船。

男孩住的房子門沒鎖，他推開門，光腳悄悄走進去。男孩睡在第一個房間的帆布床上，老人藉由外面照來的低垂月光清楚看到他。他輕輕握住男孩一隻腳，直到男孩醒來轉身看他。老人點了點頭，男孩從床邊椅子上拿起長褲，坐到床上，穿起褲子。

老人走出門外，男孩跟在後面。他睡眼惺忪，老人把手臂攀在他肩膀上說，「我很抱歉。」

「才不呢，」男孩說。「這是男人該做的事。」

他們沿路走去老人的棚屋，在這一路上，黑暗中，兩人光著腳走，扛著他們小船的桅杆。

他們到達老人的棚屋，男孩拿起簍子裡的幾捲繩索，還有魚鉤和魚叉，老人把纏繞布帆的桅杆扛到肩上。

「你要喝咖啡嗎？」男孩問。

「我們把東西放到船上，然後去喝一些。」

他們到一間供應漁夫早餐的店家，喝著盛在煉乳罐裡的咖啡。

「你睡得好嗎，老頭兒？」男孩問。他現在漸漸清醒，雖然還沒擺脫睡意。

「很好，曼諾林，」老人說。「我感覺今天充滿信心。」

「我也是，」男孩說。「現在我得去拿我們倆的沙丁魚，還有你的新鮮魚餌。我的船主會自己帶東西上船。他從來不要別人幫忙拿任何東西。」

「我們就不一樣，」老人說。「我在你五歲時就讓你幫忙拿東西。」

「我記得，」男孩說。「我很快就回來。再喝一杯咖啡。我們在這兒有掛帳。」

男孩離開，光腳走在珊瑚石上，前往存放魚餌的冷凍庫去。

老人慢慢喝他的咖啡。這是他整天僅有的飲食，他知道得喝掉它。已經好長一段時間，吃飯讓他感到厭煩，他從不帶午餐。他在船頭放了一瓶水，一天下來只需那瓶水。

男孩拿了包在一張報紙裡的沙丁魚和兩條魚餌回來，他們走下通往小船的小徑，踩著佈滿卵石的沙子地，然後抬起小船讓它滑進水裡。

「祝好運，老頭兒。」

「祝好運。」老人說。他把船槳上纏繞的繩圈對準槳座放進去，前傾身子抵住槳在水中產生的推力，在漆黑天色下開始划船出港。水上還有來自別處海灘的其他漁船也要出海，儘管月亮已落下山頭而看不見他們，他聽得到他們的船槳落水划動。

偶爾有人在船上說話。不過多數漁船都靜悄悄的，只有船槳落水聲。他們划出港口之後分散開來，各自朝向自己希望找到魚的海域前進。老人知道自己要到遠方外海，他將陸地氣息拋在身後，迎向清晨海洋的清新氣味。他看到水中馬尾藻發出磷光，這時划過的海域被漁夫稱做深井，因爲海底驟降到七百尋[14]，水流沖擊到陡峭的海壁形成漩渦，各種魚類都聚集到此。這裡集合了海蝦和可以當餌的魚，有時最深的坑洞裡有整群烏賊，牠們夜間來到水面附近，那些洄游小魚便成了獵食對象。

老人在黑暗中感覺晨曦即將來臨，他划船時聽見飛魚躍出海面的顫動聲，還有張開魚翅劃過暗空的嘶嘶聲。他很喜歡飛魚，牠們是他在海上最重要的同伴。他爲鳥兒感到難過，尤其是那些嬌小脆弱的黑色燕鷗，牠們總是在飛，一直覓食，卻幾乎毫無所獲，於是他想，鳥生活比我們還艱苦，除了黑鴉和壯碩的大鳥。爲什麼鳥如此纖細脆弱，而海洋如此殘暴？大海寬容又非常美麗。但也可以如此殘暴，而且變化如此突然，那些衝入水中獵食，叫聲細小悲傷的飛鳥，生來就太脆弱，難以面對海洋。

他想到大海時都稱她爲la mar[15]，人們若喜歡大海，用西班牙文都是這麼稱呼。有時喜歡海的人就算說她壞話，仍舊當她是個女人。有些比較年輕的漁夫，就是那些拿浮筒當釣索的浮標，賣鯊魚肝賺大錢買了汽艇的人，他們提及大海都是說陽性的el mar。他們把海視爲競爭者，或者一處地方，甚至是敵人。不過老人總認爲她是女性，決定重大恩惠的賞賜與否，如果她做出狂野邪惡的事也是因爲身不由己。月亮影響她就跟影響女人一樣，他是這麼想的。

---

14 尋（fathom）是測量海深的英制單位，一尋是六英呎，約一點八二九公尺。

15 西班牙文的海洋為mar，通常a結尾為陰性，o結尾為陽性，對應的定冠詞la代表陰性，el代表陽性，海（mar）這個字未指定陰陽性，一般用法是加el定冠詞（el mar）代表陽性名詞，若加la定冠詞（la mar）就變成陰性名詞。

他穩定划著船，對他來說並不吃力，因爲保持在從容的速度，海面也很平靜，除了海流偶爾帶來漩渦。順著海流幫了雙手的忙，天色開始亮起，他發現這時已經來到比自己預期更遠的地方。

我在這些深海溝上轉了一星期，結果毫無所獲，他心裡想。今天我要去鰹魚和金槍魚群出沒的地方，也許會有一條大魚跟牠們在一起。

趁著天空還沒全亮，他拋出魚餌，然後順著海流漂浮。第一個魚餌沉到四十尋深度。第二個到七十五尋，第三和第四個沉到湛藍海底，一百尋，又一百尋，再二十五尋深。每個當餌的魚都倒掛著，整根釣鉤插進魚身，紮緊縫牢，釣鉤所有突出的部分，鉤彎和鉤尖，完全包覆在新鮮沙丁魚裡。每條沙丁魚用釣鉤穿過兩眼，所以在彎鉤上呈現半環狀。大魚完全感覺不到既不美味又不好吃的釣鉤。

男孩給他兩條小隻的新鮮金槍魚，或叫金槍魚，像鉛垂般掛在最深的兩根釣索上，他在另外釣索上掛著已經用過的一條大金檯和一條黃檯；不過它們依舊完好，還有鮮美的沙丁魚來增添香味和吸引力。每根釣索猶如大支鉛筆一樣粗，綁在一根青嫩樹枝上，只要魚餌被拉動或觸碰就會讓樹枝下沉，每根釣索都預留兩捲四十尋的長度，還可以繫到其他備用釣索上，如果需要的話，一條魚可以拉出超過三百尋的釣索。

此刻老人一邊看著垂在水裡的三根樹枝，一邊輕輕划著船，讓釣索保持垂直停在正確的深度。天色相當亮了，現在太陽隨時會升起。

朦朧的太陽升出海面，老人可以看見其他漁船，它們緊貼水面，船頭朝岸散佈在海流上。接著太陽更亮，水面變得耀眼，然後太陽完全升起，平坦海面反射的陽光相當刺眼，所以他划船時不往太陽那邊看。他低頭觀察直直垂在漆黑深水中的釣索。他讓釣索保持得比任何人都垂直，所以在幽暗灣流中，他期望的每個深度都正好有餌等魚游過。其他人讓釣索隨海流漂移，有時漁夫以爲有一百尋深，其實只有六十尋深。

不過，他心想，我都保持精準的深度。卻只有我好運不再。誰知道呢？也許今天就有好運。每天都是新的一天。最好是能遇上好運。但是我寧願保持精準。當好運來臨時就有萬全準備。

現在太陽已經升起兩小時，往東邊看去的光線不再那麼刺眼。此時眼前只有三艘漁船，它們顯得非常渺小，遠在近海的那邊。

我的一生老被早晨的陽光刺痛眼睛，他心想。然而這雙眼睛還是很好。傍晚時我能直視太陽而不會兩眼發黑。而且傍晚的陽光能量也比較強。不過早晨的太陽實在刺眼。

就在這時，他看見一隻軍艦鳥展開黑色長翼在前方空中盤旋。牠迅速俯衝，翅膀後掠傾身而下，然後又盤旋飛走。

「牠在抓東西，」老人出聲說。「不只是試探而已。」

他平穩地慢慢划向鳥盤旋的地方。他不急著趕過去，一直保持釣索上下垂直。但他稍微靠近海流，所以儘管比沒追蹤飛鳥時的速度來得更快，他仍舊維持精確的捕魚方式。

鳥飛到更高的空中再度盤旋，穩住翅膀不動。然後突然凌空而下，老人看到飛魚蹦出水，在海面上拚命往前衝。

「海豚，」老人出聲說。「是大海豚。」

他收起船槳，從船頭下面拿出一根細釣索。釣索繫了一條金屬前導線和中型釣鉤，他掛上一條沙丁魚當餌。釣索從船邊放下去，然後繫到船尾的一個扣環上。他接著再把另一根釣索掛上魚餌，讓它盤捲在船頭陰涼處。他回去划船，看著現在低飛在水面上獵食的長翼黑鳥。

他跟隨飛魚的方向，看見鳥再次俯衝，收起翅膀探進水裡，然後猛烈地胡亂揮舞。老人看到水面微微隆起，那是大海豚游上來追蹤竄逃飛魚造成的。海豚在飛魚下方的水中穿梭前進，當魚落水就全速衝過去。好大的一群海豚，他心想。牠們分佈甚廣，飛魚逃脫的機會渺茫。鳥根本沒機會。飛魚對牠來說太大了，而且速度太快。

他看著飛魚再三躍起，還有飛鳥徒勞的獵捕。魚群已經離我而去，他想。牠們移動太快，走得太遠。但或許我會捕到一條離群的，或許我的大魚在牠們外圍。我的大魚必定是在某處。

這時陸上的雲朵像高山一樣升起，海岸在後方灰綠山丘的襯托下只是一條長長的綠線。海水現在是深藍色，深得幾乎發紫。他低頭往水裡瞧，只見深海中佈滿紅色浮游生物，還有此刻太陽照射出的奇異光線。他留意自己的釣索，看它們筆直往下隱沒在深處，他很高興看到這麼多浮游生物，因爲表示會有魚。此刻太陽升得更高，在水中產生奇異折射，這表示天氣很好，從陸上雲朵形狀看來也是如此。但現在幾乎看不到飛鳥，海面上毫無動靜，只有幾片曬得發白的黃色馬尾藻，還有一隻浮在船附近的僧帽水母，充氣的膠質紫色浮鰾發出炫麗光彩。牠側傾一邊，然後又豎直起來。牠就像個愉快漂浮的氣泡，後面拖著長達一碼的紫色有毒長觸鬚。

「水母，」老人說。「你這婊子。」

他輕輕划著船槳，坐著往水裡看那些顏色跟水母觸鬚一樣的小魚，牠們悠游在觸鬚間，躲在浮鰾漂移的陰影下。牠們對水母的毒性具免疫力。但人就不是，只要紫色黏滑的觸鬚纏了幾根在釣索上，老人拉起釣到的魚時會在手臂和手掌留下疼痛的傷痕，類似觸碰到毒藤或野葛。不過水母毒性發作很快，就像被鞭打一樣。

這些光彩炫麗的浮鰾很漂亮。不過牠們是大海裡最虛僞的東西，老人很樂意看到大海龜把牠們吃掉。海龜看到牠們會迎面靠近，閉上眼睛，這麼一來牠完全在龜殼保護之下，然後連帶觸鬚全都吃掉。老人喜歡看海龜吃牠們，他喜歡在暴風雨後到海灘上走過牠們身上，當長繭的腳底踩下去時聽那啪的一聲爆裂。

他喜歡綠蠵龜和玳瑁[16]緩慢優雅的動作，而且很有價值，他對綠蠵龜有一種不帶惡意的輕蔑，看那傻呼呼的大個頭，黃色的龜殼，奇特的求愛方式，還有閉上眼睛高興吃著僧帽水母的模樣。

雖然在捕龜船上待過多年，他對海龜倒沒什麼玄妙想法。他爲牠們感到可憐，就算跟小船一樣長，有一噸重的大棱皮龜也不例外。大部分的人對海龜冷漠無情，牠們被剖開宰殺後，心臟還可以跳上好幾小時。不過老人心想，我也有這樣強韌的心臟，我的手腳跟牠們一樣結實。他吃白色的龜蛋以便保持體力。他在整個五月都吃龜蛋，以便到了九月十月有力氣對付眞正的大魚。

他每天早上也會到許多漁夫存放器具的棚屋去，喝一杯裝在大圓桶裡的鯊魚肝油。它就放在那兒，想喝的漁夫都可以拿。大部分漁夫討厭那味道。但不會比他們必須一早起床工作來得更糟，何況它能抵禦各種傷風感冒，對眼睛也好。

現在老人抬頭看到鳥又在盤旋。

16玳瑁是一種海龜，又名鷹嘴海龜、十三棱龜、千年龜，分佈非常廣泛。

「牠發現魚了。」他出聲說。沒有飛魚躍出水面，也沒有被追獵的小魚四處游竄。但老人注意觀察時，一條小金槍魚跳到空中，轉個身又頭朝下落進水裡。金槍魚在太陽下銀光閃耀，等牠落下後又一條接著一條跳起來，牠們朝四面八方蹦跳，翻攪海水，追著獵物跳到老遠，把小魚驅趕在一起團團圍住。

如果牠們不要移動太快，我可以划進魚群裡，老人心裡這麼想，然後他看到魚群把海水翻攪得白花花的，鳥此刻也飛了下來，衝到被迫游到水面上的驚慌小魚群裡。

「鳥眞是幫了大忙。」老人說。就在這時，船尾的釣索在腳下繃緊，他先前把釣索繞了個圈踩在腳底，於是他放下船槳，抓緊釣索開始往回拉，同時感覺那小金槍魚抖動拉扯的力道。他拉近時抖動加劇，可以看見水中的藍色背脊和金色側腹，然後把魚甩過船舷掉進船裡。魚躺在陽光下的船尾，體態結實，身形像顆子彈，呆滯的大眼直瞪，靈巧敏捷的尾巴拍打著船底板，在撞擊聲中逐漸失去活力。老人基於仁慈朝牠頭部打下去，把那仍在抖動的魚身踢到船尾陰涼處。

「金槍魚，」他說。「大概有十磅重，很適合當魚餌。」

他不記得從什麼時候開始自己一個人會自言自語。以前他獨處時會唱歌，有幾回當他夜裡在小漁船或捕龜船上，獨自留守掌舵時就唱起歌來。也許是男孩離開之後，只剩單獨一人，他才開始自言自語的。但他不記得了。與男孩一起捕魚時，他們通常只在有必要時才開口說話。比如晚上，或者是被暴風雨困住無法出海的時候。在海上不說廢話是一種規矩，老人一向這麼認爲，而且絕不違背。不過他現在有好幾次把心裡的話說出口，反正也沒別人會抗議。

「如果有人聽到我出聲說話，大概會以爲我瘋了，」他出聲說。「不過既然我沒瘋，我也不在意。有錢人在船上有收音機可以對他們說話，還告訴他們棒球消息。」

現在沒時間去考慮棒球，他心想。在這時間只有一件事要想。就是我生來要做的那件事。魚群外圍也許有一條大魚，他在想。我只抓到覓食的金槍魚群裡脫隊出來的一條。牠們走得太遠太快。今天海上出現的每樣東西都行進得好快，而且都往東北走。每天這時候都這樣嗎？還是某個我不知道的天氣徵兆？

他現在看不到那條綠色的海岸線，只看得到藍色山丘被白雪覆蓋的白色頂峰，還有上方像高聳雪山的雲朵。海水顏色非常深，陽光在水裡產生七彩折射。太陽高掛，現在看不見無數斑點的浮游生物，湛藍的海水深處只見龐大的七彩光帶，還有老人筆直垂到一哩深的釣索。

漁夫都稱呼那一類的魚爲金槍魚，只有把魚賣掉或交換魚餌時才認眞區分名稱，現在金槍魚又潛入水底。此刻陽光熾熱，老人感覺到後頸的灼熱感，還有划船時背上淌著的汗水。

我可以隨波漂浮，他心想，然後小睡片刻，釣索在腳趾上繞了一圈能弄醒我。不過今天是第八十五天，我應該整天好好捕魚。

就在此刻，留意釣索時，他看到一根青樹枝驟然下沉。

「來了，」他說。「來了。」然後收起船槳，沒讓船身搖晃。他伸手拿起釣索，以右手輕捏在姆指和食指間。他感覺不出拉扯的力道，於是輕輕拿著。接著又有動靜。這次是嘗試性的一拉，既不扎實也不沉重，他知道是什麼東西了。底下一百尋深處有一條馬林魚在吃裹住鉤身和鉤尖的沙丁魚，這手工打造的釣鉤從一條小金槍魚的頭部伸出來。

老人靈巧拿著釣索，用左手輕輕把它從樹枝上解下來。現在他讓釣索可以在指間滑動，魚不會感覺到任何牽引的力量。

這麼遠的外海，在這時節一定是條大魚，他心想。吃吧，魚兒。吃餌吧。拜託吃掉它們。魚餌多麼新鮮，而你在六百呎深冰冷漆黑的水裡。在幽暗中再繞一圈，然後回來吃掉它們。

他感覺到輕微的拉動，然後比較用力的一扯，肯定是沙丁魚頭比較難從釣鉤上咬下來。接著沒動靜。

「來啊，」老人出聲說。「再轉回來。聞聞魚餌。它們不是很鮮美嗎？現在好好吃掉它們，然後還有金槍魚。結實，冰涼，又可口。別膽小，魚兒。吃掉它們。」

他等待著，把釣索捏在兩指間，同時留意眼前和其他的釣索，因爲魚也許會往上或往下游。然後又是同樣輕微的拉動。

「牠會咬餌，」老人出聲說。「老天幫幫牠去咬餌。」

然而牠沒咬餌，游走了，老人感覺不到任何動靜。

「牠不可能游走，」他說。「老天知道牠不可能游走。牠在兜圈子。也許牠以前上過鉤，多少還記得。」

後來感覺到釣索輕輕動了一下，他開心了。

「牠只是去兜個圈，」他說。「牠會咬餌。」

他很高興感覺到輕微的拉動，接著感覺到扎實而又沉重得不可置信的力道。那是魚的重量，他讓鉤索從手中溜下去，下去，再下去，用掉那兩捲備用釣索的第一捲。當釣索往下溜，輕輕滑過老人指間時，儘管姆指與食指施加的壓力幾乎無法察覺，他依然可以感覺到巨大的重量。

「好大的一條魚，」他說。「牠現在把魚餌咬在嘴邊，正帶著它游走呢。」

然後牠會轉身吞下去，他心裡想，但沒說出口，因爲知道如果好事被講出來就可能不會發生。他曉得這條魚有多巨大，想到牠嘴裡橫咬著金槍魚，在漆黑水中愈游愈遠。就在那刻，他察覺魚不再游動，但力道仍在。接著力道增強，他就放更多釣索。他將姆指與食指捏緊片刻，那力道變大。而且直往下竄。

「牠咬餌了，」他說。「現在我要讓牠好好吃下去。」

他讓釣索滑過指間，同時伸出左手把兩捲預備釣索跟旁邊的那兩捲預備釣索都接在一起。現在他準備妥當。除了正用掉的那捲釣索，他還有三捲四十尋長的預備釣索可用。

「吃多一點，」他說。「好好吃下去。」

把它吃下去，這樣鉤尖才能進入心臟取你的命，他心想。然後毫不費力浮上來，讓我把魚鉤刺進你身體。行了。你準備好了嗎？你吃得夠久了吧？

「就是現在！」他說，同時兩手用力拉，拉回一碼的釣索，接著不斷往回拉，兩臂在釣索上交替揮舞，用盡手臂全部氣力，拿身體重量當支撐。

沒什麼作用。那魚只是慢慢游走，老人連一吋都沒辦法把牠往上拉。他的釣索夠堅韌，是專門用來釣大魚的，他用背抵住釣索，直到釣索繃得實在太緊，上面都擰出了水珠。然後釣索開始在水中發出緩慢的嘶嘶聲，他仍然緊抓著，把自己抵在座板上，仰著身體撐住那股拉力。小船開始慢慢朝向西北方走。

那魚持續往前游，他們在平靜的水面上緩緩移動。其他魚餌仍在水裡，不過現在都無關緊要。

「眞希望有那男孩可以幫忙，」老人出聲說。「我正被一條魚拖著走，而我就是那繫著釣索的纜柱。我可以綁住釣索，不過這樣就可能被牠扯斷。我必須盡量抓緊釣索，必要時候就得放一些長度給牠。感謝老天，牠是往前游，不是往下游。」

如果牠決定往下游的話該怎麼辦，我不知道。如果牠沉到水底死在那兒該怎麼辦，我不曉得。不過我會想辦法。我能做的事還多著呢。

他抓著抵在背上的釣索，看它斜插在水中，小船不斷往西北方前進。

這樣下去牠會送命，老人心裡想。牠不能一直持續下去。但過了四個小時，那魚仍然拖著小船，穩定朝向大海外面游，老人依舊把釣索繞過背部牢牢抵住。

「我在中午時讓牠上鉤，」他說。「到現在還沒見到牠。」

他在魚還沒上鉤前就把草帽緊壓在頭頂上，現在前額略覺刺痛。同時他也很渴，跪了下去，小心不要扯到釣索，盡其所能往船頭挪過去，伸一隻手拿到水瓶。他打開瓶子喝了些水，然後靠在船頭休息。坐在從杆座卸下的桅杆和布帆上，試著別想東想西，只要堅持下去就好。

這時他回頭看，已經不見陸地。那沒關係，他想。我一向能循著哈瓦那的燈火回去。太陽還要兩個小時才落下，也許牠在日落前會游上來。如果沒有，也許會隨月亮升起而游上來。如果沒有，也許會隨太陽升起而游上來。我沒有抽筋，我感到身強力壯。是牠的嘴裡刺著釣鉤阿。到底是多大的一條魚，竟能有這樣的力道。牠一定緊緊咬住金屬線。我希望能看到牠。只希望能看牠一眼，知道我的對手是誰。

這魚整晚都沒改變牠的路線和方向，老人觀察星斗就能分辨出來。日落後天氣變涼，老人背部、手臂和老邁雙腿上的汗水已經乾到發冷。白天時，他把蓋住魚餌盒子的布袋攤在陽光下曬乾。太陽沉落，他將布袋繫在脖子上，這麼一來就可以披到背上，現在釣索繞在雙肩，他小心翼翼把布袋從下面穿過去。釣索用布袋墊著，他還想辦法往前靠住船頭，這樣輕鬆多了。這姿勢其實只能說沒那麼難受；不過他覺得幾乎算是舒服。

我拿牠沒辦法，牠也拿我沒辦法，他心想。只要牠保持這樣，我們倆就一點辦法也沒有。

有一回起身到船邊往外撒尿，他著看天上星斗核對方向。從肩頭延伸出去的釣索在水中像是發出磷光的條紋。他們現在移動速度慢了許多，哈瓦那的燈火不再那麼明亮，所以他知道海流將他們帶往東邊。如果看不到耀眼的哈瓦那燈火，我們一定是更往東邊走了，他心想。因爲這魚的路線如果沒變，我應該好幾個小時都看得到燈火。我還眞想知道今天大聯盟的棒球比賽結果，他想。如果有收音機就太好了。於是他開始想，總是會想到棒球。想想自己正在做什麼吧。你不能做任何蠢事。

然後他說，「眞希望那男孩在身邊。他可以幫我，還能目睹這一切。」

人上了年紀都不該一個人孤零零的，他心裡想。不過這也無可避免。我必須記得趁金槍魚壞掉前吃牠，以便保持體力。記住，就算你只想吃一點，也必須在早上前吃牠。要記住，他對自己說。

晚間有兩條海豚游到船附近，他可以聽到牠們在翻轉吐氣。他能分辨公海豚是大聲吐氣而母海豚是輕聲嘆息。

「牠們眞好，」他說。「牠們嬉戲玩耍，彼此相愛。牠們跟飛魚一樣是我們的同伴。」

然後他開始同情那條被他鉤住的大魚。牠眞奇特，令人讚嘆，誰知道年齡有多大，他想。我從沒捕過這麼強勁的魚，也沒見過如此怪異的舉動。或許牠太聰明，不願躍出水面。牠只需跳躍或猛拉就能讓我吃不消。不過牠可能以前上鉤多次，所以知道應該要這樣搏鬥。牠絕不知道只有一個人在跟牠對抗，也不知道那還是個老人。但牠是多麼大的一條魚，而且魚肉鮮美的話，能在市場賺到多麼大的一筆錢。牠像公魚那樣咬餌，像公魚那樣拉扯，搏鬥時毫不驚慌。不知牠是否有任何打算，或者只是跟我一樣拚了命？

他想起那次釣中一對馬林魚的其中一條。公魚總讓母魚先進食，被鉤住的是母魚，牠狂野、驚慌而又絕望地掙扎很快就耗盡力氣，公魚始終待在旁邊，在釣索下穿來穿去，浮到水面繞著母魚。牠游得實在很近，老人深怕那幾乎像鐮刀般又長又利的尾巴會切斷釣索。老人用魚鉤刺住母魚，用棍子打牠，抓住長嘴如砂紙般粗糙的邊緣，敲擊牠的頭頂，直到牠顏色變成像鏡子背面那樣暗灰，然後在男孩的協助下將牠吊上船，公魚就待在船邊。接著，老人收拾釣索，拿起魚叉時，公魚在船邊高高躍在空中，看看母魚在哪兒，然後深深落進水裡。牠那淡紫色雙翼，也就是牠的胸鰭，張得開開的，身上寬闊的淡紫色條紋全都顯露出來。牠真是漂亮，老人記得，而且牠待著不走。

那是我見過牠們最傷心的一幕，老人心裡想。男孩也很傷心，他們乞求母魚原諒，然後迅速將牠宰殺。

「我希望男孩在這兒。」他出聲說，他把自己靠在船頭已經磨圓的木舷上，感覺大魚的力量經由繞在肩膀的釣索傳遞過來，牠朝著選定的方向平穩游去。

一旦被我誘騙上鉤，牠必須要做出選擇，老人心裡想。

牠選擇待在漆黑深水處，遠離所有的陷阱、圈套和詭計。我選擇到那沒人會去的遠方尋找牠。世上所有人都不會去的地方。現在我們連結在一起，從中午以後就這樣。誰都沒來幫我們任何一方。

也許我不該做一個漁夫，他想。不過這是我生來註定要做的事。我一定要記得在天亮之後去吃金槍魚。

離天亮還有一段時間，有東西咬中身後其中一個魚餌。他聽到樹枝斷裂的聲音，釣索開始從小船舷邊溜出去。他在黑暗中拔出刀鞘中的短刀，左肩抵住大魚拉力，身體後仰，對著木頭船舷切斷釣索。接著他割斷靠近身邊的另一根釣索，摸黑把備用釣索都繫接起來。他用一隻手靈巧幹活，打結時就用腳踩住成捲釣索。現在他有六捲釣索可用。被他割斷魚餌的釣索各有兩捲，那魚咬餌的釣索也有兩捲，它們全都連接在一起。

他心裡想，天亮之後，我要回頭處理魚餌掛在四十尋深的那根釣索，把它割斷後將備用釣索也接起來。我會損失兩百尋長的上等加泰隆尼亞[17]釣索，還有釣鉤和前導線。那都可以替換。但我如果釣中普通的魚而弄丟了大魚，誰能把牠找回來？我不知道剛才那是什麼魚咬餌。可能是一條馬林魚，或者劍魚，或者鯊魚。我根本沒研究。我必須要立刻擺脫牠。

他出聲說，「眞希望那男孩在身邊。」

但男孩不在這裡，他心想。你只有自己，而且別管是不是得摸黑做，最好現在就回頭處理最後那根釣索，割斷後把那兩捲備用釣索接上。

所以他動手去做。在黑暗中做起來很困難，有一次那魚顫簸一下把他往前拉倒，眼睛下方被釣索割了一道。臉頰上淌了一點兒血，不過血還沒流到下巴就凝結乾涸。他使勁回到船頭，靠到木舷上。

17 加泰隆尼亞（Catalunya）是西班牙東北部的自治區，首都為巴塞隆納（Barcelona）。

他調整布袋，小心翼翼將釣索移到肩膀上新的位置，然後抓著釣索用肩膀撐住，他仔細感覺那魚拖曳的力道，再把手放到水中感覺小船前進的速度。

不知為什麼牠顛簸了一下，他心想。必定是金屬線從牠高聳的背脊上滑脫。牠的背脊當然不會像我感覺的那麼痛。但是牠總不能永遠拖著這艘小船，不管牠有多麼巨大。現在會惹麻煩的事都解決掉，我還有大量的備用釣索；一個人能要求的就這些了。

「魚啊，」他輕聲說出，「我會跟你奉陪到底，直到我死。」

我猜牠也會跟我奉陪到底，老人心想，他等待天空亮起。黎明前的此刻天氣寒冷，他緊靠木舷保持溫暖。牠能撐多久，我就能撐多久，他心裡想。釣索在晨光下往水底延伸出去。小船穩定移動，緩升的太陽露出邊緣，它在老人的右手邊。

「牠往北游。」老人說。海流會把我們往東邊帶到更遠，他心想。我希望牠會跟著海流轉向，那表示牠逐漸疲累了。

當太陽升得更高，老人明白那魚並不疲累。只有一個有利的徵兆。釣索斜度顯示牠游在較淺的地方。那不一定意味著牠會躍出水面，只是有可能。

「但願老天讓牠躍起，」老人說。「我有足夠的釣索去對付牠。」

也許我稍微拉緊一點兒可以讓牠疼，然後牠會跳躍起來，他想。現在是白天，讓牠躍起可以使牠背脊上的魚鰾充滿空氣，這樣牠死的時候就不會沉到海底了。

他試著拉緊釣索，不過釣索從魚上鉤之後就已經繃緊在臨界邊緣，他仰身去拉的時候感覺到嘎吱震動，於是知道不能拉得更緊了。我絕不能硬扯，他想。每次硬扯會加寬釣鉤切出的傷口，然後當牠躍起時就可能甩掉鉤鉤。反正太陽已經升起來了，現在我不必盯著它看，好過些了。

釣索上纏著黃色海藻，不過老人知道那只會給魚增加負荷，所以他很滿意。在夜晚發出許多磷光的就是這種黃色的馬尾藻。

「魚兒，」他說，「我愛你，非常尊敬你。但我會在這天結束前取你性命。」

希望如此，他想。

一隻小鳥從北邊往小船飛來。那是一隻柳鶯，低飛在海面上。老人看得出來牠非常疲累。

鳥飛到船尾那兒休息。然後牠繞著老人的頭飛，落在釣索上，牠覺得停在這裡舒服多了。

「你多大年紀啊？」老人問鳥說。「這是你第一趟遠行嗎？」

他說話時，鳥看著他。牠累得沒檢視釣索就用纖細爪子牢牢抓住，搖搖晃晃停在上面。

「它很堅固，」老人告訴牠。「這釣索太堅固了。經過一夜沒風，你不該這麼疲累。鳥兒們都怎麼了？」

是老鷹，他心裡想，老鷹飛到海上遇見牠們。但是他沒對鳥說，反正牠聽不懂，而且牠很快就會知道老鷹的厲害。

「好好休息，小鳥，」他說。「然後投入你的冒險之旅，就像任何人或鳥或魚那樣。」

他打開話匣子來鼓舞自己，因爲他的背經過整夜已經僵硬，現在眞的很痛。

「如果你喜歡就待在這吧，鳥兒，」他說。「很抱歉，我不能在這微風吹起的時候升起布帆帶你回去。不過我總算有了一個同件。」

就在此時，魚兒猛然抽了一下，把老人拉倒在船頭，若不是他撐住身子，放了一段釣索出去，早就被拉下水。

鳥在釣索抽動的時候飛了起來，老人甚至沒看到牠飛走。他用右手小心觸摸著釣索，發現自己的手正在流血。

「牠被什麼東西弄痛了。」他出聲說，然後把釣索往回拉，看看能不能讓魚掉頭。等釣索拉到快繃斷的時候，他就穩穩抓好了釣索，往後靠著抵住那股張力。

「你現在覺得痛了吧，魚兒，」他說。「事實上，我也很痛。」

他四下尋找那隻鳥，因爲喜歡有牠做伴。鳥兒飛走了。

你沒待多久，老人心想。不過你要飛去的地方路途艱難，直到抵達陸地。我怎麼會讓魚在猛拉的時候割傷自己？我一定是變得非常遲鈍了。或者我只顧著那隻小鳥，想著牠的事。現在我要專注在自己的工作，而且得吃些金槍魚，這樣才不會失去體力。

「眞希望那男孩在這兒，而且身邊還有一些鹽。」他出聲說。

他將釣索的負荷移到左肩，小心跪下去，把手放進海中沖洗，就伸在那兒浸在水裡，足足超過了一分鐘，看著血絲拖曳漂走，以及海水隨著小船移動持續拍擊在手上。

「牠游得慢了許多。」他說。

老人寧願讓手在鹹水中浸上更久，但就怕那魚又突然猛抽一下，於是他起身振奮精神，對著太陽伸起那隻手。只不過是釣索劃過割傷皮肉。但傷口就在手掌施力的地方。他知道這事結束前都得用上雙手，他不喜歡搏鬥還沒開始就被割傷。

「現在，」他說，這時手也乾了，「我得吃了那條小金槍魚。我可以用魚鉤把它弄過來，在這裡舒服地吃。」

他跪下來，用魚鉤在船尾下面找到那條金槍魚，拖到身邊時保持著別碰到成捲的釣索，又把釣索抵在左肩，用左手和手臂撐住，將金槍魚從魚鉤上拿下來，再把魚鉤放回原處。他用一邊膝蓋壓住魚身，從魚頭縱向劃到魚尾，在魚背上劃出一條條暗紅的魚肉。這些肉條被劃成楔形斷面，他從脊骨邊往下切到魚腹，切下魚肉。他切了六條魚肉，把它們攤在船頭木板上，在褲子上抹一抹他的刀，然後從尾巴抓起殘骸扔到海裡。

「我不認為我能吃掉一整條。」他說，然後用刀切斷一條魚肉。他感受到釣索持續的重拉，左手開始抽筋了。這手緊緊抓著沉重的釣索，他用嫌惡的眼光看著它。

「這是什麼手啊，」他說。「隨你去抽筋吧。就算變成爪子也罷。都對你沒好處。」

快吃，他心想，眼睛順著傾斜的釣索望向漆黑的深水。趕快吃了才會讓手有力氣。不是這隻手的錯，你已經跟魚糾纏了好久。不過你能跟牠周旋到底。趕快把金槍魚吃掉。

他拿起一塊魚肉放進嘴裡，慢慢咀嚼。味道不難吃。

好好咀嚼，他心裡想，然後吞下所有汁液。倒也不是非得配上一些萊姆，或者檸檬或鹽。

「手啊，你覺得怎樣？」他問那隻抽筋的手，僵硬得就像死屍一般。「我要為你多吃一些。」

他吃下另一塊剛才切半的魚肉，仔細咀嚼，然後吐掉魚皮。

「手啊，現在覺得怎樣？或者還沒辦法知道？」他拿了另一整條魚肉咀嚼起來。

「這是一條強壯有活力的魚，」他心想。「我眞幸運釣到的是它而不是海豚。海豚太清淡。這魚一點也不清淡，所有元氣都保存在裡面。」

還是務實一點比什麼都重要，他想。眞希望身邊有帶一些鹽。我不知道太陽是否會把剩下的魚肉曬壞或曬乾，所以最好全部吃掉，就算我並不餓。那魚現在平靜而穩定。我要把魚肉全吃掉，然後做好準備。

「手啊，耐心一點兒，」他說。「我爲你吃掉所有魚肉。」

我希望能飼養那條魚，他心想。牠是我的好兄弟。不過我必須宰了牠，而且要保持體力來做這事。他緩慢而認眞地吃完所有的楔形魚肉條。

他挺直身子，在褲子上擦一擦手。

「好了，」他說。「手啊，你可以放開釣索，我會單獨用我的右臂去應付牠，直到你停止胡鬧。」他用左腳踩住左手剛才緊抓的沉重釣索，人往後仰，用背抵住那股拉力。

「老天幫幫忙，讓抽筋趕快好，」他說。「因爲我不知道那魚還會做什麼。」

但牠似乎平靜下來，他想，而且在照著自己的計畫進行。不過牠打算怎麼做，他心想。而我打算怎麼做？牠的個頭太大，我得看牠的動作隨機應變。如果牠跳躍起來就宰了牠。但是牠一直待在水裡。那麼我就永遠奉陪到底。

他把抽筋的手在褲子上搓一搓，希望手指舒解開來。但手還是張不開。也許曬曬太陽就張得開，他想。也許等生鮮的金槍魚紅肉消化後就張得開。如果我必須用上這隻手，就會不計代價把它張開。不過現在我不想逼它張開。讓它自己張開，自動恢復過來。畢竟晚上被我過度使用，當時得解開各個釣索。

他望向大海，發現自己現在有多麼孤單。不過他可以看到漆黑深水裡的七彩稜光，斜張在面前的釣索，還有風平浪靜下奇妙的水波。在信風吹拂下，雲朵逐漸形成，他往前看，看到水面上方飛著一群野鴨，身影刻畫在空中，漸漸模糊，又變得鮮明，他知道人在海上絕不會孤單。

他想到有些人划著小船就怕看不到陸地，在會突然變天的季節裡，他知道害怕是有道理的。不過現在是颶風的季節，若沒遇上颶風，將是一年當中天氣最好的時候。

若有颶風產生，你在海上總能在幾天前就看到徵兆。在陸地上看不出來，因爲他們不知要看什麼，他心想。陸地上一定也有變化，比如說雲的形狀。但目前看來不會有颶風。

他仰望天空，白色積雲就像一坨坨冰淇淋，更上方的是薄如羽毛的捲雲，高掛在九月天空中。

「微風，」他說。「魚啊，這天氣對我比較有利。」

他的左手依舊在抽筋，不過他正慢慢讓它鬆開。

我討厭抽筋，他想。這是一個人自己身體背叛了他。因爲食物中毒而腹瀉或嘔吐是在別人面前出醜。但抽筋在他認爲是一種痙攣，是在自己面前出醜，尤其當他獨處的時候。

假如男孩在這邊可以幫我揉一揉，讓手臂前端可以放鬆，他心裡想。不過它終究會鬆開。

這時候，他的右手先感覺到釣索張力的變化，然後看到它在水中改變斜度。接著，當他仰身抵住釣索，同時在大腿上用力猛拍左手時，他看到釣索慢慢往水面升上來。

「牠要上來了，」他說。「手啊，快點。拜託加把勁。」

釣索緩慢平穩地上升，小船前方的海面隆起，那魚冒出水面。牠不斷游出來，水從牠背脊上傾瀉而下。牠在太陽下閃閃發亮，頭和背部是深紫色，側腹條紋在陽光中顯得寬闊，是一種淡紫色。牠的長吻就像球棒一樣長，前頭變細就像利劍一般，牠全身冒出水面又落回水中，像個潛水員那樣流暢，老人看到巨大如鐮刀般的尾巴沒入水中，釣索開始疾速往外溜。

「牠比小船還長了兩英呎。」老人說。釣索快速而穩定溜走，那魚毫不驚慌。老人用兩手盡力保持釣索不被拉斷。他知道如果沒辦法持續施壓讓魚慢下來，牠會拖走全部釣索然後扯斷。

牠是一條大魚，我必須要馴服牠，他心裡想。絕不能讓牠明白自己的力氣有多大，或者急竄起來可以幹出什麼事。如果我是牠，現在就會使盡全力向前游，直到弄斷什麼東西。不過，感謝老天，牠們不像我們這些要獵殺牠們的人那麼聰明；然而牠們更爲高貴，更有能耐。

老人曾看過許多大魚。他看過許多體重超過一千磅的魚，他生涯中也曾捕到兩條那麼大的魚，但從不是獨自完成。現在獨自一人，看不到陸地，他緊抓著一條前所未見的大魚，比聽說過的任何魚都還要大，而且左手依舊像緊握的鷹爪那樣硬梆梆的。

左手終究會復原，他想。它當然會復原來幫右手。我有三個好兄弟：那條魚，和我的兩隻手。它一定得復原。它若抽筋就一無是處。這魚又慢下來，回到牠以往的深度游著。

我不明白牠爲什麼游出水面，老人心裡想。牠游上來似乎是向我展示牠有多大。不管怎樣，我現在知道了，他心想。我希望能讓牠看看我是怎樣的一個人。不過牠就會看到那抽筋的手。要讓牠以爲我是個更厲害的角色，而我將是如此。眞希望我是那條魚，他心想，得到牠僅需對抗我的意志與智慧所擁有的一切。

他舒服地靠在木舷上，忍受著襲來的痛楚，那魚穩定游著，小船緩緩通過深暗的水域。隨著東風吹來，海面起了小浪，到了中午，老人左手不再抽筋。

「魚啊，對你而言是壞消息。」他說，同時把釣索從披在肩膀的布袋上挪了位置。他覺得舒服，但也感到疼痛，雖然他完全不承認有疼痛。

「我並不虔誠，」他說。「但我願意唸十遍《天主經》和十遍《聖母經》，讓我捕到這條魚，而且要是真捕到牠了，我保證會去朝覲科夫雷聖母。這是個承諾。」

他開始單調地唸起祈禱文。有時唸太累了，沒辦法想起祈禱文，於是就唸得很快，這樣就能不自覺地順口而出。《聖母經》唸起來比《天主經》簡單，他心想。

「萬福瑪利亞，滿被聖寵者，主與爾偕焉；女中爾爲讚美，爾胎子耶穌並爲讚美。天主聖母瑪利亞，爲我等罪人，今祈天主，及我等死候。阿門。」然後他加上兩句，「聖母瑪利亞，祈求您賜這大魚一死。雖然牠是如此嘆爲觀止。」

唸完祈禱文，他覺得好多了，但痛楚依舊，甚至變得更疼，他靠在船頭木舷上，無意識地活動著左手的手指。

現在陽光曬得很熱，儘管微風緩緩吹起。

「我最好是把船頭那根細釣索重新上餌，」他說。「如果這魚決定要再待上一晚，我需要再吃些東西，而且瓶子裡的水不多了。我想這裡只釣得到海豚。不過要是趁新鮮吃也還不錯。希望今晚有飛魚會落到船上，但我沒火光去吸引牠們。飛魚很適合生吃，而且不必切成小塊。現在我得保存體力。老天，我不知道這魚有這麼大。」

「我還是會宰了牠，」他說。「看在牠如此巨大和榮耀的份上。」

儘管這不公平，他想。不過我會讓牠知道一個人的能耐，還有他的毅力。

「我告訴男孩說，我是個不可思議的老人，」他說。「現在是我要證明這個的時候。」

他曾證明過上千回也都不算什麼。現在他要再證明一次。每次都是新的挑戰，他做的候從不去想過往的事。

希望牠願意睡覺，我就能入睡去夢見獅子，他心裡想。爲什麼夢中剩下的主要是獅子？別多想，老傢伙，他告訴自己。現在就輕輕靠著木舷，別想任何事。牠正忙碌著呢，現在你最好省點力氣。

時間來到下午，小船仍然緩慢而穩定前進。不過東側的微風給小船增添了一份阻力，老人隨著小浪緩緩航行，釣索繞在背上的疼痛變得比較舒緩。

釣索在下午曾有一回又升上來。不過那魚只稍微浮升繼續游著。陽光照在老人的左臂和左肩，還有他的背部。所以他知道那魚轉向東北方。

現在見過牠一次面，他能想像牠游在水中的模樣，紫色胸鰭像雙翅般展開，垂直巨尾劃過黑暗。不知牠在深海中能看到多少東西，老人心想。牠的眼睛那麼大，馬的眼睛沒那麼大，都能在黑暗中看見東西。以往我的眼力在黑暗中還不錯。倒也不是在完全漆黑的地方。但幾乎就像貓一樣能看到東西。

經過日曬和持續活動他的手指，左手現在已經完全復原，他把更多負擔移往左手，又聳一聳背部的肌肉，讓釣索製造的疼痛稍微換個地方。

「魚啊，如果你還不累，」他出聲說，「你一定是非常奇特。」

他現在很疲倦了，知道夜晚快要來臨，所以嘗試去想些別的事。他想到職業棒球大聯盟，用西班牙文稱爲Gran Ligas，他知道紐約洋基隊在跟底特律老虎隊比賽。

這已經是第二天了，我無法知道比賽結果，他心裡想。但我一定要有信心，一定要對得起那偉大的狄馬喬，他即使腳跟長了骨刺也能在各方面表現完美。什麼是骨刺？他問自己。西班牙文叫Un espuela de hueso。我們沒患過這毛病。它是不是像被鬥鴨腳上的鐵刺給刺到腳跟一樣痛？我不認爲自己能忍受那種疼痛，或者像鬥鴨那樣被啄瞎了一隻或兩隻眼睛還能繼續打鬥下去。人不能跟那些偉大的鳥獸相提並論。然而我寧願是漆黑深海底下的那條野獸。

「除非有鯊魚，」他出聲說。「如果鯊魚來了，願老天保佑牠和我。」

你是否相信，狄馬喬會跟一條魚周旋，就像我跟這魚周旋一樣久的時間？他心想。我確信他會，而且堅持更久，因爲他年輕體壯。而且他父親是個漁夫。但骨刺會不會讓他覺得太痛？

「我不知道，」他出聲說。「我從沒患過骨刺。」

日落的時候，爲了給自己增添信心，他回想起那次在卡薩布蘭卡[18]的小酒館，跟來自西恩富戈斯[19]的高大黑人比腕力，他是碼頭上最強壯的人。他們把手肘放在桌上那條粉筆白線上耗了一天一夜，手臂往上伸直，兩手緊緊握在一起。兩人都盡力想把對方的手壓倒在桌上。房間裡的煤油燈下，好多人走進走出在賭勝負，他一直瞪著黑人的手和手臂，還有他的臉。前八個小時過後，他們每四個小時就更換裁判，好讓裁判睡覺。血從兩人的指甲下滲出來，他們瞪著對方眼睛、手和手臂，賭徒們進進出出，他們坐在牆邊的高腳椅上觀看。牆壁是漆成明亮的藍色，木頭牆板，燈光把他們的影子投射在上面。黑人的影子很龐大，隨著微風吹拂油燈，他的影子也在牆上跟著舞動。

---

18 卡薩布蘭卡（Casablanca）是哈瓦那港區東側的一個行政區。

19 西恩富戈斯（Cienfuegos）是古巴南邊海岸上的城市。

賠率在整個晚上來回變動，他們拿蘭姆酒給黑人喝，還幫他點了菸。黑人喝酒之後就使勁出力，有一次幾乎把老人的手壓低了三吋，那時他還不是個老人，他是冠軍聖地牙哥。但老人又把手扳回勢均力敵的局面。當時他有把握打敗黑人，這黑人很傑出，是個偉大的運動家。天亮了，當賭徒們要求以和局收場，裁判搖搖頭，他就使出全力將黑人的手往下壓，再壓，直到壓在木桌上。比賽從星期六早上開始，到星期一早上結束。許多賭徒要求和局收場是因爲他們得回碼頭工作，把一袋袋的糖裝運上船，或者到哈瓦那煤炭公司上工。否則每個人都想看到分出勝負。反正他已經結束了比賽，而且趕在每個人得去工作之前。

在那之後的很長一段時間，人們都稱他爲冠軍，春天時兩人又再度較量。不過這次賭金不高，他贏得相當輕鬆，因爲他在第一次就已經瓦解這位西恩富戈斯黑人的信心。此後他還比過幾次，然後就沒再比賽。他認爲只要自己一心求勝是可以擊敗任何人，他也認爲這對他釣魚要用的右手不好。他曾練習用左手來比賽。不過左手總是不聽使喚，不能按他要求去做，所以他不相信它。

現在太陽可把它曬得夠熱了，他心想。它總不會又抽筋，除非夜晚太冷。不知今晚會有什麼狀況。

一架飛機從頭頂上朝著邁阿密方向飛去，他看到飛機影子嚇起了成群飛魚。

「飛魚這麼多，應該會有海豚。」他說，同時抓著釣索往後仰，看能不能把他的魚拉回來一些。但是不行，釣索仍舊硬梆梆地晃著水滴，幾乎就要斷裂。小船慢慢前進，他看著飛機，直到再也看不見。

在飛機上一定很奇妙，他心想。不知道從那種高度看到的海是什麼樣子？如果沒有飛得太高，他們應該可以清楚看到這條魚。我想非常緩慢地飛在兩百尋高空，從上面來看這條魚。在捕龜船上，我會待在桅杆的橫桁，即使在那種高度也能看到很多東西。海豚從那兒看起來比較綠，還看得到身上的條紋和紫色斑點，你可以看到牠們整群游動。爲什麼在黑暗深水中游得快的魚都有紫色的背脊，而且通常是紫色條紋或斑點？海豚當然看起來像綠色，因爲牠實際上是金黃色的。不過當牠們開始獵食，眞正餓的時候，側腹的紫色斑紋看起來就像馬林魚。是因爲激動，還是因爲游得快才讓斑紋顯現出來？

天黑前，他們經過一大塊漂浮的馬尾藻被小浪推起晃蕩，彷彿大海在黃色毯子下跟什麼東西做愛，就在這時他的那根細釣索被一條海豚咬住。他先看到牠跳出水面，在餘暉照映下眞的是金色，在空中狂野地扭動拍打。牠一再躍起，驚慌得像在表演雜耍，他費力移到船尾，蹲低身子，右手抓著粗釣索，用左手把海豚往回拉，每拉回一段就用左邊的光腳丫子踩住釣索。當海豚被拉到船尾，不顧一切左右亂竄掙扎時，老人探出船尾，把這條帶著紫斑，光滑而金黃的魚給拖上來。牠的嘴不自主地頻頻開闔咬著釣鉤，扁平的長魚身和那尾巴與腦袋把船底拍得碰碰響，他用棍子重擊那閃亮的金黃魚頭，直到牠顫抖一下，然後靜止不動。

老人將釣鉤取下，重新掛上沙丁魚餌後拋出去。接著他又吃力移到船頭，洗了左手後在褲子上擦乾。然後他把粗釣索從右手換到左手，在海水中沖洗右手，這時他看著太陽沉到海平面下，還有那粗釣索的斜度。

「牠一點兒也沒變。」他說。不過觀察海水拍擊著手，他注意到速度明顯減慢。

「我要把兩支槳都綁在船尾外面，這樣能在夜裡讓牠慢下來，」他說。「他可以撐過夜晚，我也能。」

最好過一會兒就將海豚內臟剖除，這樣血液才能保存在魚肉裡，他想。我可以晚一點做，到時再綁船槳來增加阻力。我最好讓這魚保持平靜，日落之時別太驚動牠。日落時分對所有魚都是難熬的時刻。他讓手在風中吹乾，然後抓好釣索，盡量放輕鬆，讓自己頂著木舷被往前拖，這樣小船就可以跟他平均負擔拉力，甚至承受更多。

我正學著要怎麼做，他心想。至少是在這方面。然後也別忘了，牠從咬餌之後就沒吃東西，那麼大身軀會需要很多食物。我吃過整條金槍魚。明天我會吃掉海豚。他管牠叫鬼頭刀。也許我把牠剖淨時就該先吃一些。牠比金槍魚還難下嚥。不過，話說回來，沒一件事是簡單的。

「魚啊，你覺得怎樣？」他出聲問。「我感覺很好，左手好多了，還有一天一夜的食物。拉船吧，魚兒。」

他並非真的感覺很好，因爲釣索抵在背上的疼痛幾乎超越痛感，變成一種令人疑惑的遲鈍感。但我曾碰過更糟的狀況，他想。我的手只是小割傷，另一隻手也不再抽筋。我的兩腿沒事。而且此刻我在糧食方面比牠佔有優勢。

現在天黑了，九月時的太陽落下後就天黑得很快。他躺靠在船頭磨損的木舷上盡量休息。天上開始看得到星星。他不知道獵戶座的那顆星叫什麼名字，但看見它就知道其他星星快出現了，他將有遠方的朋友來做伴。

「這魚也是我的朋友，」他出聲說。「我從沒看過或聽過如此這般的一條魚。不過我必須宰了牠。很高興我們沒必要去殺死那些星星。」

假如有人每天都得想辦法殺死月亮會怎樣，他心裡想。那麼月亮會逃走。但如果有人每天都得想辦法殺死太陽呢？我們生來還眞幸運，他想。

然後他為大魚感到難過，因為牠沒東西可吃，但要宰掉牠的決心不會因為這份憐憫有所動搖。牠可以餵飽多少人啊，他心想。不過他們配得上吃牠嗎？不，當然不配。從牠的舉止和尊嚴來看，沒人配得上吃牠。

我不了解這些道理，他心想。不過我們沒必要殺死太陽或月亮或星星，這是件好事。在海上討生活，殺死我們的好兄弟們，這就夠受了。

現在，他心裡想，我得考慮阻力這回事了。這麼做有它的風險和效果。如果牠使起勁來，船槳也確實產生阻力，小船就不像先前那麼輕快，我也許會被拉走太多釣索，結果讓牠給跑了。小船保持輕快會延長我們倆的痛苦，但它是我的安全保障，因為牠可以游得飛快，只是還沒使出本領。不管如何決定，我得剖了那條海豚免得壞掉，還要吃下一些增加體力。

現在我要再休息一小時，等到感覺牠完全穩定下來，我再移到船尾去幹活和做決定。在這段時間我可以看牠如何行動，是否有任何變化。綁船槳是個好招數；但已經到該穩紮穩打的時候了。牠仍舊是個狠角色，我看到釣鉤在牠嘴角，那張嘴緊緊閉著。釣鉤的折磨不算什麼。饑餓的折磨，以及對抗著牠無法理解的對手，這才是最重要的。現在休息吧，老傢伙，讓牠忙自個兒的，直到下次你該出手的時候。

他相信自己休息了兩小時。月亮很晚才會升起，所以他現在無法判斷時間。而且他沒眞正休息，只能說是稍微放鬆。他的兩肩仍舊承受魚的拉力，不過他把左手攀在船頭舷緣，將愈來愈多對抗那魚的負擔轉移到小船身上。

如果我能繫住釣索就簡單多了，他心想。但魚稍微一扯就可能拉斷它。我必須用身體緩衝拉力，雙手隨時準備放出釣索。

「但是你還沒睡過，老傢伙，」他出聲說。「耗了半天一夜，現在又過了一天，你都沒有睡。如果牠平靜穩定，你得想個辦法睡一會兒。如果不睡覺，腦袋會變得昏昏沉沉。」

我的腦袋夠清晰了，他心想。太清晰了。我就跟那些稱兄道弟的星星一樣清晰。然而我必須睡覺。星星會睡覺，月亮和太陽會睡覺，甚至大海有時也睡覺，就在那些風平浪靜的日子裡。

可別忘了睡覺，他想。強迫自己睡覺，想出簡單可靠的方法搞定釣索。現在到後面去處理海豚。如果你一定得睡，綁船槳來增加阻力就太危險了。

我可以撐住不睡，他告訴自己。不過這太危險了。

他開始費勁地爬向船尾，小心翼翼別驚動那魚。牠可能在半昏睡的狀態，他心想。我可不希望牠休息。牠得一直拉到死爲止。

來到船尾轉個身，他用左手抓住繞在肩膀上的釣索，右手從刀鞘中拔出刀子。現在星光明亮，可以清楚看見海豚，他將刀刃刺進魚頭，把魚從船尾底下拖出來，用一隻腳踩住魚，從肛門一直切到到下顎前端。然後放下刀子，右手取出內臟，將魚肚掏乾淨，拔掉肺臟。手上拿著沉重滑溜的胃，把它切開。裡面有兩條飛魚。牠們還很新鮮結實，他把飛魚放下排好，內臟和胃丟出船尾。它們沉到水底，留下一條拖曳的磷光。海豚肉是冰冷的，在星光下顯得像鱗片般灰白，老人用右腳踩住魚頭，剝除上邊的魚皮。然後再翻面剝掉另一邊魚皮，把兩邊魚肉從頭到尾切下來。

他把骨骸推出船外，看水上有沒有產生漩渦。但只看到它緩緩下沉發出的磷光。於是他回頭把兩條飛魚裹在兩片海豚肉裡，刀子收回刀鞘裡，吃力地慢慢回去船頭。他被繞在背上的釣索拉彎了腰，右手抱著魚肉。

回到船頭，放下裹著飛魚的兩片海豚肉。他調整釣索在肩膀上的位置，再用靠在船舷的左手抓住它。接著他傾身側向一邊，把飛魚拿到水裡沖洗，同時注意海水拍擊著手的速度。剝過魚皮的手變得亮閃閃的，他看水流沖擊在手上。水流沒那麼強勁，手磨過船側木板時，點點磷光脫落下來慢慢朝後方漂去。

「牠不是累了，就是在休息，」老人說。「現在讓我來吃海豚肉，然後休息一下，小睡一會兒。」

滿天星斗下，天氣不斷變冷，他把其中一片海豚肉吃掉一半，還有一條剖肚去頭的飛魚。

「煮熟的海豚肉多好吃啊，」他說。「生吃卻這麼難以下嚥。以後上船絕對要帶鹽巴和萊姆。」

如果我夠聰明，早就整天在船頭灑上海水讓它曬乾，這樣可以做出鹽巴，他想。但我幾乎在日落前才釣上那海豚。畢竟沒做好準備。但我已經好好嚼過，並不覺得噁心。

東邊天空開始出現雲層，他認識的星星逐一消失。看來現在似乎正航向雲濤深谷，同時風也停了。

「三到四天後會有壞天氣，」他說。「但今晚和明天還好。現在弄好釣索睡一會兒，老傢伙，趁那魚平靜的時候。」

他的右手緊抓釣索，用大腿抵住右手，把身體重量靠在船頭木舷上。然後他把肩膀上的釣索挪低一點兒，左手撐在上面。

只要釣索被支撐住，我的右手就可以抓住它，他想。萬一睡著時鬆了手，左手會在釣索溜掉時叫醒我。這對右手很吃力，但他習慣吃盡苦頭。即使睡個二十分鐘或半小時也好。他朝前用整個身體夾住釣索，全身重量壓在右手，然後睡著了。

他沒夢到獅子，倒是夢見一大群海豚，在海中綿延了八到十哩長，那是交配季節，牠們會躍到半空中，再落回原本躍起時弄出的水窪裡。

接著夢見他在村子裡，躺在自己床上，北風來襲，他覺得很冷，右手臂麻痺了，因爲他的頭靠在上面，而不是躺在枕頭上。

然後他開始夢見長長的黃色沙灘，天黑不久看到第一頭獅子來到沙灘上，接著其他獅子也出現，他將下巴靠在木舷上，這艘船下了錨，夜晚海風吹拂，他等著看會不會有更多獅子，心裡很是高興。

月亮升起好久了，但他繼續睡，那魚平穩拉著，小船駛進雲層底下。

他醒了，右拳突然打在臉上，釣索在右手中溜得火熱。左手沒了感覺，右手使勁要停住釣索，但它仍然往外溜。左手終於能抓起釣索，他仰身抵住釣索，現在輪到背部和左手感到燒灼，左手承受所有拉力而被劃得好痛。他回頭看那幾捲備用釣索，它們正流暢地消耗掉。就在這時，那魚猛然躍出海面，然後重重落下。接著牠跳了又跳，雖然釣索依舊火速溜走，小船被拖得快速前進，老人拉到釣索都快斷了，一次又一次地用力拉。他被拖倒在船頭，臉貼在海豚肉片上，動也不能動。

就等這一刻，他心裡想。現在讓我們對決吧！

要牠付出代價，他心想。要牠付出代價。

他沒辦法看到那魚跳躍，只能聽到衝破海面的聲音，還有牠重落的拍擊聲。疾速溜走的釣索磨得他手好痛，但早就知道會有這狀況，他盡力讓釣索磨過長繭的地方，不要滑到手掌心，也不要劃到手指。

如果男孩在這兒，他會幫忙弄濕釣索，他心想。就是啊。如果男孩在這兒。如果男孩在這兒。

釣索往外溜走，溜走，再溜走，不過現在速度放慢，他在讓那魚每拉走一吋都付出代價。現在他從船底板抬起頭來，離開被肥幫子壓扁的魚肉片。然後跪起來，又慢慢站起來。他還在放出釣索，但速度愈來愈慢。他費力往後退，讓腳能碰到那些看不見的備用釣索。釣索還剩很多，現在那魚得拉動更多釣索在水裡產生的阻力。

這就對了，他想。現在牠已經跳躍過十幾次，背脊上的魚鰾充滿空氣，不能沉到深海死掉，否則就沒辦法拉牠上來。牠很快就會開始打轉，到時我得對付牠。不知什麼原因讓牠突然發作？是牠已經餓得發慌，還是夜裡有東西嚇到牠？也許牠突然害怕起來。但牠又是如此鎮定的魚，似乎無所畏懼而有自信。這眞奇怪。

「你最好自己拿出勇氣和信心，老傢伙，」他說。「你正重新控制住牠，只是沒辦法收回釣索。但牠很快就要打轉。」

老人現在用左手和肩膀撐住牠，彎下腰用右手舀了些水，抹掉沾在臉上的海豚肉。深怕這肉會讓他覺得噁心嘔吐，這會失去體力。臉清乾淨後，他把右手伸到外面海水中沖洗，然後浸在鹽水裡，這時看到太陽升起前的第一道曙光。牠幾乎正朝東方前進，他心想。這表示牠累了，在隨海流游著。不久牠會打轉。到時候我們才眞正要開始幹活。

他覺得右手浸在水中夠久了，於是舉起來看著它。

「還不壞，」他說。「疼痛對一個男人來說不算什麼。」

他小心抓住釣索，別讓它嵌進任何一道剛劃破的傷口，然後移動重心，好讓左手伸到船另一邊外的海水裡。

「你這沒用的傢伙做得還不賴，」他對左手說。「不過有一刻還找不到你。」為什麼我不是生來就兩手都很靈光？他想。也許是我的錯，沒有正確訓練那隻手。但天知道它有足夠機會學習。然而，它在晚上表現還不錯，也只有抽筋過一次。如果它再抽筋，就讓釣索把它削斷算了。

想到這兒，他認爲自己腦袋還不清醒，應該多吃些海豚肉。但我不能，他告訴自己。我寧願頭暈目眩，也不要因爲嘔吐而失去體力。而且我知道吃下去一定會吐出來，因爲我的臉曾壓在上面。我會留著海豚肉以備萬一，直到它壞掉。現在要透過補充營養來增強體力也太遲了。你眞傻，他告訴自己。去吃另一條飛魚。

飛魚在那兒，乾淨而且剖切好了，他用左手拿起來，小心嚼著魚骨，吃到只剩魚尾。

它幾乎比任何魚都有營養，他心想。至少提供我需要的體力。現在已經做完我能做的事，他想。讓牠開始打轉，進行搏鬥吧。

太陽在他出海後第三次升起，那魚開始打轉。

從釣索斜度看不出魚在打轉。現在還太早。他只覺得釣索張力稍微鬆弛，便用右手慢慢往回拉。釣索一如往常繃緊了，但快到斷裂的臨界時，它開始被拉回來。他低頭讓釣索從肩膀滑下，動手持續平緩地拉回釣索。兩隻手交互舞動，身體和腿也盡量使力。老邁的雙腿和兩肩跟著擺動起來。

「牠繞好大一圈，」他說。「不過的確在打轉。」然後釣索再也無法往回拉，他緊抓釣索，直到它在陽光下擰出水滴。接著它開始往外溜，老人跪了下去，不甘願地放它回到深海裡。

「牠現在往外面繞了。」他說。我得盡力穩住，他心想。釣索張力會逐漸限制牠打轉的幅度。也許一小時內就會看到牠。現在我必須制服牠，到時就得宰了牠。

但是那魚一直慢慢打轉，兩個小時後，老人汗水淋漓，簡直累壞了。不過現在打轉的幅度小了許多，他從釣索的斜度可以判斷牠愈游愈淺。

已經一小時了，老人眼前看到點點黑斑，鹹汗刺痛他眼睛，也刺痛額頭和手上被割出的傷口。他不擔心看到黑斑。他那麼緊張拉著釣索，這是正常現象。然而，他有兩次覺得頭暈目眩，這令他擔心。

「我可不能自己先倒下，死在像這樣的一條魚手上，」他說。「都已經這麼漂亮地把牠拉過來，老天幫我撐下去。我會唸一百遍《天主經》和一百遍《聖母經》。但現在沒辦法唸。」

它們都已經唸過了，他心想。我隨後再唸。

就在這時，雙手抓住的釣索突然覺得被撞到，扯了一下。這一下很激烈，結實而沉重。

牠用長吻撞那金屬前導線，他心裡想，這註定會發生。牠必須這麼做。儘管這可能使牠跳躍起來，我寧願牠現在繼續打轉。牠得跳起來呼吸空氣。但每次跳起會加寬釣鉤造成的傷口，這樣牠就能擺脫釣鉤。

「魚啊，別跳，」他說。「別跳啊。」

那魚又撞了前導線幾次，每次牠一擺頭，老人就放出一些釣索。

我必須控制牠疼痛的地方，他心想。我的疼痛不要緊，我能忍住疼痛。但牠的疼痛會使牠發怒。

一會兒之後，那魚停止撞擊前導線，又開始慢慢打轉。老人現在穩定拉回釣索。但他又覺得頭昏起來。他用左手舀了些海水淋在頭上。然後又淋了更多水在後頸上搓揉著。

「我沒抽筋，」他說。「牠很快就會游上來，我得撐下去。你必須撐下去。這根本不用再說。」

他靠著船頭跪下，有一陣子又將釣索套到背上。趁牠現在往外面繞時休息一下，當牠往裡面游時再起來對付牠，他這麼決定。

他實在很想在船頭休息，讓魚自己繞一圈而不去收回釣索。不過當張力顯示魚往小船游過來時，老人就站起來開始擺動身體，兩手交互拉扯，他的釣索都是這樣收回來的。

我從來沒有這麼疲倦，他心想，而且現在吹起信風。不過可以趁著起風把牠拉回來。我眞需要這風。

「我等牠下一圈往外游的時候休息，」他說。「我覺得好多了。然後再轉個兩到三圈就可以逮到牠。」

他的草帽掛在後腦勺，感覺釣索的拉力顯示魚往外游了，他在船頭坐了下去。

魚啊，現在忙你的吧，他心想。你轉身時再對付你。

海浪大了許多。不過現在吹的是晴朗天氣的和風，他得靠這風回去。

「我只需朝著南方和西方航行，」他說。「海上的人絕不會回不了家，它是個長長的島嶼[20]。」

他在魚轉到第三圈才第一次看到牠。

他先看到一道黑影，花了好長時間通過船底下，他不相信牠有這麼長。

「不，」他說。「牠不可能那麼大。」

但牠的確那麼大，繞完這一圈後游到距離僅有三十碼的海面，老人看到牠尾巴露出水。比一把大鐮刀的刀刃還高，露在深藍海水上的是很淺的淡紫色。尾巴朝後傾斜，當魚貼著水面下游，老人可以看到牠龐大的身軀和側腹的紫色條紋。牠的背鰭朝下，胸鰭張得老開。

老人在這一圈時可以看到牠的眼睛，還有兩條鮣魚跟在旁邊。牠們有時會吸附在牠身上。有時會倏地游走。有時悠游在牠身影下。這兩條魚都超過三呎長，游快的時候全身會像鰻魚那般抽動。

老人現在汗水如珠，但不光是因爲被太陽曬的。那魚每次沉著平靜地轉身，他就收回一些釣索，他確信再來個兩圈就有機會拿魚叉刺下去。

不過我得讓牠靠近一點，再近一點，他心裡想。我不能刺魚頭。我得刺到心臟。

「要鎭定，要堅強，老傢伙。」他說。

下一圈的時候，魚背露出水面，但牠離船遠了一點。再下一圈，牠還是太遠，但露出水面更多，老人確信再收一些釣索就可以在船邊逮到牠。

他早就備妥魚叉，尾端繫著一捲細繩放在圓簍子裡，繩子末端綁在船頭的纜柱上。

20指形狀狹長的古巴島，是古巴的主要陸地。

那魚繞了圈子游近，看起來沉著漂亮，只有巨大尾巴在擺動。老人盡其所能把牠拉近一點。就在瞬間，那魚稍微側傾。然後牠打直身子開始繞另一圈。

「我拉動牠了，」老人說。「我剛才拉動牠了。」

現在他又頭暈起來，但盡力抵住那魚拖拉的力道。我拉動牠了，他心想。也許這次可以把牠拉翻身。拉呀，雙手，他心想。站穩，兩腿。爲我撐下去，腦袋。爲我撐下去吧。你從沒暈過去。這次我要把牠拉翻身。

不過當他使出渾身解數去拉，在魚還沒來到船邊就開始拉，用盡全力地拉，那魚只翻身一半，然後打直了游開。

「魚啊，」老人說。「魚啊，反正你一定得死。難道你打算拉我陪葬？」

這樣下去會一事無成，他心想。嘴巴乾得說不出話來，不過現在搆不到水瓶。這次一定要拉牠到船邊，他想。再多幾圈牠就撐不下去了。你可以的，他告訴自己。你能一直撐下去。

到下一圈，他幾乎逮到牠。但那魚再次打直身子慢慢游開。

你要害死我，魚啊，老人心裡想。不過你有權利這麼做。你是我所見過最龐大、最漂亮、最沉著、最華麗的傢伙，老兄。殺了我吧。我不在乎最後是誰弄死誰。

現在你腦袋開始糊塗了，他想。你得保持頭腦清醒。保持頭腦清醒，像條漢子一樣知道如何忍受痛苦。或者像條魚一樣，他心想。

「清醒過來，腦袋，」他用自己快聽不到的聲音說。「清醒過來。」

接著又是兩圈，情況依舊。

我搞不懂，老人心想。每次他都覺得自己快昏倒了。我搞不懂，但我會再試一次。

他又試一次，當他把魚拉回來時覺得自己要暈過去。那魚又打直身子，大尾巴在水面上搖擺著慢慢游開。

我會再試一次，老人保證，雖然現在雙手發軟，兩眼昏花。

他又試一次，同樣的結果。他想原來如此，自己還沒開始前就覺得頭昏了；我要再試一次。

他忍住所有疼痛，拿出剩餘力氣和喪失已久的自豪，來對付這魚的瀕死掙扎，那魚從遠方過來，慢慢游到他旁邊，牠的尖嘴幾乎碰到木船殼，然後開始掠過小船，那長長的，又粗又寬，銀色帶有紫色條紋的魚身，在水裡似乎看不到盡頭。

老人放下釣索，用腳踩住，然後高高舉起魚叉，使出全身力量，再加上剛剛擠出的力氣，朝巨大胸鰭後面一點的側腹刺下去，伸出水面的胸鰭竟跟老人的胸膛一樣高。他感覺到鐵叉刺進去，身體再靠上去把它推得更深，然後將全身重量壓在上面。

儘管死定了，那魚卻翻騰起來，高高跳出水面，展現牠超乎尋常的長度和寬度，還有牠所有的力與美。牠看似懸在空中，就在小船上的老人頭頂。然後牠猛烈跌進海裡，水花濺得老人一身濕，也濺滿了小船。

老人覺得頭昏想吐，沒辦法看清楚。不過他鬆開魚叉繩，讓牠從受傷的雙手中慢慢溜去，等他定神一看，看到那魚在他身後，銀色魚腹朝上。魚叉木桿從魚的肩部斜伸出來，海水被牠心臟流出的鮮血染紅。起初就像藍色海水中一塊超過一哩深的暗礁。接著擴散開來像一片雲霧。那魚銀光閃耀，動也不動地隨著波浪漂浮。

老人仔細看著眼前的這一幕。然後把魚叉繩在船頭纜柱上繞了兩圈，將頭埋進手裡。

「讓我保持清醒，」他靠在船頭木舷說。「我是個疲倦的老傢伙。但我宰了這條魚，牠是我的好兄弟，現在我得去幹苦活了。」

我現在得準備套索和繩子來把牠綁在船旁邊，他心裡想。即使這裡有兩個人，把船浸滿水後將牠載上船，再把水掏掉，小船也裝不下牠。我得準備就緒，然後拉牠過來綁好，插上桅杆，啓程回航。

他開始把魚拖到旁邊，這樣才能用繩子穿過魚鰓和嘴巴，把牠的魚頭綁緊在船頭邊。我想看看牠，他心想，然後觸摸牠，感覺牠。牠是我的財產，他想。但不是這個原因讓我想要觸摸牠。我認爲剛才有感覺到牠的心跳。就在我第二次推著魚叉桿刺下去的時候。現在拖牠過來綁好，將套索栓住尾巴，另一個栓住腰部，把牠跟小船綁在一起。

「去幹活，老傢伙，」他說。他喝了很小一口水。「搏鬥結束，現在有很多苦活得幹。」

他抬頭看看天，再看看外面那條他的魚。他仔細觀察太陽。中午才過不久，他心裡想。信風正吹起。這些釣索現在都用不著了。回去後，男孩跟我會把它們編接起來。

「魚啊，過來。」他說。但拖不過那魚。牠只是躺在海水那兒翻滾，老人拉著小船過去。

當他來到牠旁邊，把魚頭靠在船頭時，不敢相信牠的尺寸有這麼大。他從纜柱上解開魚叉繩，穿進魚鰓，從嘴裡拉出來，在長吻上繞一圈，再從另一邊魚鰓穿過去，在魚嘴又繞一圈，然後打個雙結綁在船頭纜柱上。他切斷剩餘的繩子，到船尾套住尾巴。魚身從原本紫銀色變成銀白色，條紋和尾巴一樣呈現原本的淡紫色。這些條紋比一個人張開的手掌還寬，魚眼冷漠得看起來像潛望鏡上的鏡片，或者像朝聖隊伍裡的聖徒眼睛。

「只能用這方法宰了牠。」老人說。他喝過水後覺得好多了，知道牠不會再游走，腦袋也清醒過來。依牠尺寸來看有超過一千五百磅，他心裡想。也許還更重。掏空剖淨後剩三分之二，每磅三角錢來算是多少？

「我需要一支鉛筆來計算，」他說。「我腦袋沒那麼清楚。但我認爲狄馬喬今天一定會爲我感到驕傲。我沒有骨刺。不過雙手和背可就痛得厲害了。」不知道骨刺會有多痛，他想。也許我們有骨刺也不自知。

他分別在小船前中後段綁好魚。牠實在很大，就像繫了一艘更大的船在旁邊。他割一段繩子把魚的下顎綁起來，這樣嘴巴就不會張開，他們航行起來就會更順暢。接著他豎起桅杆，裝上魚叉桿的棍子當做下桁，縫滿補丁的船帆被撐開，小船開始移動，他半躺在船尾朝西南方駛去。

他不需要羅盤指引西南方在哪兒。只需感覺信風吹拂和船帆吃風的動向。我最好綁個匙狀假餌在細釣索上拋出去，想辦法釣些東西來吃，還要補充水份。但他找不到匙狀假餌，沙丁魚都腐壞了。所以他用魚叉撈起一片漂過船旁的馬尾藻，使勁一搖，藏身其中的小蝦落在小船底板上。那兒有十幾隻蝦，像沙蚤一樣蹦蹦跳跳。老人用姆指和食指擰掉牠們的頭，連殼帶尾嚼碎吃下去。蝦子很小，但他知道牠們有營養，而且好吃。

瓶子裡還有兩口水，他吃完蝦子喝了半口水。小船在這不利條件下航行得還算好，他將舵柄夾在腋下掌著舵。他看得到那條魚，只需看看自己雙手，感覺背靠在船尾，就明白這是眞的，不是做夢。曾有一時，他覺得難受到快死了，就認爲這是一個夢。然後當他看到那魚從水裡躍出，落海前懸在空中動也不動，他確信其中必然有詐，他無法相信它。那時他眼睛看不清楚，然而他現在能像往常一樣看清楚了。

現在他知道魚在那兒，雙手和背絕不是在夢境裡。手復原得很快，他心想。我讓血流乾淨，鹹海水能治療它們。墨西哥灣的黝暗深水是最好的現成療藥。我得保持頭腦清醒。雙手完成了它們工作，我們也順利航行著。牠的嘴閉起來，尾巴挺得直直的，我們就像並肩而行的兄弟。然後他的腦袋開始變得有些昏沉，心裡想，是牠在帶我回去，還是我在帶牠回去？如果我把牠拖在後面就毫無疑問。如果牠顏面盡失被放到小船上面，那也沒有疑問。但他們是被綁在一起並排航行著，老人心想，如果牠高興就讓牠帶我回去。我只是靠伎倆贏過牠，牠無意傷害我。

他們安穩航行，老人把手浸在鹹海水裡，試著讓頭腦清醒。高空有積雲，上方還有不少捲雲，於是老人知道這風還會吹上一整晚。老人不時瞪著那魚看，確定眞有其事。這是第一條鯊魚攻擊前的一小時。

這鯊魚來得並不意外。當那片暗紅鮮血往下沉，消失在深海中時，牠就從海底游上來。牠竄升得那麼快，完全不顧自己衝出了藍色大海到陽光中。然後牠落回海裡，嗅出味道，開始朝小船和魚的方向游去。

有時牠跟丟了味道。不過牠會重新找到，或者只要嗅到一絲氣味就迅速追上來。牠是一條很大的灰鯖鯊，天生就是海中游最快的魚之一，全身那麼漂亮，除了那張嘴。牠的背脊跟劍魚一樣是藍色，腹部是銀色，魚皮光滑亮麗。牠就在水面下快速游著，高聳背鰭直挺挺地劃過海水，若非那張緊閉的大嘴，牠長得就像劍魚一樣。閉上的嘴唇後面有八排牙齒，全都朝裡面長。它們不像大部分鯊魚是常見的三角形。這些牙齒形狀像人的手指，咬合時像爪子向內捲曲。幾乎跟老人的手指一樣長，尖端如剃刀一般鋒利。牠生來就要獵食海中所有的魚，牠是如此迅速有力，全副武裝，沒有任何其他敵手。牠現在嗅到更強烈的血腥味，速度加快起來，藍色背鰭劃穿水面。

老人看到牠過來時，知道那是一條無所畏懼的鯊魚，將會爲所欲爲。他備妥魚叉，繫好繩子，看著鯊魚游過來。繩子有一點兒短，因爲被截掉一段去綁住那魚。

現在老人腦袋清醒靈光，他充滿決心，但不抱太多希望。先前太順利了，他想。他看鯊魚游近時，朝那魚撇了一眼。這應該是個夢，他想。我無法避免牠攻擊我，但也許能逮到牠。灰鯖鯊，他心想。眞是倒楣透了。

鯊魚從後面快速靠近，當牠攻擊那魚時，老人看到牠張開的大嘴和冷淡的眼睛，還有牙齒嘎吱的聲響，牠衝上前來咬在魚尾前面的位置。鯊魚的頭伸出水面，背脊也露出來，老人可以聽到那魚皮肉被撕裂的聲音，這時他把魚叉刺向鯊魚頭上，就在兩眼之間那條線和鼻樑延伸那條線的交會點。實際上並沒有這兩條線。只看到沉重尖銳的藍色腦袋，兩顆大眼，還有嘎吱狂咬，瘋狂吞噬的兩顎。不過那是腦子的位置，老人朝那兒插下去。他用沾血的雙手使盡全力精準一刺。他沒抱太多希望，但充滿決心與狠勁。

鯊魚翻個身，老人看牠眼睛沒了生氣，接著又翻個身，被繩子纏了兩圈。老人知道牠死定了，但鯊魚抗拒到底。接著，牠魚肚朝上，尾巴纏著繩子，兩顎一開一闔，像艘快艇般破水前進。牠的尾巴拍出白色泡沫，四分之三的身體在水面上，然後繩子拉緊，不斷顫抖，啪的綳斷。鯊魚靜悄悄浮在水面一陣子，老人看著牠。然後非常緩慢地沉下去。

「牠咬掉大概四十磅的肉。」老人出聲說。牠也帶走我的魚叉和繩子，他心想，而且我的魚現在又流血，這會引來其他鯊魚。

他不再想看那條魚，因爲已經殘缺不全。當那條魚被攻擊時，那就像他自己被攻擊了。

不過我殺掉那條攻擊我的魚的鯊魚了，他心裡想。那是我所見過最大的灰鯖鯊。天曉得我竟然見過這麼大的鯊魚。

事情進行太順利，他心想。現在我希望它是一個夢，我沒釣到那魚，而是一個人躺在報紙鋪的床上。

「但人不是生來就要接受失敗，」他說。「人可以被殺死，但不能被擊敗。」然而很遺憾，我殺了這條魚，他心想。現在難熬時刻要來了，我手上甚至沒有魚叉。那條灰鯖鯊殘酷，能幹，強壯又聰明。但我比牠更聰明。也許不是這樣，他心想。也許我只是有更好的武器。

「別想了，老傢伙，」他出聲說。「朝這方向走，到時候再隨機應變。」

但我一定要想，他這麼想。因爲這是我僅有的。除了這個就是棒球。不知狄馬喬是否欣賞我攻擊鯊魚腦袋的方式？這不是什麼豐功偉業，他心想。任何人都做得來。不過你是否想到我的手就像長骨刺一樣非常不方便？我無法知道。我的腳後跟從沒出過毛病，除了那次我在游泳時踩到刺魟被扎一下，結果小腿麻痺，痛得無法忍受。

「想些開心的事，老傢伙，」他說。「你現在每分鐘都更接近家。丟掉四十磅肉，你航行起來輕快許多。」

當他來到海流中間會發生什麼事，他非常明白。但現在也無計可施。

「是有辦法，」他出聲說。「我可以把刀子綁到一支槳的握把上。」

於是腋下夾著舵柄，腳踩著帆腳索，他就這麼去做。

「現在，」他說。「我依然是個老人。但我並非沒有武器。」

此時海風強勁，航行順利。他只看那魚的前半身，又拾回一些希望。

不抱希望就太傻，他想。此外我相信這是一個罪過。別去想罪過，他心想。現在麻煩夠多了，別提什麼罪過。況且我也不懂。

我不懂罪過，也不確定是否相信這回事。也許殺掉這魚是個罪過。我看應該是，即便我是爲了養活自己和餵飽許多人。不過這麼一來每件事都是罪過。別去想罪過。現在想已經太遲，而且有人是拿了錢來幹這事。讓他們去想吧。你生來是個漁夫，就像那魚生來就是一條魚。聖彼得[21]是個漁夫，就像偉大的狄馬喬他父親也是個漁夫。

但他喜歡去想所有跟自己有關的事，因爲手邊沒有東西可讀，他也沒有收音機，他想了許多，也繼續想罪過的事。你爲了謀生和賣食物才殺那條魚，他心想。你殺牠是基於自尊心，因爲你是個漁夫。牠活的時候，你愛牠，死了之後，你也愛牠。如果你愛牠，殺死牠就不是一種罪過。或者是更大的罪過？

「你想太多了，老傢伙。」他出聲說。

但你很高興殺了那條灰鯖鯊，他想。牠靠吃活魚生存，就像你一樣。牠不是食腐動物，也不像一些鯊魚，到處游動只爲貪婪吞食。牠既漂亮又高貴，而且無所畏懼。

---

21 聖彼得（San Pedro），耶穌所收的十二使徒之一。

「我在自我防禦下殺死牠，」老人出聲說。「我殺牠是有道理的。」

此外，他想，每件事都以某種方式在扼殺別的東西。捕魚讓我得以維生，同樣也讓我精疲力竭。是那男孩讓我活下去的，他心想。我決不能過於蒙騙自己。

他探出小船外面，從那魚身上被鯊魚咬開的地方扯下一塊肉。他咀嚼起來，發現肉質和味道眞好。魚肉結實多汁，就像畜肉，但不是紅的。肉裡面不帶筋，他知道這在市場上可以賣到最好價錢。但沒辦法不讓牠的味道散佈到水裡，老人知道最麻煩的時刻就要來了。

海風持續吹，稍微轉爲東北風，他知道這意味著風不會停。老人看前方，不見任何船帆，也沒有任何船隻或船上冒出的煙。只有飛魚從船頭躍起往兩邊飛去，還有一塊塊黃色馬尾藻。甚至一隻鳥也看不到。

航行了兩小時，他靠在船尾，偶爾吃一塊那條馬林魚的肉，試著休息，保持體力，然後看見兩條鯊魚的前面一條。

「哎。」他發出聲。這字沒什麼意義，也許只是人不自主發出的聲音，感覺釘子穿過手掌釘到木頭裡。

「雙髻鯊。」他出聲說。現在他看到第二條的背鰭跟在第一條後面，從褐色三角背鰭和擺動的方式，他認出那是寬頭雙髻鯊。牠們嗅到氣味興奮不已，簡直餓得發慌，一會兒跟丟，一會兒又尋到氣味。不過牠們持續接近中。

老人繫緊帆腳索，卡住舵柄。然後他拿起綁了刀子的船槳。他盡可能輕輕舉起，因爲兩手痛得不聽使喚。於是他把拿著木槳的手稍微張開再握住，好讓它們舒解開來。現在他握緊了，忍住疼痛不再退縮，同時盯著游來的鯊魚。他看得到牠們寬闊，扁平，像尖鏟一樣的頭，還有白色邊緣的大片胸鰭。牠們是可怕的鯊魚，味道難聞，既吃腐食又會殺生，餓起來連船槳或船舵都會咬下去。這些鯊魚會趁海龜在水面睡覺時咬掉牠們的腳和鰭狀肢，若是餓的時候還會在水裡攻擊人，就算人身上沒有魚血或黏液的味道。

「哎，」老人說。「雙髻鯊。你來呀。」

牠們來了。但不像灰鯖鯊那樣過來。一條鯊魚轉身消失在小船底下，老人感覺船在晃動，牠在猛扯那魚。另一條用牠細縫般的黃眼睛看著老人，然後急衝而來，半圓形的雙顎大開，一口咬在那魚已經被咬過的地方。牠褐色腦袋和背上的那條線清晰可見，那是腦子連接脊椎神經的位置，老人把船槳上的刀子刺進連接點，抽出來，再刺進牠像貓眼般的黃色眼睛。鯊魚放開那魚滑了下去，死前還吞下咬在口中的那塊肉。

小船還在搖晃，另一條鯊魚在啃咬那魚，老人鬆開帆腳索，讓小船往側舷擺去，使得鯊魚露出水面。他看到鯊魚時探出身子，用力朝牠戳下去，但只打在皮肉上，魚皮緊繃，刀子幾乎刺不進去。這一擊不但讓雙手疼得厲害，肩膀也痛極了。但鯊魚很快就一頭衝上來，老人趁牠鼻尖露出水面靠在那魚身上時，直挺挺刺進扁平魚頭的正中央。老人抽出刀子，再猛刺相同位置。牠的兩顎依舊緊咬不放，老人刺牠左眼。鯊魚還是懸在那兒。

「還不夠？」老人說，他用刀子刺進腦子和脊椎之間。這是輕鬆一擊，他感覺到軟骨被切斷。老人翻轉木槳，把刀子放進兩顎間撥開它們。他扭轉刀子，當鯊魚滑開時，他說，「走吧，雙髻鯊。溜到深海裡。去見你的同伴，也許牠是你媽媽。」

老人抹一抹刀鋒，放下船槳。然後他找到帆腳索，張起船帆，把小船駛上航道。

「牠們一定把那魚咬掉了四分之一，還是最好的部位，」他出聲說。「希望這是一個夢，我從沒釣中牠。魚啊，我很抱歉。一切都搞砸了。」他一時語塞，此刻不想去看那魚。血流乾了，受盡海水沖刷，他看那就像鏡子背面的銀色身軀，上面條紋依然可見。

「魚啊，我不應該出海這麼遠，」他說。「對你或對我都不是好事。我眞抱歉，魚啊。」

好了，他對自己說。去看綁刀子的繩子有沒有被割斷。然後把手弄好，因爲還有鯊魚會來。

「眞希望手邊有磨刀石可用，」檢查過船槳把手上的繩子後，老人這麼說。「我應該要帶一塊磨刀石。」你該帶的東西可多了，他想。但是你都沒帶，老傢伙。現在沒時間去想缺少什麼。想想利用手邊的東西能做些什麼。

「你給了我許多忠告，」他出聲說。「我都聽煩了。」

他將舵柄夾在腋下，兩手都浸在水裡，小船繼續向前航行。

「天知道第二條鯊魚咬掉多少肉，」他說。「不過小船現在輕快許多。」他不願去想那殘破不堪的魚腹。他知道鯊魚每次猛烈撞擊都咬走一塊肉，現在魚味散播給鯊魚的蹤跡，寬廣得就像穿越海中的高速公路。

這條大魚可以餵飽一個人整個冬天，他心想。別想那個。只管休息好，讓雙手恢復狀況來保護剩下的魚肉。比起水中的氣味，我手上的血腥味根本不足爲奇。反正它們沒流多少血。被割到的地方也不算什麼。流一點兒血可以預防左手抽筋。

我現在能想什麼？他心想。啥都沒有。我必須什麼都不想，等待下一條鯊魚。眞希望這是一場夢，他想。但誰知道呢？也許會有好結果。

接下來是單獨一條雙髻鯊。牠就像一隻奔向飼料槽的豬，只是這豬的嘴巴大到你可以把頭伸進裡面。老人讓牠咬住那魚，然後用船槳上的刀子朝牠腦袋刺下去。但鯊魚使勁後仰翻身，刀刃啪的應聲折斷。

老人坐下掌好舵。他甚至沒看那大鯊魚緩緩沉入水中，最初身軀還是那麼大，然後變小，接著只剩一丁點。這情景總讓老人著迷。但他現在連看都不看。

「我還有魚鉤，」他說。「但它沒什麼用處。我有兩支船槳和舵柄，還有那根短棍。」

現在牠們打敗我了，他想。我年紀太大，沒辦法打死鯊魚。但只要有船槳，有短棍和舵柄，我會盡力一搏。

他又把手放進水中浸泡。下午時光接近尾聲，眼前不見任何東西，只有大海跟天空。空中的風比之前更大，他期望很快可以看到陸地。

「你累了，老傢伙，」他說。「你骨子裡累了。」

鯊魚沒再來襲，直到日落前夕。

老人看到褐色背鰭循著寬廣蹤跡而來，必定是那魚在水中留下味道。鯊魚甚至不必徘徊尋找氣味。牠們併行著筆直游向小船。

他卡住舵柄，繫緊帆腳索，在船尾底下摸到那根木棍。它是從斷裂船槳鋸下來的握把，大約兩呎半的長度。只能用單手才可靈活揮擊，因爲得握住握把，他用右手好好握住，手指抓緊，看著鯊魚游過來。這兩條都是雙髻鯊。

我得讓第一條確實咬住，然後打牠鼻頭或者頭頂中央，他心想。

兩條鯊魚一起靠近，他看到最近的那條張開兩顎，深深咬進銀色魚身的側邊，便高舉棍子朝鯊魚寬闊的頭頂敲下去。棍子落下，像是打在硬橡膠上。但他也感覺到結實的骨頭，當鯊魚從那魚身上溜走時又朝牠鼻頭中央狠敲一下。

另一條鯊魚竄進竄出，現在張大了嘴又游過來。當牠猛咬那魚，闔上兩顎時，老人看到那嘴角露出一塊塊白色魚肉。他揮舞木棍，只打中牠頭部，鯊魚瞪著他，同時撕裂魚肉。老人趁牠溜開吞嚥時又揮棍敲下去，但只打中厚重結實的皮肉。

「來啊，鯊魚，」老人說。「再來啊。」

鯊魚再衝過來，老人在牠張開大嘴時打牠。他盡可能舉高木棍，紮扎實實敲下去。這次他感覺到腦袋底下的骨頭，然後相同位置再打一下，鯊魚昏昏沉沉撕裂魚肉，然後從那魚身邊溜走。

老人等待牠們再度出現，但兩條鯊魚都不見蹤影。後來看到一條在海面繞圈。他沒看到另一條的背鰭。

我不指望能殺死牠們，他心想。年輕時就辦得到。但我已經重傷牠們，兩條鯊魚都不會覺得好過。如果我能用兩手揮根球棒，保證能殺死第一條。即使現在也行，他想。

他不想看那魚，他知道半個身子都被吃掉了。跟鯊魚搏鬥的時候，太陽已經落下。

「天快黑了，」他說。「到時我應該會看到哈瓦那的燈火。如果我往東邊偏離太遠，會看到其中一處新闢海灘的燈光。」

現在不會離陸地太遠，他想。希望沒人爲我擔心。當然，只有男孩會擔心。但我確定他有信心。

很多老漁夫會擔心。其他許多人也會，他想。我住在一個好心的鎮上。
我不能再對那魚說話，因爲牠被摧殘得太嚴重。此時他腦子裡想起一件事。
「半條魚啊，」他說。「你之前是一條魚。很抱歉出海太遠。我毀了咱們倆。但我們宰掉好多鯊魚，就你和我，還弄傷其他幾條。你曾殺過幾條，老魚啊？你頭上那把長劍可不是生來無用的。」
他喜歡想像那魚，如果自由自在游在水裡會如何對付鯊魚。我應該要砍下那根長吻來對付牠們，他心想。但手邊沒有斧頭，後來刀子也沒了。
但如果我有斧頭，砍下長吻後綁在船槳握把上，這是多棒的武器。這樣我們就是並肩跟牠們搏鬥了。如果牠們晚上過來，現在你會怎麼做？你能做什麼？
「跟牠們搏鬥，」他說。「我會跟牠們搏鬥到底。」
不過現在天黑了，不見燈火光影，只有風和穩定拖曳的船帆，他感覺自己或許已經死了。他合起雙手，觸碰手掌。它們沒死，只要一張一握就會感到要命的疼痛。他把背斜靠在船尾，知道自己沒死。他的肩膀告訴他了。
我承諾過，如果抓到那魚要唸所有祈禱文，他心想。不過我現在累得沒辦法唸。我最好拿布袋過來披在肩上。
他躺在船尾掌著舵，等待天空出現燈火光影。我有半條魚，他心想。也許我的運氣夠好，能把前半段帶回去。我總該有些好運。不，他說。因爲你出海太遠，把運氣搞砸了。
「別傻了，」他出聲說。「保持清醒，掌好舵。總有一天你會碰上天大的好運。」
「我願意買些好運，如果有地方在賣的話。」他說。

我能用什麼來買？他問自己。我能用丟掉的魚叉來買，或者折斷的刀子，或者兩隻疼痛的手？

「你也許能，」他說。「你試圖用八十四天待在海上來買它。他們也幾乎要賣給你。」

我不能胡思亂想，他心想。好運這東西來的時候有許多形式，誰認得出來？然而不管哪種好運我都要拿一點，付出什麼代價都可以。我希望能看到燈火的光影，他想。我希望的事太多了。但我現在希望的是這件事。他嘗試坐舒服些來掌舵，從身上的疼痛知道自己並沒有死。

他看到城市燈火反射的光影，時間應該是晚上十點左右。起先只是依稀可見，就像月亮升起前的天空微光。後來朝海面望去，現在海風漸強吹起了大浪，粼粼波光變得更為明顯。他在微光下掌著舵，心想過不了多久就會到達灣流邊緣。

這下完了，他心想。鯊魚很可能會再來攻擊。但一個人在黑夜中沒有武器，怎麼能跟牠們對抗？

他現在全身僵硬酸痛，身上傷口和所有過度使用的部位在夜裡冷得發疼。真希望不必再搏鬥，他心想。真的非常希望不用再搏鬥了。

但是到了午夜，他開始搏鬥，而且知道這次徒勞無功。鯊魚來了一群，他只能看到背鰭在水中劃出的線條，還有牠們貼近那魚所發出的磷光。他敲打鯊魚的頭，聽牠們大口撕咬的聲音，以及在下面拉扯晃動小船的聲音。他用木棍拚命打，只能憑感覺和聽覺找目標，然後感覺有東西咬住木棍，從此它一去不返。

他猛力扯下舵柄用它又敲又劈，兩手握住一次一次往下砸。但此刻牠們全往船頭擁去，一條接一條群起而上，扯下一塊塊魚肉，當牠們再次轉頭回來時，海裡魚肉顯得閃閃發亮。

最後，有一條直朝魚頭過來，他知道那魚完了。他拿舵柄朝鯊魚的頭揮過去，打在兩顎攫住魚頭的地方，結實的魚頭根本咬不下來。他揮一下，兩下，再一下。他聽到舵柄折斷，用斷裂的木柄刺向鯊魚。他覺得刺進去了，知道那尾端夠尖銳，於是再刺深一點。鯊魚鬆口翻身而去。這是那群鯊魚裡的最後一條。牠們已經沒東西可吃。

老人幾乎喘不過氣，嘴裡有股奇怪味道是銅腥味帶一點兒甜，他一時害怕起來。不過這味道不重。

他朝海裡吐了一口唾液說，「儘管吃吧，雙髻鯊。然後做個夢，夢到你殺了一個人。」

他知道自己現在終於被打敗，沒什麼可以挽救了，於是回去船尾，發現舵柄的鋸齒斷口還能插回舵上，足夠讓他掌舵。他披起布袋，操控小船駛在航道上。現在航行起來相當輕快，他不抱任何思緒或感受。此刻他拋開所有的事，盡可能明智地駕好小船回去自家港口。夜裡鯊魚攻擊那魚殘骸，就像有人會撿食桌上的麵包屑一樣。老人沒注意牠們，除了掌舵，他不關心任何事。他只留意小船現在沒了旁邊的沉重負荷，行駛起來多麼輕快順暢。

小船沒事，他心想。它很完整，都沒有受損，除了舵柄。那換起來簡單。

他感覺到現在航行在海流當中，能看見岸邊村落的燈光。他知道此刻身在何處，而且沒任何漁獲可帶回家。

至少風是我們的朋友，他心想。然後加了一句，至少有時候。大海裡有我們的朋友和敵人。還有床，他想。床是我的朋友。就是床，他心想。床將是個重要的東西。你被打敗時，躺到床上會很舒服，他想。我從不知道它有多舒服。以及什麼打敗東西打敗你，他心裡想。

「什麼都不是，」他出聲說。「就因為我出海太遠。」

當他駛進小港，露臺餐館的燈光全熄，他知道人們都在睡覺。海風持續加大，現在吹得強勁。而港中靜悄悄的，他駛向岩石下的一片卵石灘上。沒人來幫他，所以他靠自己盡力把船駛靠岸。走上岸將船繫在一塊岩石上。

他卸下桅杆，捲起船帆綁好。然後扛起桅杆沿著堤岸往上爬去。這時他才知道自己有多累。他停了一會兒回頭看，在街燈反光中看到巨大魚尾完好挺立在小船後面。他看著像一條白線般的赤裸脊骨，伸出長吻的暗色大魚頭，還有中間一無所有的魚身。

他又開始爬，到頂之後跌在地上躺了一會兒，桅杆還橫在肩頭。他試圖站起來。但實在困難，他扛著桅杆坐在那兒，眼睛望向馬路。一隻貓在遠方過了街去幹牠自己的事，老人盯著牠看。然後又盯著馬路。

最後他放下桅杆站起來。他拾起桅杆扛上肩頭，開始走上馬路。他不得不坐下休息了五次，最後才走到自己的棚屋。

在棚屋裡，他把桅杆靠在牆上。摸黑找到水瓶喝了口水。接著躺到床上。他把毯子拉過肩膀，蓋住背和兩腿，趴睡在層層報紙上，兩條手臂打直了，手掌都朝上攤著。

早上男孩從門口往屋裡瞧時，他還在熟睡。因為風刮太大，沒動力的小船無法出海，因此男孩睡到很晚，然後一如每天早晨來到老人的棚屋。男孩看到老人還在呼吸，然後看到老人的手就開始哭了。他非常安靜走出去，打算帶些咖啡過來，一路上他都在哭。

許多漁夫圍著小船看那綁在旁邊的玩意兒，有個漁夫捲起褲子站在水裡，用一段繩子丈量骨骸。

男孩沒下去。他先前已經來過，有個漁夫在幫他看管小船。

「他怎麼啦？」其中一個漁夫喊說。

「在睡覺，」男孩大聲回說。他不在意他們看到他哭。「別讓任何人打擾他。」

「牠從頭到尾有十八呎長。」那在丈量的漁夫喊道。

「我相信。」男孩說。

他走進露天餐館，點了一罐咖啡。

「熱的，多加些奶和糖。」

「還要什麼？」

「不用。晚一點我會看看他能吃什麼。」

「真驚人的一條魚，」餐館老闆說。「從沒見過這麼大的魚。你昨天也捕到兩條很棒的魚。」

「別管我的魚。」男孩說，他又哭了起來。

「你要喝些什麼嗎？」餐館老闆問。

「不用，」男孩說。「告訴他們別去打擾聖地牙哥。我會回來。」

「告訴他我有多惋惜。」

「謝謝。」男孩說。

男孩拿那罐熱咖啡來到老人的棚屋，坐在旁邊等他起床。有一次他看似快醒了，但又沉睡下去，男孩走到對街去借來一些木柴，把咖啡加熱。

老人終於醒了。

「別坐起來，」男孩說。「把這喝了。」他倒了一些咖啡在玻璃杯裡。

老人接過來喝。

「牠們打敗我了，曼諾林，」他說。「牠們真的打敗我了。」

「牠沒打敗你。那條魚可沒有。」

「對啊。的確如此。吃敗戰是後來的事。」

「佩德里科在看管小船和帆具。你想怎樣處理那魚頭？」

「要佩德里科把它砍下來，放到捕魚籠裡當餌。」

「那根長吻呢？」

「如果你要的話就拿去。」

「我要，」男孩說。「現在我們得爲另一件事做打算。」

「他們有尋找我嗎？」

「當然。出動了海岸防衛隊和飛機。」

「海非常大，船很小，很難看見，」老人說。他發覺有人可以說話是多麼愉快，不必對著自己和大海說話。「我惦記著你，」他說。「你捕到什麼？」

「第一天一條魚。第二天一條，第三天兩條。」

「非常好。」

「現在我們要再一起捕魚。」

「不。我運氣不好。我不會再碰上好運。」

「別管運氣了，」男孩說。「我會帶著好運。」

「你家人會怎麼說？」

「我不在乎。我昨天捕到兩條魚。不過現在我們要一起捕魚，因爲我還有很多事得學。」

「我們得弄來一支有殺傷力的長矛，而且隨時帶到船上。你可以用一輛舊福特車的板簧來做矛頭。我們可以拿去瓜納瓦科阿[22]打磨。它得磨到很鋒利，不要回火冶煉以免斷裂。我的刀子斷了。」

「我會弄另一把刀子來，把板簧也磨好。這大風會吹多少天？」

「也許三天。或者更多天。」

「我會準備好所有東西，」男孩說。「把你的手傷養好，老頭兒。」

「我知道如何照料它們。晚上我吐了一些怪東西出來，感覺胸口有地方傷到。」

「把那傷也養好，」男孩說。「躺下，老頭兒，我會幫你帶來乾淨的襯衫，還有一些吃的。」

「隨便帶一份我不在時的報紙過來。」老人說。

「你必須趕快復原，因爲有好多我能學的事，你可以全都教我。你吃了多少苦頭？」

「很多。」老人說。

「我會帶食物和報紙過來，」男孩說。「好好休息，老頭兒。我會從藥房給你的手拿些藥來。」

「別忘了告訴佩德里科說魚頭是他的。」

「沒忘。我會記得。」

男孩出門，沿著磨損的珊瑚石路走，他又哭了。

22瓜納瓦科阿（Guanabacoa）是位於哈瓦那東邊的一座城鎮。

那天下午，露臺餐館來了一群遊客，有個女人朝下面水中望去，看到空啤酒罐和死梭魚間有一條又大又長的白色脊椎，後面拖著隨著潮水漂浮擺蕩的巨大尾巴，此時東風在港口外不斷掀起大浪。

「那是什麼？」她問侍者，手指著大魚的長長脊骨，它現在只是一堆等著被潮水沖到港外的垃圾。

「Tiburon[23]，」侍者說。「鯊魚。」他的意思是要解釋發生了什麼事。

「我不知道鯊魚有這麼漂亮、外形這麼優美的尾巴。」

「我也不知道。」她的男伴說。

在路的另一頭，老人的棚屋裡，他又睡著了。他依舊趴著睡，男孩坐在旁邊看他。老人正夢到獅子。

23 Tiburon是西班牙文「鯊魚」的意思。

尼克・亞當斯故事集

THE NICK ADAMS STORIES

第一部　北方森林

三聲槍響

尼克正在帳篷裡脫下衣服。他看到父親與喬治叔叔的身影在火光中投射在帆布上。他感到非常彆扭和難爲情，盡快脫完後把它們折疊整齊。他覺得難爲情是因爲脫衣服讓他想起昨晚的事。整天下來他都不願去想這件事。

他父親和叔叔昨晚用餐後就帶著一盞提燈要去湖對岸釣魚。他們把小船推下水前，父親說他們不在時，如果遇到緊急狀況，他可以用來福槍發出三聲槍響，他們就會立刻趕回來。尼克離開湖邊穿過樹林回去營地，在黑暗中還能聽到划槳的聲音。他父親負責划船，叔叔則在船尾拖著釣餌。父親把船撐離岸邊時，叔叔已經坐好備妥釣竿。尼克傾聽他們在湖上的動靜，直到再也聽不到划槳的聲音。

穿過林地走回去時，尼克開始害怕起來。他在晚上對樹林總是感到有些畏懼。他掀開帳篷門簾進去，黑暗中脫掉衣服靜靜裹在毯子裡。外面營火燒盡只剩一堆木炭，尼克躺著不動試圖入睡。到處都是一片死寂，尼克覺得只要能夠聽見狐狸叫聲，或者貓頭鷹什麼的任何動靜，他就放心多了。至今還沒有任何東西眞正讓他害怕，不過現在卻愈來愈害怕。接著他突然害怕死亡。幾個星期前還在家鄉，他們在教堂唱一首讚美聖歌《必睹主顏》。唱聖歌時尼克了解到有一天他必然會死，這讓他感到相當難受，這是他有生以來第一次明白自己終究難逃一死。

那晚他坐在走廊的夜燈下閱讀《魯賓遜漂流記》，試著忘掉總有一天會死的這個事實。保姆發現他在那兒，警告說他再不上床睡覺就要告訴他父親。他進房間上床，等保姆回她自己房間又立刻出來，在走廊夜燈下一直讀到天亮。

昨晚在帳蓬裡他又感到相同的恐懼。他只在晚上才有這種感覺。起初比較像是某種領悟而非恐懼，不過總是瀕臨恐懼邊緣，然後很快就害怕起來。他眞的嚇壞了，馬上拿起來福槍，把槍口伸出帳蓬前面開了三槍。槍托重重反擊。他聽到槍聲劃過樹林，開槍後就覺得安心多了。

他躺下等待父親回來，沒等父親和叔叔在對岸把提燈熄滅就睡著了。

「那臭小子！」他們往回划時喬治叔叔說。「你爲什麼告訴他可以呼叫我們？也許他只是大驚小怪罷了。」喬治叔叔熱衷於釣魚，也是父親的弟弟。

「喔，好啦。他年紀還小。」他父親說。

「實在沒理由帶他跟我們進樹林。」

「我知道他很膽小，」他父親說，「不過我們在那年紀時膽子都很小。」

「我受不了他，」喬治叔叔說。「他實在是鬼話連篇。」

「喔，好啦，別計較。反正你釣魚的機會多的是。」

他們走進帳蓬，喬治叔叔用手電筒照尼克的眼睛。

「尼基[1]，怎麼回事？」他父親說。尼克坐了起來。

---

1 尼克全名為尼古拉斯（Nocholas），作者多以尼克（Nick）稱之，尼基（Nicky）為親近的人用的稱呼。

「那聲音聽來既像狐狸又像狼，圍繞著帳蓬遊蕩，」尼克說，「它有些像狐狸，但是更像一隻狼。」當天他才從叔叔那兒學到「既像什麼又像什麼」的說法。

「他也許聽到的是一隻鳴角鴞。」喬治叔叔說。

早上他父親才發現兩棵大菩提樹枝葉交錯，隨風搖曳發出摩擦聲。

「你聽到的會不會是這個聲音，尼克？」他父親問。

「也許。」尼克說。他不願再想這件事。

「你不要到樹林裡就感到害怕，尼克。沒東西能傷得了你。」

「即使是閃電？」尼克問。

「對，即使是閃電。如果遇上大雷雨就跑去空地，或者躲到山毛櫸樹下，它們從未被雷擊中。」

「從未？」尼克問。

「我從未聽過有這種事。」他父親說。

「哇，我真高興知道關於山毛櫸的事。」尼克說。

現在他又在帳篷裡脫衣服。雖然沒轉頭看，但他可以察覺布幕上的兩個身影。然後他聽見一艘小船被拉上岸，兩個身影走開了。父親在跟某人講話。接著他父親呼喊：「把衣服穿上，尼克。」

他盡快穿好衣服。父親走進來翻遍行李袋。

「穿上外套，尼克。」他父親說。

印地安營地

另一艘小艇被拉上岸。兩個印地安人站在湖邊等候。

尼克和父親坐進小船的船尾，兩個印地安人把船推離岸邊，其中一人跳上去划船。喬治叔叔坐在營地小艇的船尾，年輕印地安人把船推離湖岸，然後跳上來為喬治叔叔划船。

兩艘船在黑暗中出發。尼克聽見薄霧中另一艘船的槳架在老遠前方傳來聲音。印地安人一槳一槳快划掀起了波浪，尼克依靠在父親環抱的雙臂中。湖面上很冷，為他們划船的印地安人非常賣力，但是前面另一艘船在霧氣中始終遠離愈遠。

「爸爸，我們要去哪？」尼克問。

「去印地安營地。有一位印地安女士病得很重。」

「喔。」尼克說。

通過湖灣，他們發現另一艘船已經靠岸，喬治叔叔在黑暗中抽著雪茄菸。年輕印地安人把小船拉上岸，喬治叔叔給兩個印地安人各一支雪茄菸。

他們從岸邊向上走，穿過一片被露水浸溼的草地，年輕印地安人拿提燈跟在後面。然後他們走進樹林，順著小徑來到通往山中的伐木道路。這條路明亮多了，因為兩旁樹木都被砍伐殆盡。年輕印地安人停下腳步吹熄提燈，他們繼續沿著道路走。

他們走過一處彎道，一隻狗跑過來吠叫。前方亮光是從剝樹皮的印地安人所住的簡陋小屋透出來。更多狗衝向他們，隨行的印地安人打發牠們回去小屋。最靠近道路的小屋窗戶亮著，一位老婦人在門口拿著油燈。

屋內木架床鋪躺著一個年輕印地安婦人。她試圖產下腹中的嬰兒，已經耗了兩天。營地裡的老婦人都在幫她，男人們則跑到路上在黑暗中抽菸，躲避她的叫喊聲。尼克和兩個印地安人跟在父親與喬治叔叔後面走進屋裡時，她又開始尖叫起來。她躺在下鋪，被褥下的身軀挺著大肚子，臉偏向一邊。躺在上鋪的是她丈夫，三天前他用斧頭砍傷了自己，傷得很重。他在抽菸斗，屋子裡的味道非常難聞。

尼克的父親要人拿水去火爐上，燒水時他對尼克說。

「這位女士就要生孩子了，尼克。」他說。

「我知道。」尼克說。

「你不知道，」他父親說。「聽我說。她在忍受所謂的陣痛，這孩子要被生出來，她想把他生出來。她正使盡全力努力把孩子生出來，她放聲大叫就是這麼一回事。」

「我懂了。」尼克說。

這時候婦人又叫了起來。

「喔，爸爸，你能不能給她些什麼讓她停止尖叫？」尼克問。

「沒辦法。我沒有麻醉藥，」他父親說。「不過讓她叫沒關係。我不會去聽她的叫聲，那不重要。」

先生在上鋪轉個身面對牆壁。

廚房裡的婦人向醫生點個頭表示水燒熱了。尼克的父親走進廚房，從大水壺倒了將近一半的水到臉盆裡，再攤開手帕拿了些東西放進水壺剩下的水中。

「水一定要燒滾。」他吩咐，然後開始在那盆熱水裡用他從帳蓬帶來的肥皀擦洗雙手。尼克看著父親的手用肥皀相互搓揉。當父親非常仔細徹底洗手時，一邊說道。

「你要知道，尼克，小孩出生時應該都是頭先出來，不過有時並非如此。如果不是頭先出來就會給大家添麻煩。也許我得爲這位女士動手術，一會兒我們就知道。」

他認爲手洗得夠乾淨了，然後走進房間開始幹活。

「掀開被子好嗎，喬治？」他說。「我最好不要碰到它。」

一會兒當他開始動手術時，喬治叔叔和三個印地安人緊緊抓住婦人。她朝喬治叔叔的手臂咬下去，喬治叔叔說：「該死的潑婦！」爲喬治叔叔划船的年輕印地安人朝他大笑。尼克爲他父親捧著臉盆。手術花了很長的時間。

他父親拎起嬰兒拍打讓他呼吸，然後遞給老婦人。

「瞧，是個男孩，尼克，」他說。「你當實習醫生感覺如何？」

尼克說：「還好。」他在看別的地方，不敢看他父親在做什麼。

「好，這就行了。」他父親說，同時把某個東西放進臉盆。

尼克沒看是什麼。

「現在，」他父親說，「要縫上幾針。你可以看或不看，尼克，隨你意思。我要把切開的傷口縫合。」

尼克沒有看。他的好奇心早已消失。

他父親完成手術後站起來。喬治叔叔與三個印地安人也站起來。尼克把臉盆拿到廚房。

喬治叔叔看著自己手臂，年輕印地安人露出意有所指的微笑。

「我要灑些消毒藥水在那上面，喬治。」醫生說。

他彎腰去看印地安婦人。現在她安靜下來，閉上眼睛，看來非常蒼白。她不知道嬰兒發生什麼事，任何事都不知道。

「我早上會回來，」醫生起身說。「中午的時候護士會從聖伊尼亞斯[1]到這裡，她會帶來我們需要的所有東西。」

他意氣風發地話多了起來，就像球賽結束後在更衣室裡的足球員。

「這手術足以登上醫學期刊，喬治，」他說。「用一把摺刀來剖腹生產，再用九英尺長的釣魚線縫合傷口。」

喬治叔叔靠牆站著，看著自己的手臂。

「喔，好吧。你真是厲害。」他說。

「該去看看那得意的父親。他們通常是這小狀況下最難受的人，」醫生說。「我必須說他在整個過程還算相當平靜。」

他把被子從印地安人的臉上掀開，接著鬆開沾溼的手。他蹬在下鋪邊緣，一隻手拿著油燈探頭

---

1 聖伊尼亞斯（St. Ignace），位於密西根州上半島最南端的城市，是麥基諾郡的郡首府。

看。印地安人臉朝牆壁躺著，喉嚨被整個橫切開來，泊泊鮮血浸透了身軀癱陷的床鋪。他的頭枕在左手臂上，打開的剃刀鋒口朝上掉落在毯子上。

「把尼克帶去屋外，喬治。」醫生說。

其實不需要這麼做。尼克站在廚房門口，當父親一手提著油燈，把印地安人的頭推回去時，上鋪景像已經看得一清二楚。

他們在伐木道路上走回湖邊時，天色開始發亮。

「尼基，很抱歉帶你來這，」他父親說，手術後的愉快心情全都消失了。「讓你經歷了可怕的一團亂。」

「女人生孩子都得受這種苦嗎？」尼克問。

「不，這是相當、相當少見的特例。」

「他爲什麼要自殺，爸爸？」

「我不知道，尼克。我猜他是無法忍受。」

「很多男人會自殺嗎，爸爸？」

「沒有很多，尼克。」

「那麼女人呢？」

「幾乎沒有。」

「眞的沒有？」

「喔，不，有時候會有。」

「爸爸？」

「是的。」

「喬治叔叔去哪兒了？」

「他會出現的。」

「死會很難嗎，爸爸？」

「不，我認爲很容易，尼克。要視情況而定。」

他們坐進小船，尼克在船尾，他的父親划船。太陽正升上山頭，一條鱸魚從水中躍出，激起一圈漣漪。尼克把手伸進水裡，在冷颼颼的早晨倒覺得它很溫暖。

一大清早在湖面上，坐在父親划槳的船尾，他很篤定自己絕不會死。

醫生和他太太

迪克·博爾頓從印地安人營地過來爲尼克的父親劈砍圓木，他帶自己兒子艾迪和另一個叫比利·泰布肖的印地安人同行。他們從樹林出來走進後門。艾迪扛著長長的橫鋸，橫鋸在他肩頭擺動，隨步伐發出音樂般的聲響。比利·泰布肖提了兩把大木桿鉤，迪克則是在腋下夾著三把斧頭。

他轉身關上後門，其他兩人在前面走向湖岸，圓木就掩埋在沙灘上。

這些圓木是《魔法號》汽船要拖到湖下游的鋸木廠，結果從攔木柵流失出來的。它們漂浮到岸邊擱淺，假如什麼都不做，《魔法號》船員遲早會划小船來岸邊找到圓木，在每根圓木末端釘上鐵環釘，然後拖往湖面重新做個攔木柵。不過伐木工人也許永遠不會來，因爲就幾根圓木不值得出動船員去收回。如果沒人拿走，這些圓木就會在岸邊被湖水泡爛。

尼克的父親認爲反正結果一定如此，所以從營地雇用印地安人來這裡用橫鋸切開圓木，再用楔子把它們劈開當做層積木料和壁爐用的柴木塊。迪克·博爾頓繞過小屋走去湖邊。湖岸有四大根山毛櫸圓木，幾乎全掩埋在沙堆下。艾迪把橫鋸一端的把手吊掛在一棵樹的枝枒上，迪克將三把斧頭放在小碼頭上。迪克是混血兒，湖畔許多農人都認爲他其實是個白人。他很懶散，不過只要開始工作就非常賣力。他從口袋拿出菸草咬了一口，然後用印地安語跟艾迪與比利·泰布肖交談。

他們用木桿鉤咬住一根圓木使勁轉動，要把它從沙堆裡鬆脫出來。他們用身體重量壓在木桿上，圓木在沙堆裡鬆動了。迪克·博爾頓朝尼克的父親轉過頭去。

「喲，醫生，」他說，「你偷到好多木料。」

「別那麼說，迪克，」醫生說。「它們是漂流木。」

艾迪和比利．泰布肖已經從潮溼的沙堆裡把圓木搖晃出來，並且滾向湖邊。

「丟進水裡。」迪克．博爾頓喊道。

「你為什麼要這麼做？」醫生問。

「清洗乾淨。洗掉沙子才好鋸。我倒想看它原本是屬於誰的。」迪克說。

圓木在湖面載浮載沉。艾迪和比利．泰布肖依靠著木桿鉤，在太陽下汗水淋漓。迪克跪到沙灘上，仔細瞧瞧圓木底端的鍾印標記。

「原來是懷特──麥克納利公司。」他說，同時站起來拍一拍長褲膝蓋。

醫生感到很不自在。

「那麼你最好不要鋸它，迪克。」他立刻說。

「別生氣，醫生，」迪克說。「別生氣。我不在乎你偷誰的。這不關我的事。」

「如果你認為圓木是偷來的，那就別碰，帶你的工具回去營地。」醫生說。他的臉漲紅了。

「別衝動，醫生。」迪克說。他吐了一口菸草汁在圓木上，那口菸草汁滑進湖裡被水沖淡。「你跟我一樣清楚它們是偷來的。對我來說沒有差別。」

「就這樣。如果你認為圓木是偷來的，拿著你的傢伙離開。」

「現在，醫生……」

「東西拿了出去。」

「聽我說，醫生。」

「如果再叫我一次醫生，就打斷你的牙齒要你吞下去。」

「喔，不，你不會的，醫生。」

迪克．博爾頓瞪著醫生。迪克是大個子，他知道自己個頭有多大，也很願意打上一架。他樂意奉陪。艾迪與比利．泰布肖靠在木桿鉤上瞧著醫生。醫生咬著下唇鬍子直瞪迪克．博爾頓，然後轉身離開，往上坡走向小屋。他們從背影就看得出來他有多生氣。他們全都看著他走上斜坡進去屋裡。

迪克用印地安語說了些什麼。艾迪笑出聲來，不過比利．泰布肖看起來相當嚴肅。他不懂英語，但是爭執過程都在直冒汗。他身材肥胖，留著稀疏的鬍子看起來像中國人。他拿起那兩根木桿鉤，迪克撿起斧頭，艾迪把掛在樹上的橫鋸取下來。他們開始往上坡走，經過小屋，出了後門進入樹林。迪克任門敞開著，比利．泰布肖回來把門關上。他們消失在樹林裡。

醫生在屋子裡，坐在自己房間床上，看見衣櫥旁地上的一疊醫學期刊。這些雜誌仍在封套裡，沒有拆開。他愈看愈惱怒。

「你不回去工作嗎，親愛的？」醫生太太從她房間裡問，她放下百葉窗躺在床上。

「不！」

「發生什麼事嗎？」

「我跟迪克．博爾頓起口角。」

「喔，」他太太說。「我希望你沒有發脾氣，亨利。」

「沒有。」醫生回答。

「要記得，治服己心的，強如取城。」他太太說。她是基督教科學會[1]的信徒，她的《聖經》，那本《科學與健康》還有《季刊》就放在陰暗房間的床邊桌上。

她先生沒有回應。他正坐在床上清理一把獵槍。他把裝滿沉甸甸黃銅色子彈的彈匣推進去又拔出來。子彈撒在床上。

「亨利！」他太太呼喚，然後隔了一會兒。「亨利！」

「是。」醫生說。

「你沒說什麼話惹博爾頓生氣吧？」

「沒有。」醫生說。

「那麼你在煩惱什麼，親愛的？」

「沒什麼大不了的。」

「告訴我，亨利。任何事都不要瞞著我。你在煩惱什麼？」

「唉，迪克欠我一大筆治療他妻子肺炎的醫藥費，我猜他想引起爭執，這樣他就不必爲我幹活來抵債。」

他太太不作聲。醫生用一塊抹布小心翼翼擦他的獵槍，把子彈頂住彈匣的彈簧推回去。他把獵槍放在膝蓋上，他非常喜歡這把槍。接著他聽到妻子的聲音從幽暗的房間傳過來。

---

1 基督教科學會（Christian Scientist）是艾迪夫人（Mary Baker Eddy,1821-1910）於一八七九年創立。《科學與健康》（*Science and Health*）是艾迪夫人的成名作。

「親愛的，我不認爲如此，我眞的不認爲有人實際上會做那樣的事。」

「眞的？」醫生說。

「眞的。我無法相信任何人會故意做那種事。」

醫生站起來，把獵槍放在衣櫥後面的角落。

「你要出去嗎，親愛的？」他太太說。

「我想出去走走。」醫生說。

「如果看到尼克，親愛的，麻煩你告訴他說媽媽想見他，好嗎？」他太太說。

醫生走到外面走廊，紗門在身後啪一聲關上。門關上時他聽到妻子倒抽一口氣。

「抱歉。」他在放下百葉窗的窗子外說。

「沒關係，親愛的。」她說。

他頂著酷熱走出大門，沿小路走進鐵杉林。即便在這種大熱天，樹林裡仍顯得涼爽。他發現尼克背靠在一棵樹上，坐著看書。

「你媽媽要你去看她。」醫生說。

「我想跟你一道走。」尼克說。

他父親低頭看他。

「好，那麼來吧，」他父親說。「把書給我，我會放在我口袋。」

「我知道哪裡有黑松鼠，爸爸。」尼克說。

「好，」他父親說。「我們就去那兒。」

十個印地安人

有一次過了獨立紀念日，尼克很晚才與喬．加納一家人駕著馬車從鎮上趕回來，路上遇到九個喝醉的印地安人。他記得是九個人，因爲在昏暗中駕著馬車的喬．加納拉停了馬匹，跳到路上把一個印地安人拖離馬路。那個印地安人臉朝下趴在沙土地上已經睡著，喬把他拖進灌木叢裡，然後回到馬車上。

「那是第九個，」喬說，「就從離開鎮後到這裡。」

「那些印地安人啊！」加納太太說。

尼克與加納家的兩個男孩坐在後座。他從後座往外看那個被喬拖到路邊的印地安人。

「那是比利．泰布肖嗎？」卡爾問。

「不是。」

「他的褲子看來就像比利的那樣好大一件。」

「印地安人都穿同樣的褲子。」

「我根本沒看到他，」法蘭克說。「爸爸跳下馬路又爬回來，我沒看到任何東西。我以爲他在殺一條蛇。」

「我猜，許多印地安人今晚都會殺蛇。」喬．加納說。

「那些印地安人啊！」加納太太說。

他們趕著馬車前進，離開大馬路往山上走去。馬兒拖得很吃力，於是男孩們下車用走的。路面佈滿細沙。尼克在校舍旁的山頂回頭看，他看見佩托斯基[1]的斑斕燈火，隔著小特拉弗斯灣，更遠的是哈伯斯普林斯[2]的點點燈光。他們又爬回馬車上。

「他們應該在那段路鋪些碎石，」喬·加納說。馬車走在穿過樹林的路上，喬和加納太太緊靠著坐在前座，尼克坐在兩個男孩中間。這路來到林間的一片空地。

「爸爸就在這裡壓到臭鼬。」

「還要再前面。」

「在什麼地方沒有差別，」喬頭也不回說。「在這兒或在那兒壓到一隻臭鼬還不是都一樣。」

「昨晚我看見兩隻臭鼬，」尼克說。

「在哪兒？」

「下面湖邊。牠們沿著水灘尋找死魚。」

「那也許是浣熊。」卡爾說。

「那是臭鼬。我想我認得臭鼬。」

「你應該認得，」卡爾說。「你有一個印地安女朋友。」

「不准那樣說，卡爾。」加納太太說。

---

1 佩托斯基（Petoskey）位於密西根州下半島北部，是小特拉弗斯灣（Little TraverseBay）南岸的港口城市。

2 哈伯斯普林斯（Harbor Springs）是位於小特拉弗斯灣北岸的小鎮。

「哎，他們聞起來都一個樣。」
喬笑了出來。
「你別笑，喬。」加納太太說。「我不許卡爾那樣說話。」
「尼基，你交了印地安女朋友？」喬問說。
「沒有。」
「他明明有，爸爸。」法蘭克說。「普露登絲·米切爾是他的女朋友。」
「她不是。」
「他每天都去看她。」
「我沒有。」黑暗中，尼克坐在兩個男孩中間，聽他們拿普露登絲·米切爾來逗弄自己，感到心虛又竊竊自喜。「她不是我的女朋友。」他說。
「別聽他的。」卡爾說。「我看到他們每天都在一起。」
「卡爾交不到女朋友。」他母親說，「甚至連印地安老太婆都不理他。」
卡爾不出聲。
「卡爾碰到女孩就沒轍了。」法蘭克說。
「你住嘴。」
「這沒什麼不好，卡爾。」喬·加納說。「女孩對男人一點幫助都沒有。瞧你爸。」
「對，你就會那麼講。」馬車一個顛簸，加納太太往喬那邊挪過去。「話說，你年輕時也交了很多女朋友。」

「我敢打賭爸爸未曾找過印地安女孩當女朋友。」

「想都別想。」喬說。「你最好小心看緊小普露登絲，尼克。」

他太太對他耳語幾句，然後喬笑了出來。

「你在笑什麼？」法蘭克問。

「不許講，加納。」他太太警告。喬又笑了。

「尼基可以得到普露登絲，」喬．加納說。「我則是娶到一個好女人。」

「這麼說才對。」加納太太說。

馬匹在沙地上使勁拉車，喬在黑暗中揮擊馬鞭。

「加把勁兒，用力拉。明天你們還要拉更重的東西。」

他們搖搖晃晃走下長坡，馬車顛簸不已。到達農舍後大家下車，加納太太開門走進屋內，然後手上拿了一盞提燈出來。卡爾和尼克從馬車後面卸下貨物。法蘭克坐上前座把馬車趕去穀倉，安置馬匹。尼克走上台階打開廚房門。加納太太正在生爐火，把煤油淋在柴木上時回過頭來。

「再見，加納太太，」尼克說。「謝謝你們讓我搭便車。」

「喔，尼基，這沒什麼。」

「我玩得很開心。」

「我們喜歡有你做伴。要不要留下來吃晚餐？」

「我還是走好了。我想爸爸也許在等我。」

「哦，那就去吧。叫卡爾來屋子裡，好嗎？」

「好的。」

「晚安，尼基。」

「晚安，加納太太。」

尼克通過農家庭院走去穀倉。喬和法蘭克正在擠牛奶。

「晚安，」尼克說。「我玩得很開心。」

「晚安，尼克，」喬．加納大聲說。「你不留下來吃飯？」

「不，沒辦法。麻煩您告訴卡爾他媽媽在找他？」

「好的。尼基，晚安。」

尼克赤腳走在穀倉下方穿過牧草地的小徑上。小徑很平坦，腳丫沾上露水感覺很涼快。他在草地盡頭爬過籬笆，走進一條溝壑，踩進爛泥的雙腳都浸溼了，然後又爬過乾燥的山毛櫸樹林，直到看見屋子的燈光。他爬過籬笆繞到前廊。他從窗口看到父親坐在桌邊，在大燈亮光下看書。尼克開門進去。

「嗨，尼基，」他父親說，「玩得開心嗎？」

「玩得很開心，爸爸。眞是開心的獨立紀念日。」

「你餓了嗎？」

「是的。」

「你的鞋子呢？」

「我忘在加納的馬車上了。」

「快去廚房吧。」

尼克的父親提著燈走在前面，他停下來打開冷藏櫃蓋子。尼克走進廚房。他父親用盤子端來一塊凍雞肉和一壺牛奶，放在尼克面前的餐桌上。他放下提燈。

「還有一些派餅，」他說。「你想吃嗎？」

「好極了。」

他父親坐到一張椅子上，就在油布覆蓋的餐桌旁。廚房牆壁上有他的大片投影。

「誰贏了球賽？」

「佩托斯基隊。五比三。」

父親坐著看他吃東西，然後從壺子裡幫他倒一杯牛奶。尼克喝了牛奶，用餐巾擦一擦嘴。他父親伸手到櫃子上拿派餅，爲尼克切了一大塊。這是越橘莓派。

「你做了些什麼，爸爸？」

「我早上出去釣魚。」

「釣到什麼？」

「只有鱸魚。」

他父親坐著看尼克吃派餅。

「你下午做什麼？」尼克問。

「我散步到印地安營地。」

「有沒有見到任何人？」

「印地安人全都到鎮上買醉。」

「你一個人都沒看到？」

「我看到你朋友，小普露登絲。」

「她在哪？」

「她跟法蘭克．沃希伯恩在樹林裡。我在偶然中遇見他們，兩人在那兒好一會兒了。」

他父親沒看著他。

「他們在做什麼？」

「我沒停下來看。」

「告訴我他們在做什麼。」

「我不知道，」他父親說。「我只聽到他們在附近發出窸窣聲。」

「你怎麼知道是他們？」

「我看見他們。」

「我以為你剛才說沒看見他們。」

「喔，有，我有看見他們。」

「跟她在一起的是誰？」尼克問。

「法蘭克．沃希伯恩。」

「他們……他們……」

「他們什麼？」

「他們快活嗎？」

「我猜是的。」

他父親站起來離開餐桌走到廚房紗門外。當他回來時，尼克正瞪著自己的盤子。他才剛哭過。

「再來一些？」他父親拿起刀子去切派餅。

「不。」尼克說。

「你最好再吃一塊。」

「不，我一點也不想吃了。」

他父親收拾餐桌。

「他們在樹林的什麼地方？」尼克問。

「就在營地後方。」尼克看著他的盤子。他父親說：「你最好去睡覺，尼克。」

「好吧。」

尼克走進自己房間，脫掉衣服上床。他聽到父親在客廳走動。尼克躺在床上，把臉埋進枕頭。

「我心碎了，」他想。「如果有這種感覺，我的心一定是碎了。」

一段時間後，他聽到父親把燈吹熄，走進自己房間。他聽到屋外樹林掀起一陣風，然後感覺到這股涼風透過紗窗吹進來。他把臉埋在枕頭裡躺了好久，過一會兒就忘了普露登絲這檔事，最後睡著了。當他在夜裡醒來，他聽到屋子外的鐵杉樹林傳來風聲，還有湖岸傳來波浪拍打的聲音，接著又睡著了。早上的風刮得很強，湖水隨著波浪漫延到岸上，他醒來好長一段時間之後才想起自己的心碎了。

印地安人離開

佩托斯基路從培根爺爺的農場筆直通往山上。他的農場在道路尾端，然而這條路總像是從農場開始通往佩托斯基的，途中沿著樹林邊緣爬上長坡，路面陡峭滿佈沙塵，然後隱沒到樹林中，長坡田野就在這裡遇上硬木林地戛然而止。

這條路進入樹林後就是一片清涼，路面因爲潮溼變得硬實。它在林中隨山勢起起伏伏，兩旁盡是莓果叢和山毛櫸樹苗，所以要定時修剪以免阻礙道路。夏天時，印地安人沿路摘取莓果，然後帶去山下小屋賣給他們，裝在桶子裡的鮮紅覆盆子沉重得擠壓破碎，桶子蓋上了菩提樹葉保持陰涼；再過些時候採的是黑莓，一桶桶莓果看來飽滿結實、光鮮亮麗。印地安人帶著野莓走過樹林來到湖邊小屋。你還沒聽到聲音，他們就已經提著裝滿莓果的錫桶站在廚房門外。有時候，尼克躺在吊床上看書會聞到印地安人的氣味，他們走進大門，經過柴堆，繞過屋子。印地安人聞起來都是一個樣，一種他們都有的甜膩氣味。他第一次聞到這氣味是培根爺爺把湖岬畔的小陋屋租給印地安人的時候，他們搬走後他進去小屋，屋子裡全是這個味道。從那之後，培根爺爺未曾把小陋屋租給白人，也沒有其他印地安人來租用，因爲原本住在這兒的印地安人在獨立紀念日到佩托斯基去買醉，回來時醉倒在佩雷馬凱特鐵路上睡著了，結果被午夜列車碾過去。他是個身材很高的印地安人，曾爲尼克做了一支梣木船槳。他獨居在陋屋，晚上喝了止痛藥水就自己在樹林裡閒逛。許多印地安人都是那副德性。

印地安人都沒有什麼成就。從前他們有老一輩印地安人擁有農場，辛勤經營，然後年歲大了，人也胖了，兒孫滿堂。比如說住在霍頓溪一畔的西蒙・格林就擁有一座大農場。不過西蒙・格林死了，他的兒女賣掉農場把錢分了，然後各奔東西。

尼克還記得西蒙・格林坐在霍頓斯灣旁鐵匠鋪前的椅子上，大太陽下汗水直流，他的馬正在裡面釘蹄鐵。尼克在屋棚下用鐵鍬挖開溼冷泥土，手指在土裡翻找蚯蚓，耳朵聽著錘打蹄鐵的鏗鏘聲。他篩掉泥土，把蚯蚓放進罐子，再把挖出來的土填回去，用鐵鍬拍打整平。屋棚外的太陽下，西蒙・格林坐在椅子上。

「你好，尼克。」尼克出來時他說。

「你好，格林先生。」

「要去釣魚?」

「對啊。」

「好熱的天氣，」西蒙笑著。「告訴你爸爸，今年秋天我們會養很多鳥禽。」

尼克穿過鐵匠鋪後面的田野到家裡拿他的釣竿和魚簍。走往小溪的路上，西蒙・格林沿路駕著馬車從他身旁經過。尼克正走進樹叢，西蒙・格林沒看見他。那是他最後一次見到西蒙・格林。那年冬天他過世了，隔年夏天他的農場被賣掉。他生後只留下農場，別無他物，所有錢財都投資在農場上。其中一個兒子想要繼續經營，但是其他人拒絕，並且賣掉農場。他們賣的價錢還不到預期的一半。

格林的兒子艾迪，就是想繼續經營農場的那位，在春溪後方買了一塊地。另外兩個兒子在佩爾斯頓[1]買了一間彈子房。他們賠了錢又把它賣掉。印地安人就是那副德性。

1佩爾斯頓（Pellston），位於佩托斯基東北方距離約二十五公里的小村。

第二部　他的兩三事

世上的光

酒保看見我們走進門，抬頭瞧一眼，伸手去拿玻璃罩蓋在兩碗開味菜上。

「給我一杯啤酒，」我說。他倒好酒，用抹刀把上面氣泡刮平，然後將玻璃杯握在手中。我把五分鎳幣放到吧檯上，他把啤酒滑過來給我。

「你要什麼？」他對湯姆說。

「啤酒。」

他倒了酒抹平氣泡，等他看到錢了才把啤酒推到湯姆面前。

「這是怎麼回事？」湯姆問。

酒保沒回應他，只從我們頭頂望過去，對剛進來的一個男人說：「你要什麼？」

「黑麥威士忌。」男人說。酒保拿出酒瓶和杯子，還有一杯水。

湯姆伸手掀開一碗開味菜的蓋子。這道菜是醃豬腳，上面放了一支末端是叉子造型的木製剪刀夾，用來夾取豬腳。

「不行，」酒保說著把玻璃罩蓋回碗上。湯姆手上還握著木製剪刀夾。「放回來，」酒保說。

「你搞清楚狀況。」湯姆說。

酒保將一隻手伸到吧檯下面，注視我們倆。我放了五十分錢在吧檯上，他才挺直身子。

「你要什麼？」他說。

「啤酒。」我說，他倒酒前把兩碗菜都掀開。

「你這該死的豬腳臭掉了。」湯姆說，然後把吃在嘴裡的東西吐到地板上。酒保不發一語。那男人喝完黑麥威士忌，付了錢頭也不回走出門外。

「你才臭呢，」酒保說。「你們這些無賴全都臭名遠播。」

「他說我們是無賴。」湯姆對我說。

「聽著，」我說。「我們出去吧。」

「你們這些無賴全都滾出這裡。」酒保說。

「我說我們要出去，」我說。「不是你說了算數。」

「我們會回來。」湯姆說。

「不，你不會。」酒保對他說。

「教訓他，讓他知道自己錯得多離譜。」湯姆轉向對我說。

「走啦。」我說。

外面一片漆黑。

「這是什麼鬼地方？」湯姆說。

「我不知道，」我說。「我們繼續走去車站。」

我們從這一頭走進鎮裡，要從另一頭走出去。空氣中充滿皮革、鞣樹皮與成堆木屑發出的味道。我們到達時天色漸暗，現在又黑又冷，路上水坑從邊緣開始結冰。

來到車站，有五個妓女在等火車，另外還有六個白人和四個印地安人。空間很擁擠，暖爐熱呼呼，到處充斥污濁霧氣。我們進去時沒人在講話，售票窗口還關著。

「把門關上，好嗎？」有人說。

我注意看是誰在說話。那是其中一個白人。他跟其他人一樣穿著截短長褲、伐木工人的橡膠鞋和方格厚襯衫，不過沒戴帽子，而且臉色白淨，雙手白皙纖細。

「你不打算關門？」

「沒問題，」我說，然後把門關上。

「謝謝，」他說。另一個男人在竊笑。

「有沒有找過廚子的麻煩？」他對我說。

「沒有。」

「你去找他麻煩，」他看著那廚子。「他樂此不疲。」

那廚子把頭撇開，把嘴閉得緊緊的。

「他在手上塗檸檬汁，」那男人說。「他絕不會把手放進洗碗水裡。瞧那雙手有多白。」

一個妓女放聲大笑。她是我所見過個頭最大的妓女，也是個頭最大的女人。她穿了一件會隨光線變色的絲綢衣服。另外兩個妓女身材差不多像她一樣壯碩，不過個頭最大的那位體重一定有三百五十磅。當你看到她時簡直無法相信真有這種人。她們三個都穿那種會變色的絲綢衣服，並肩坐在長凳上實在龐大。其他兩個只是一般常見的妓女，頭髮漂白染成金色。

「瞧他的手。」那男人朝廚子點點頭說。那妓女又笑出來，笑得渾身顫抖。

廚子立刻轉身對她說：「你這令人作嘔的大肥婆。」她只是不斷大笑和顫抖。

「喔，我的天。」她說。她有個美妙的嗓音。「喔，我的老天。」

另外那兩位大個兒妓女顯得相當沉著平靜，彷彿對周遭沒什麼感覺，不過她們實在碩大，幾乎和個頭最大的那位一樣。她們倆肯定都超過兩百五十磅。其他兩個妓女則是一副正經八百的樣子。

至於男人們，除了廚子和說話的那個人之外，有兩個是伐木工人，一個留神在聽，感到有興趣但羞澀不語，另一個似乎有話想講。還有兩個瑞典人。兩個印地安人坐帶在長凳尾端，其中一個起身面對牆壁。

想說話的那個男人低聲對我說：「包準像是躺在乾草堆上。」

我笑了出來，把話說給湯姆聽。

「對天發誓，我從沒到過這種地方，」他說。「瞧瞧她們三個。」接著廚子開口了。

「小伙子，你多大年紀？」

「我九十六歲，他六十九歲。」湯姆說。

「呵！呵！呵！」大個頭妓女笑得直顫抖。她的嗓音眞的很甜美。其他妓女並沒有笑。

「喔，你不能正經一點兒？」廚子說。「我提問只想表示友善。」

「我們一個十七歲，一個十九歲。」我說。

「你是怎麼搞的？」湯姆轉身對著我。

「沒關係。」

「你可以叫我愛麗絲。」大個頭妓女說，然後又開始打顫。

「那是你的名字？」湯米問。

「當然。」她說。「愛麗絲，不是嗎？」她轉向坐在廚子旁邊的那個人。

「愛麗絲，沒錯。」

「那是你們自己取的別名。」廚子說。

「這是我的眞名。」愛麗絲說。

「其他女孩叫什麼名字？」湯姆問。

「海瑟與艾瑟兒。」愛麗絲說。海瑟與艾瑟兒報以微笑，她們不是很開朗。

「你的名字呢？」我對其中一個金髮女孩說。

「法蘭西絲。」她說。

「姓什麼？」

「法蘭西絲·威爾森。與你何干？」

「你叫什麼？」我問另一個金髮女孩。

「喔，放尊重點。」她說。

「他只想讓我們交個朋友。」剛才講話的那個男人說。「你不想交朋友？」

「不想。」金髮女孩說。「不跟你交朋友。」

「她就是個嗆辣潑婦。」那男人說。「不折不扣的小潑婦。」

她搖搖頭看著另一個金髮女孩。

「該死的鄉巴佬。」她說

愛麗絲又開始笑得全身顫抖。

「沒什麼好笑的。」廚子說。「你笑那麼激動，但一點都不好笑。你們兩個小伙子打算上哪兒去？」

「你自己要上哪兒去？」湯姆問他。

「我要去凱迪拉克[1]，」廚子說。「你去過那裡嗎？我妹妹住在那兒。」

「他本身就是個姐妹。」穿截短長褲的男人說。

「你別再說那種事，好嗎？」廚子說。「我們能不能說些像樣的話？」

「史蒂夫．凱特爾[2]來自於凱迪拉克，艾德．沃根斯特[3]也是在那兒出生。」羞澀的男人說。

「史蒂夫．凱特爾。」其中一個金髮女孩高聲說，彷彿這個名字在她身上觸動了板機。「他的親生父親開槍殺了他。喔，天啊，他的親生父親。再也沒有任何男人比得上史蒂夫．凱特爾。」

「他的名字不是應該叫史丹利．凱特爾？」廚子問。

1凱迪拉克（Cadillac）是密西根州下半島凱迪拉克湖（LakeCadillac）的湖畔城市，為當地郡治。

2史丹利．凱特爾，別名史蒂夫（Stanley "Steve" Ketchel，1886-1910），被列入名人堂的美國職業拳擊手，曾獲得世界中量級冠軍，人稱「密西根刺客」。

3艾德．沃根斯特（Ad Wolgast，1888-1955），美國職業拳擊手，曾獲得世界輕量級冠軍，被稱為「密西根野貓」。

「喔，閉嘴。」那個金髮女孩說。「你又認識史蒂夫了？你說史丹利。他根本不叫史丹利。史蒂夫・凱特爾是前所未有最高尚、最俊俏的男人。我從沒見過任何一個像史蒂夫・凱特爾那麼純淨、那麼潔白、那麼完美的男人。從來沒有一個男人像他那樣。移動起來就像一頭老虎，他是至今最耀眼、最慷慨的富豪。」

「你認識他嗎？」其中一個男人問。

「我認識他嗎？我認識他嗎？我愛他嗎？你問我這個？我認識他可比你在世上認識任何人都還熟，我愛他就像你愛上帝一般。他是有史以來最偉大、最傑出、最純潔、最漂亮的男人，史蒂夫・凱特爾，然而他自己的父親把他當狗一樣射殺了。」

「你有陪他到太平洋岸出賽？」

「沒有。我在那之前就認識他。他是我唯一曾經愛過的男人。」

瞧她講得那麼戲劇化，每個人對這金髮女孩不由感到相當崇敬，不過愛麗絲又開始顫抖起來。我就坐在她旁邊，感覺得到。

「你應該要嫁給他。」廚子說。

「我不會妨礙他的事業。」金髮女孩說。「我不要成爲他的絆腳石。他需要的不是一個妻子。喔，我的天，他眞是一條漢子。」

「事情這麼看也沒錯。」廚子說。「然而傑克・強生[4]不是打敗他了？」

---

4 傑克・強生（Jack Johnson，1878-1946），第一位奪得世界重量級冠軍的非洲裔美國職業拳擊手。

「那是耍詐。」金髮女孩說。「那大黑個兒偷襲他。他才剛一拳把傑克・強生那黑雜種給擊倒。結果那黑鬼僥倖打敗他。」

售票窗口打開，三個印地安人走了過去。

「史蒂夫把他擊倒了。」金髮女孩說。「他轉頭對我微笑。」

「我想你有說過你沒去太平洋岸。」有個人說。

「我為那場比賽才過去。史蒂夫轉頭對我笑，結果那該死的黑鬼跳起來偷襲他。史蒂夫可以輕易打敗一百個那樣的黑雜種。」

「他是個偉大的拳擊手。」伐木工人說。

「他的確是。」金髮女孩說。「我敢說現在沒有任何拳擊手能像他一樣，他就像神明，他的確是。那麼潔白，那麼純淨，那麼完美，那麼流暢迅速，猶如一頭老虎或一道閃電。」

「我在拳擊電影上看過他。」湯姆說。我們全都非常感動。愛麗絲全身都在顫抖，我瞧一瞧，看見她在哭泣。那些印地安人走到外面月台上。

「任何做丈夫的都比不上他。」金髮女孩說。「我們在上帝見證下結為連理，此刻我屬於他，而且永遠如此，我的所有都是他的。我不在乎我的肉體。他們能佔有我的肉體，我的靈魂屬於史蒂夫・凱特爾的。天啊，他是個男子漢。」

大家心情都很糟，真是既悲傷又尷尬的場面。這時候，仍在顫抖的愛麗絲說話了。「你是個下流騙子。」她用低沉嗓音說。「你從來沒有跟史蒂夫・凱特爾上過床，你心裡有數。」

「你怎麼能這樣說？」金髮女孩傲慢地說。

「我這麼說是因爲這是事實，」愛麗絲說。「我是這裡唯一眞正認識史蒂夫．凱特爾的人，我來自曼瑟洛納[5]，跟他在那兒認識，這是眞的，而且你知道這是眞的，如果所言不實我願遭天打雷劈。」

「那我也遭天打雷劈。」金髮女孩說。

「這是眞的，眞的，眞的，你知道的。絕不是瞎掰，我很清楚他對我說了什麼。」

「他說了什麼？」金髮女孩滿不在乎地問。

愛麗絲正哭得全身顫抖，幾乎無法言語。

「他說：『你是個可人兒，愛麗絲。』這正是他說的。」

「這是胡扯。」金髮女孩說。

「這是眞的。」愛麗絲說。「他確實那麼說。」

「胡扯。」金髮女孩趾高氣昂地說。

「不，這是眞的，眞的，眞的，絕對是眞的。」

「史蒂夫絕不可能說那種話，這不是他講話的格調。」金髮女孩興高采烈地說。

「是眞的。」愛麗絲用她美妙的嗓音說。「無論你是否相信，對我來說沒有差別。」她停止哭泣，沉靜下來。

「史蒂夫絕不可能說這種話，」金髮女孩表示。

---

5 曼瑟洛納（Mancelona）是密西根州下半島北部安特里姆郡（Antrim County）境內的鄉鎮。

「他說了，」愛麗絲微笑說。「我記得他什麼時候說的，而且自己當時正如他所說是個可人兒，就算現在我還是比你更動人，你這乾扁破舊的熱水袋。」

「你不許侮辱我。」金髮女孩說。「你這大膿包。我記得一清二楚。」

「不，」愛麗絲用她甜美動人的嗓音說：「你記憶裡沒一樣是眞的，除了去結紮和什麼時候開始吸食古柯鹼與嗎啡。其他一切都只是你從報紙上看來的。我爲人光明磊落，你知道的，縱使我的個頭大，男人喜歡我，你知道的，而且我從不說謊，你知道的。」

「別管我記得什麼。」金髮女孩說。「那是我眞實、美好的往事。」

愛麗絲看著她，然後又看著我們，臉上不再有悲傷表情，隨後露出笑容，她有一張我所見過最漂亮的臉蛋。她的臉蛋漂亮，皮膚細緻平滑，嗓音動人，算得上體面，而且十分友善。但是，我的天，她的個頭眞是大。她有三個女人加起來那麼大的個頭。湯姆見到我在看她就說：「來吧，我們走了。」

「再見，」愛麗絲說。她的確有一副好嗓音。

「再見，」我說。

「你們小伙子往哪個方向去？」廚子問。

「跟你反方向，」湯姆告訴他。

拳擊手

尼克站起來，他沒什麼大礙。目光盯著鐵軌上貨運列車的尾燈，看它轉過彎消失在眼前。軌道兩旁都是水，還有生長在沼澤地的落葉松。

他摸摸膝蓋。褲子劃破了，皮膚也擦傷。他的雙手刮痕累累，指甲縫裡全是沙土和煤渣。他跨過鐵道邊緣，走下緩坡到水邊洗手。他在冰冷水中仔細清洗，洗掉指縫間的髒污，然後蹲下沖洗膝蓋。

那惡劣卑鄙的煞車工，總有一天找他算帳，要那傢伙見識自己的厲害。剛才還裝得真有一回事。

「過來，小子。」煞車工說。「我讓你看一樣東西。」

他中計了。多麼惡劣的玩笑。他們別想再用相同計倆誘他上當。

「過來，小子，我讓你看一樣東西。」接著碰的一聲，他就跪趴在鐵軌旁。

尼克揉一揉眼睛，上面腫個大包。這下子他一定有黑眼圈，已經開始痛了。那混帳煞車工。

他用手指摸一摸腫脹的眼睛，喔，好吧，只不過是黑眼圈罷了。他受的傷僅僅如此，代價不高。他想看看傷勢，但是往水裡照不出來。天色昏暗，而且前不著村後不著店。他在褲子上擦擦手，站起來，爬上路堤到鐵軌上。

他開始沿著軌道走。道渣鋪得很平整，走起來並不費力，枕木間塡滿砂粒碎石，踩下去很扎實。平坦的路基就像一條堤道在眼前穿越沼澤。尼克一直走，他得找落腳的地方。

尼克趁著貨運列車在華頓分歧站外放慢速度時攀上列車。後來列車經過卡爾卡斯卡[1]時天色開始變暗，現在他的位置應該接近曼瑟洛納。還有三到四哩的沼澤地。他沿著軌道走，腳踏在枕木間的道渣上，沼澤在瀰漫的霧氣下若隱若現。他眼睛痛，肚子又餓，繼續徒步往前，走過一哩又一哩的鐵軌，兩旁沼澤全都一個樣。

前面有一座橋。尼克走上鐵橋，靴子踩在橋面發出空咚聲響。橋下的水從枕木間隙看去黑漆漆的。尼克踢到一根鬆脫的道釘，它掉進水裡了。過了橋是山地，高聳陰暗的群峰分立在鐵軌兩旁。沿軌道望去，尼克看見一處火堆。

他順著鐵軌謹慎走向火堆，那是在軌道一側的路堤下方。他只看到火光。鐵道穿過山間路塹，來到火光熊熊處是一片開闊的曠野，逐漸被樹林掩蓋。尼克小心走下路提後直接切入林地，穿過樹林步向火堆。這片是山毛櫸森林，他穿過林地時腳下踩的盡是掉落的刺果。現在火光變得明亮，就在林地邊緣。有個男人坐在火堆旁，尼克停在樹後觀察。這男人看來是獨自一人，他坐在那兒手扶著頭凝視火堆。尼克現身走進火光中。

男人坐在那兒端詳火堆。尼克走到他身旁停下來時，他聞風不動。

「你好！」尼克說。

男人抬頭看。

「你從哪兒弄來的瘀青？」他說

「一個煞車工揍我。」

1 卡爾卡斯卡（Kalkaska）是密西根州下半島西北部的一個城鎮，為當地郡治。

「從路過的貨運列車摔下來？」

「是啊。」

「我看到那混蛋。」男人說。「他在大約一個半小時前經過這裡。他沿著車頂上走，一邊拍手一邊唱歌。」

「那混蛋！」

「他揍了你一定覺得很痛快。」男人說得很認真。

「我遲早會揍回去。」

「改天等他經過時用石頭丟他。」男人建議。

「我會逮到他。」

「你是條硬漢，不是嗎？」

「哪兒的話。」尼克回答。

「你們小伙子都是硬漢。」

「必須挺得住啊。」尼克說。

「我說的就是這意思。」

男人看著尼克，臉上露出笑容。尼克在火光下看到他的臉有些畸型。他的鼻子塌陷，雙眼只剩兩條縫，嘴唇歪七扭八。尼克一時之間並沒有察覺這些特徵；他只覺得男人的臉孔奇形怪狀，殘缺不全。那張臉就像肉色的麵團，在火光下顯得死氣沉沉。

「你不喜歡我的長相？」男人問。

尼克很尷尬。

「不會啊。」他說。

「你看！」男人脫掉自己的帽子。

他只有一隻耳朵，模糊輪廓緊貼在頭的一側。另一隻耳朵原本的位置已經只剩耳根。

「曾經看過這般模樣？」

「沒有。」尼克說，他覺得有點兒噁心。

「我承受得住。」男人說。「你不認爲我承受得住嗎，小子？」

「你能！」

「他們拳頭都衝著我來。」這小個子男人說。「他們傷不了我。」

他看著尼克。「坐下。」他說。「吃些東西？」

「不用麻煩。」尼克說。「我要趕去鎮上。」

「聽好！」男人說。「叫我艾德。」

「沒問題！」

「聽好，」小個子男人說。「我不是很正常。」

「有什麼毛病？」

「我是瘋子。」

他把帽子戴上。尼克覺得想笑。

「你很正常。」他說。

「不，我不正常。我是瘋子。聽著，你曾經發瘋過？」
「沒有。」尼克說。「你怎麼會發瘋？」
「我不知道。」艾德說。「當你發瘋時，對它可是一無所知。你認識我，不是嗎？」
「不認識。」
「我是艾德·法蘭西斯。」
「眞的嗎？」
「你不相信？」
「我相信。」
尼克知道這一定是眞的。
「你知道我如何擊敗對手？」
「不知道。」尼克說。
「我的心跳很慢。每分鐘只跳四十下。摸摸看。」
尼克猶豫不決。
「來啊。」男人抓住他的手。「握住我的手腕，把手指放在上面。」
小個子男人的手腕很粗，鼓脹的肌肉包覆著骨骼。尼克感覺得到手指下緩慢的脈搏。
「有錶嗎？」
「沒有。」
「我也沒有。」艾德說。「身上沒帶錶還眞不方便。」

尼克放開他的手腕。

「聽著。」艾德·法蘭西斯說。「再摸一次。你數脈搏，我來數到六十。」

手指摸到緩慢有力的脈搏後，尼克開始數。他聽到小個子男人出聲慢慢數著一、二、三、四、五……。

「六十。」艾德數完。「一分鐘時間。你數到幾下？」

「四十下。」尼克說。

「這就對了。」艾德喜孜孜說。「它從來不會跳更快。」

有個男人從鐵道路提下來，穿過空地走向火堆。

「嗨，霸格斯！」艾德說。

「嗨！」霸格斯回應。那是黑人的嗓音。尼克從他走路的模樣認出他是黑人。他背對他們，彎腰在火堆上取暖，然後挺起身子。

「這是我的伙伴霸格斯。」艾德說。「他也是瘋子。」

「很高興認識你。」霸格斯說。「你說你從哪裡來？」

「芝加哥。」尼克說。

「那是個好地方。」黑人說。「我還不知道你的名字。」

「亞當斯。尼克·亞當斯。」

「他說他從來沒有發瘋過，霸格斯。」艾德說。

「他運氣很好。」黑人說。他正在火堆旁拆一包東西。

「我們什麼時候可以吃飯，霸格斯？」那職業拳擊手問。

「馬上。」

「你餓了嗎，尼克？」

「餓極了。」

「聽到了嗎，霸格斯？」

「你們講話我大部分都聽得見。」

「我問你的不是這個。」

「是。我聽到這位先生說什麼。」

他把火腿片放進一只平底煎鍋。煎鍋加溫之後油脂開始噴濺，霸格斯彎下他修長黝黑的雙腿，蹲在火堆前攪動火腿，再把蛋打進煎鍋裡交替翻面，讓它們沾滿鍋裡的油脂。

「可以請你從那袋子裡切一些麵包出來嗎，亞當斯先生？」霸格斯回頭說。

「沒問題。」

尼克伸手到袋子裡拿出一條麵包。他切下六片麵包。艾德探頭看他。

「讓我拿一下你的刀子，尼克。」他說。

「不，你別給，」黑人說。「抓緊你的刀子，亞當斯先生。」

拳擊手坐了回去。

「可以把麵包拿給我嗎，亞當斯先生？」霸格斯問。尼克遞了過去。

「你喜歡麵包蘸一些油脂嗎？」黑人問。

「當然！」

「可能要等一會兒，煎完再蘸比較好。瞧。」

黑人撿起一片火腿放在其中一片麵包上，再把一個煎蛋蓋在上面。

「正好夾成三明治，麻煩你，把它拿給法蘭西斯先生。」

艾德接過三明治開始吃起來。

「小心蛋黃流出來。」黑人提醒。「這個給你，亞當斯先生。剩下來是我的。」

尼克咬起三明治。黑人坐在對面的艾德旁邊。熱騰騰的火腿和煎蛋嚐起來美味極了。

「亞當斯先生的確餓了。」黑人說。小個子男人沉默不語，尼克從名字得知他是前冠軍拳擊手。他從黑人講刀子開始就不發一語。

「要我幫你拿片麵包去蘸一些熱油脂？」霸格斯說。

「多謝。」

小個子白人盯著尼克。

「你也蘸一些吧，阿道夫．法蘭西斯先生？」霸格斯把平底煎鍋伸過去。

艾德沒有回應，他盯著尼克。

「法蘭西斯先生？」黑人輕聲說。

艾德沒有回應，他就是盯著尼克。

「我在對你說話，法蘭西斯先生。」黑人輕聲說。

艾德繼續盯著尼克看。他壓低帽子遮住眼睛。尼克感到不安。

「你竟敢這樣？」帽簷下傳出對尼克的斥責。

「你以為你是誰？你這傲慢的混蛋，不請自來還吃人家食物，結果跟你借刀子就跩了起來。」

他怒視尼克，臉色鐵青，帽簷幾乎遮住眼睛。

「你這可笑的傢伙。誰請你來這兒插一腳？」

「沒人。」

「說得對極了，沒人。也沒人要你留下。你到這裡，在我面前表現狂妄自大，抽我的菸，喝我的酒，講話自以為是。你到底想放肆到什麼程度？」

尼克默不作聲。艾德站起來。

「我要教訓你，這個膽小的芝加哥混蛋。小心你的屁股被踢爛，聽清楚了嗎？」

尼克退後一步。小個子男人平移腳步向前，慢慢朝他接近，左腳伸前一步，右腳滑移跟上。

「打我。」他晃動腦袋。「試著打我啊。」

「我不想打你。」

「你別想就此脫身。你會挨一頓揍，明白嗎？快點，先朝我出拳。」

「別鬧了。」尼克說。

「好，那麼，你這個混蛋。」

小個子男人低頭看尼克的腳。當他低頭時，從他離開火堆就緊跟在後的黑人擺好姿式，朝他後腦勺揮了一下。他往前倒下去，霸格斯把手中用布包裹的棒子丟在草地上。小個子男人趴倒在草叢裡。黑人將他扶起來，他的頭還低垂著，於是把他扛到火堆旁。他的臉色難看，雙眼直瞪，霸格斯把他慢慢慢放下。

「麻煩你從桶子弄些水給我，亞當斯先生。」他說。「我怕是對他下手重了點。」

黑人用手潑水在男人臉上，再輕輕拉他耳朵。他的眼睛閤上了。

霸格斯站來。

「他還行。」他說。「沒什麼好擔心的。很抱歉，亞當斯先生。」

「沒關係。」尼克低頭瞧小個子男人。他看到草地上的棍子，將它撿來。棍子有個柔韌的握把，拿在手裡相當靈活，重的那端用手帕包了一層黑皮革。

「這是一根鯨骨棍子。」黑人微笑。「他們不再做這種東西了。我不知道你的防禦能力有多好，不管怎樣，我不希望你傷到他，也不想看你打輸。」

黑人又露出笑容。

「你自己倒是傷了他。」

「我知道怎麼使勁。他不會記得任何事。當他開始發作時，我必需這麼做，好讓他換換腦袋。」

尼克依舊低頭瞧小個子男人，他雙眼緊閉躺在火光下。霸格斯添了些柴火到火堆裡。

「你一點都不用擔心他，亞當斯先生。我看過他像這樣發作好多次了。」

「什麼事讓他變成瘋子？」尼克問。

「喔，有很多原因。」黑人在火堆旁回答說。「你要喝杯咖啡嗎，亞當斯先生？」

他把杯子遞給尼克，然後撫平他墊在那不省人世的男人頭底下的外套。

「原因之一，他挨了太多拳頭。」黑人啜了一口咖啡。「不過這只讓他變得有些頭腦簡單。那時他妹妹是他的經紀人，他們總是被報紙寫成兄妹戀，要不就是她多愛她哥哥，或者他多愛他妹妹，然後他們在紐約結婚，結果發生許多不愉快的事。」

「我記得這回事。」

「一定的。他們當然不是哥哥和妹妹，那只是捕風捉影，不過許多人無論如何就是不贊同這門親事，所以他們開始產生磨擦，有一天她就離開了，不再回來。」

他喝掉咖啡，用粉紅色手掌抹一把嘴唇。

「他就這樣發瘋了，你要再來一些咖啡，亞當斯先生？」

「謝謝。」

「我看過她幾次。」黑人繼續說。「她是個非常漂亮的女人，看起來跟他簡直就像一對雙胞胎。要不是臉被打爛了，他的長相可不難看。」

他不說了。故事似乎到此結束。

「你在哪兒認識他？」尼克問。

「我在牢裡認識他。」黑人說。「她走了之後，他就到處打人惹事，他們把他關進監獄。我因爲砍傷人被抓進去。」

他笑了笑，然後輕聲繼續說：「我立刻喜歡上他這個人，我出監獄後還去探望他。他就愛說我是瘋子，我不在意。我喜歡跟他做伴，見見世面，不用再行竊。我想活得體面。」

「你們都做些什麼？」尼克問。

「喔，沒做什麼，就是到處遊走。他身上有錢。」

「他一定賺過很多錢。」

「當然。不過他花光了自己所有的錢，或者是被人們奪走了。她有寄錢給他。」

他把火撥旺。

「她是個非常好的女人。」他說。「她看起來簡直就像他的孿生妹妹。」

黑人查看一下小個子男人，他躺在那兒呼吸沉悶，金色頭髮蓋住前額，傷痕累累的臉龐在平靜時看起來帶些稚氣。

「現在我可以隨時把他叫醒，亞當斯先生。如果你不介意，我希望你還是趁早離開。我不是不好客，但是讓他看見你大概又會搞得他精神錯亂。我不喜歡被逼得敲他腦袋，然而他發作時又不得不這麼做。我必需讓他跟別人保持距離。你不要介意，好嗎，亞當斯先生？不，不用謝我，亞當斯先生。我應該先提醒你，不過他似乎對你感到興趣，我以爲不會有事。你沿鐵軌走大約兩哩就會到鎮上，人們管它叫曼瑟洛納。再見。我希望能邀你留下過夜，不過現在是不可能的。你要帶些火腿和麵包嗎？不要？你最好帶個三明治。」黑人用低沉、平穩、客氣的嗓音說。

「好的。那麼，再見，亞當斯先生。再見，祝你好運。」

尼克離開火堆，穿過空地走去鐵軌。遠離火光後他留神細聽，黑人正用低沉溫柔的聲音講話。尼克聽不到他說什麼，接著聽見小個子男人說：「我頭痛得很厲害，霸格斯。」

「稍後感覺就會好一些，法蘭西斯先生。」黑人安慰說。「你只需喝下這杯熱咖啡。」

尼克攀上路提，開始沿著軌道走。他發現自己手上還拿著火腿三明治，於是塞進口袋裡。在鐵軌轉進山間前的爬坡道上回頭張望，他看到空地上的火堆。

殺手

亨利快餐店的門打開，兩個男人走進來。他們坐在櫃檯前。

「你們要點什麼？」喬治問他們。

「我不知道，」其中一個人說。「你想吃什麼，艾爾？」

「我不知道，」艾爾說。「我不知道我想吃什麼。」

屋外天色漸暗，路上燈光從窗子透進來。櫃檯前的兩個人讀起菜單。尼克在櫃檯另一頭看著他們。兩人進來時，他正和喬治聊天。

「我要一份熱烤里脊豬肉配蘋果醬與馬鈴薯泥。」第一個人說。

「這道菜還沒準備好。」

「那你幹嘛把它寫在菜單上？」

「那是晚餐的菜色，」喬治解釋。「六點時會準備好。」

喬治看看櫃檯後面牆上的時鐘。

「現在是五點。」

「時鐘顯示五點二十分。」第二個人說。

「它快了二十分鐘。」

「喔，別管時鐘了，」第一個人說。「你現在有什麼可吃的？」

「我能提供各式三明治，」喬治說。「你可以點火腿加蛋、培根肉加蛋、肝加培根肉，或者一份牛排。」

「給我炸雞肉丸配豌豆、奶油醬和馬鈴薯泥。」

「那是晚餐的菜色。」

「我們點什麼都是晚餐，是嗎？這就是你做生意的方式。」

「我能提供火腿加蛋、培根肉加蛋、肝……」

「我要火腿加蛋。」稱作艾爾的男人說。他戴了一頂禮帽，穿黑色大衣扣緊衣襟。他的臉孔又小又白，雙唇緊閉。他還圍一條絲巾，戴著手套。

「給我培根肉加蛋。」另一個人說。他的身材跟艾爾差不多。他們長相不同，但服裝像是一對雙包胎，都穿著太緊的大衣。他們傾身而坐，手肘靠在櫃檯上。

「有什麼可以喝的？」艾爾問。

「啤酒、麥牙汁、薑汁汽水。」喬治說。

「我是指有什麼好喝的？」

「就我講的。」

「還眞是個熱鬧的小鎮。」另一個人說。「人們管它叫什麼？」

「薩米特。」

「聽說過嗎？」艾爾問他朋友。

「沒有。」他朋友說。

「你們這兒晚上都做些什麼？」艾爾問。

「人們吃晚餐。」他朋友說。「他們都來這裡大吃一頓。」

「就這樣。」喬治說。

「所以你認爲就這樣？」艾爾問喬治。

「沒錯。」

「你是相當機靈的小子，不是嗎？」

「當然。」喬治說。

「喲，你才不是。」另一個小個子說。「他是嗎，艾爾？」

「他是笨蛋。」艾爾說。他轉向尼克。「你叫什麼名字？」

「亞當斯。」

「另一個機靈的小子，」艾爾說。「難道他不機靈嗎，麥克斯？」

「這鎮上到處都是機靈的小子。」麥克斯說。

喬治把兩個大盤子拿到櫃檯上，一個擺著火腿加蛋，另一個是培根肉加蛋。他放好兩碟炸馬鈴薯，然後把連接廚房的送菜窗口關上。「哪個是你的？」他問艾爾。

「你不記得了？」

「火腿加蛋。」

「眞是機靈小子。」麥克斯說。他傾身去拿火腿加蛋。兩人都戴手套吃飯。喬治看他們用餐。

「你在看什麼？」麥克斯瞪喬治。

「沒看什麼。」

「你就是在看。你在看我。」

「也許這小伙子只是開玩笑，麥克斯。」艾爾說。

喬治笑了。

「你不准笑。」麥克斯對他說。「你壓根兒都不准笑，懂嗎？」

「我懂。」喬治說。

「所以他認為他懂。」麥克斯轉向艾爾。「他認為他懂。別說笑了。」

「喔，他會思考。」艾爾說。他們繼續吃東西。

「櫃檯那邊的機靈小子叫什麼？」艾爾問麥克斯。

「喂，機靈小子，」麥克斯對尼克說。「你到櫃檯後面，跟你朋友站一起。」

「打算做什麼？」尼克問。

「沒打算做什麼。」

「你最好到櫃檯後面，機靈伙子。」艾爾說。尼克走到櫃檯後面。

「你們想怎樣？」喬治問。

「不干你們的事。」艾爾說。「誰在廚房裡頭？」

「一個黑人。」

「什麼意思，一個黑人？」

「做菜的黑人。」

「叫他過來。」

「你們想怎樣？」

「叫他過來。」

「你們以為自己在哪兒？」

「我們很清楚自己在哪兒。」叫作麥克斯的那個人說。「我們看起來很傻嗎？」

「你說話很傻。」艾爾對他說。「你跟這小子爭論個什麼勁？聽好。」他對喬治說，「要那黑人出來這裡。」

「你們要對他怎樣？」

「沒怎樣。用你的腦袋，機靈小子。我們會對一個黑人做什麼？」

喬治往廚房推開送菜窗口。「山姆。」他喊。「過來這裡一下。」

廚房門打開，黑人走進來。「什麼事？」他問。坐在櫃檯的兩個人打量他。

「好，黑鬼。你就站在那兒。」艾爾說。

黑人山姆身穿圍裙站在那兒，看著坐在櫃檯的兩人。「是的，先生。」他說。艾爾走下凳子。

「我跟黑鬼和機靈小子回去廚房。」他說。「回到廚房，黑鬼。你和他一起走，機靈小子。」那小個子走在尼克與廚子山姆後面進去廚房，門在他們身後關上。稱作麥克斯的那個人坐在櫃檯面對喬治。他沒看喬治，倒是盯著櫃檯後的長面鏡子。亨利快餐店的櫃檯是從吧檯改裝過來的。

「喲，機靈小子。」麥克斯看著鏡子說，「怎麼不講些話？」

「這是怎麼回事？」

「喂，艾爾。」麥克斯喊道，「機靈小子想知道這是怎麼回事。」

「你爲什麼不告訴他？」艾爾的聲音從廚房傳來。

「你認爲這是怎麼回事？」

「我不知道。」

「你以爲呢？」

麥克斯說話時一直看著鏡子。

「我說不上來。」

「喂，艾爾，機靈小子說他說不上來這到底是怎麼回事。」

「我聽得見你講話，好嗎。」艾爾在廚房裡說。他用一個蕃茄醬瓶子把遞碗盤到廚房的送菜窗口撐開。「聽好，機靈小子。」他從廚房對喬治說。「朝吧檯站近一點。你往左邊移一些，麥克斯。」他就像攝影師在安排團體照。

「告訴我，機靈小子。」麥克斯說。「你認爲會發生什麼事？」

喬治沒說任何話。

「我來告訴你。」麥克斯說。「我們要殺一個瑞典人。你認識一個叫烏勒·安德烈森的瑞典大塊頭？」

「認識。」

「他每天晚上來這裡吃飯，對吧？」

「有時候會來。」

「他都六點鐘到這裡，對吧？」

「如果他有來的話。」

「我們全都知道，機靈小子。」麥克斯說。「聊些別的。有看電影嗎？」

「有時候。」

「你應該多看電影。像你這樣的機靈小子多看電影會有好處。」

「你們爲什麼要殺烏勒・安德烈森？他對你們做了什麼？」

「他從沒機會對我們做什麼，甚至從沒看過我們。」

「而且他將只會看到我們一次。」艾爾在廚房裡說。

「那你們爲什麼要殺他？」喬治問。

「我們替一個朋友殺他。就是欠朋友人情，機靈小子。」

「閉嘴。」艾爾在廚房裡說。「你說太多啦。」

「哎呀，我得讓機靈小子保持輕鬆。不是嗎，機靈小子？」

「你的話實在太多了。」艾爾說。「黑鬼和我這兒的機靈小子自己樂得很。我把他們綁在一起，活像女修道院裡的一對女朋友。」

「我猜你曾待過修道院。」

「你又知道。」

「你在一間猶太修道院。那是你待過的地方。」

喬治抬頭看時鐘。

「如果有人進來，你告訴他們廚子出去了，如果他們不走，就告訴他們你會到後面親自為他們下廚。明白嗎，機靈小子？」

「明白，」喬治說。「事後你們會如何處置我們？」

「看情形，」麥克斯說。「很多事到時候還拿不準，這是其中之一。」

喬治抬頭看時鐘。現在是六點十五分。街上大門打開，一位電車司機進來。

「你好，喬治。」他說。「我可以點餐嗎？」

「山姆出去了。」喬治說。「他大約半小時後會回來。」

「那我還是上街找別家，」司機說。喬治抬頭看時鐘。現在是六點二十分。

「表現眞好，機靈小子。」麥克斯說。「你是不折不扣有教養的小伙子。」

「他知道我會把他腦袋轟掉。」艾爾在廚房說。

「不。」麥克斯說。「不是那回事。機靈小子很棒，他是個好小子。我喜歡他。」

六點五十五分，喬治說：「他不會來了。」

另外還有兩個人曾來過快餐店。有一次喬治進去廚房，做了外帶火腿加蛋三明治給一個男人帶走。在廚房裡，他看到艾爾把禮帽推到後腦勺，坐在送菜窗口旁的凳子上，一把鋸短的散彈槍槍口靠在櫃子上。尼克和廚子背靠背坐在角落，嘴裡都被塞了一條毛巾。喬治做好三明治，用油紙包起來，放進一個袋子，把它拿到櫃檯前，那人付了錢後就走出去。

「機靈小子會做每一件事。」麥克斯說。「他會做菜，凡事都行。你可以教一個女孩變成賢妻，機靈小子。」

「是嗎？」喬治說。「你的朋友烏勒．安德烈森不會來了。」

「我們等他十分鐘。」麥克斯說。

麥克斯看著鏡子和時鐘。時鐘指在七點，然後是七點五分。

「來吧，艾爾，」麥克斯說。「我們還是走好了。他不會來。」

「再等他五分鐘。」艾爾在廚房說。

這五分鐘內有個男人進來，喬治向他解釋說廚子生病了。

「你爲什麼不另外找個廚子？」那男人問。「你不是在開快餐店？」他走出去。

「好啦，艾爾。」麥克斯說。

「怎麼處置這兩個機靈小子和黑鬼？」

「他們沒問題。」

「你這麼想？」

「當然。我們完成工作了。」

「我不喜歡這樣。」艾爾說。「這太草率。你的話太多。」

「喔，搞什麼。」麥克斯說。「我們得保持輕鬆，不是嗎？」

「你的話還是一樣太多。」艾爾說。他從廚房出來。鋸短的散彈槍藏在腰間，讓他過於合身的大衣稍微隆起一塊。他用戴著手套的手把大衣拉挺。

「再會，機靈小子。」他對喬治說。「你很走運。」

「那是眞的。」麥克斯說。「你應該去參加比賽，機靈小子。」

兩個人走出門外。喬治透過窗子看他們經過路燈下的弧光到對街去，身穿貼身大衣和禮帽的兩人看起來像雜耍團似的。喬治推開回轉門走進後面廚房，他幫尼克和廚子鬆綁。

「我受夠了。」廚子山姆說。「我眞是受夠了。」

尼克站起來。他從沒在嘴裡塞過毛巾。

「哎，」他說。「搞什麼鬼？」他試圖裝腔作勢一番。

「他們要殺烏勒·安德烈森。」喬治說。「他們打算趁他進來用餐時射殺他。」

「烏勒·安德烈森？」

「對啊。」

廚子用他兩根姆指摸一摸嘴角。

「他們都走了？」他問。

「是。」喬治說。「現在他們都走了。」

「我不喜歡這樣。」廚子說。「我壓根兒不喜歡這樣。」

「聽好。」喬治對尼克說。「你最好去看一下烏勒·安德烈森。」

「好的。」

「你最好別跟這事扯上任何關係。」廚子山姆說。「置身事外比較好。」

「你如果不想去就不要去。」喬治說。

「跟這事攪和在一起不會讓你得到好處。」廚子說。「你別管這事。」

「我會去看他。」尼克對喬治說。「他住哪裡？」

廚子轉過身去。

「小伙子總認爲自己非得做些什麼。」他說。

「他住在赫希的出租公寓。」喬治告訴尼克。

「我這就過去。」

外面弧光穿透一棵樹的枯枝。尼克走在街上的電車軌道旁，到下一個路燈便轉進一條小巷。巷子裡的三棟房子是赫希的出租公寓。尼克爬上兩層階梯按了門鈴。一位婦人來應門。

「烏勒·安德烈森住這裡嗎？」

「你想見他？

「是的，如果他在的話。」

尼克跟隨婦人爬上一段階梯，再轉身往走廊盡頭走去。她敲一敲門。

「是誰？」

「有人要見你，安德烈森先生。」那婦人說。

「我是尼克·亞當斯。」

「請進。」

尼克打開門進去房間。烏勒·安德烈森穿好衣服躺在床上。他是前重量級拳王，這張床對他身高而言根本不夠長。腦袋躺在兩個枕頭上，他沒在看尼克。

「什麼事？」他問。

「我剛才到亨利快餐店。」尼克說，「有兩個傢伙進來把我和廚子綁起來，他們說要來殺你。」

他的話聽起來沒頭沒腦。烏勒・安德烈森沒說話。

「他把我們關進廚房。」尼克繼續說。「他們打算趁你進來用餐時射殺你。」

烏勒・安德烈森看著牆壁沒有說話。

「喬治認為我最好過來告訴你這件事。」

「我對此無計可施。」烏勒・安德烈森說。

「我會告訴你他們的長相。」

「我不想知道他們的長相。」烏勒・安德烈森說。他望向牆壁。「謝謝你來告訴我這件事。」

「好吧。」

尼克看著躺在床上的大塊頭。

「你要我去找警察嗎？」

「不。」烏勒・安德烈森說。「那沒什麼幫助。」

「有什麼事我能做的？」

「沒有。沒什麼事可做。」

「也許這只是一個警告。」

「不。這不只是個警告。」

烏勒・安德烈森轉身面對牆壁。

「唯一的問題是。」他對著牆壁說，「我就是無法下定決心出去。我整天都待在這裡。」

「你不能離開鎮上？」

「不，」烏勒．安德烈森說。「我已經受夠了東奔西跑。」

他看著牆壁。

「現在眞的無計可施。」

「你不能找方法解決？」

「不行。我惹了麻煩。」他用同樣單調的聲音說。「做什麼都沒用。再過一會兒，我會下定決心出去。」

「我最好回去看看喬治。」尼克說。

「再會。」烏勒．安德烈森說。他沒朝尼克的方向看。「謝謝你跑一趟。」

尼克走出去。當他關門時看到烏勒．安德烈森穿好衣服，躺在床上直瞪牆壁。

「他在房間已經待上一整天。」女房東在樓下說。「我猜他覺得不舒服。我對他說：『安德烈森先生，像這種秋高氣爽的日子，你應該出門散散步，』但是他不喜歡散步。」

「他不想出去。」

「他覺得不舒服，眞叫人感到難過。」那婦人說。「他是個很好的人。你知道，他以前是拳擊手。」

「我知道。」

「若不看他臉孔的樣子，你還眞不知道這回事。」婦人說。他們就站在公寓大門裡聊起來。「他眞的很和善。」

「那麼，晚安，赫希太太。」尼克說。

「我不是赫希太太。」婦人說。「她擁有這棟公寓，我只是幫她打理。我是貝爾太太。」

「好吧，晚安，貝爾太太。」尼克說。

「晚安。」婦人說。

尼克沿著暗巷走到弧光下的街角，然後順著電車軌道回去亨利快餐店。喬治在店裡，站在櫃檯後面。

「你有見到烏勒？」

「有啊。」尼克說。「他待在房裡不出門。」

廚子聽到尼克的聲音，從廚房推開回轉門。

「我甚至連聽都不想聽。」他說，然後關上門。

「你告訴他了嗎？」喬治問。

「當然。我跟他講了，他了解所有情況。」

「他打算怎麼做？」

「什麼都不做。」

「他們會殺掉他。」

「我想他們會。」

「他一定是在芝加哥蹚了渾水。」

「我想也是。」尼克說。

「這很糟糕。」

「眞是嚇人，」尼克說。

他們不再說什麼。喬治從下面拿出一條抹布擦拭櫃檯。

「我很納悶他做了什麼？」尼克說。

「他出賣某個人，所以他們要殺他。」

「我打算離開這個小鎮。」尼克說。

「我同意。」喬治說。「這麼做是對的。」

「我無法想像他就在房裡枯等，而且知道自己快被逮住。實在太可怕了。」

「那麼。」喬治說，「你最好就別去想這件事。」

最後一塊淨土

「尼基。」他妹妹對他說。「聽我說，尼基。」

「我不想聽。」

他注視湧泉底部，細沙隨著汩汩水泡往外噴出。湧泉旁碎石地上插了一根分叉的樹枝，上面掛著一口錫杯，尼克．亞當斯瞧一瞧杯子，再看著湧出的泉水漫淹過路邊的碎石床。馬路兩頭盡收眼底，他往山上眺望，又俯瞰下方的碼頭與湖水，湖灣凸緣的岬角林木繁茂，遠方開闊的湖面波光粼粼。他背靠在一棵大雪松上，後面是濃密的沼澤松林。他妹妹坐在旁邊的苔蘚地上，用手臂摟著他肩膀。

「他們就等你回家吃飯這時機，」他妹妹說。「總共有兩個人。他們坐馬車過來，問你人在哪裡。」

「有人告訴他們嗎？」

「除我之外，沒人知道你在哪兒。釣到很多魚嗎，尼基？」

「釣到二十六條。」

「都是大魚嗎？」

「大小正適合他們做晚餐。」

「喔，尼基，我希望你不會把魚拿去賣。」

「她付給我每磅一元。」尼克・亞當斯說。

他妹妹的皮膚被曬成棕褐色，眼睛是深褐色，頭髮也是深褐色，還夾雜著被太陽曬得發黃的髮絲。她和尼克兩人感情很好，對其他人則相對冷漠。他們總是把家裡其他人視爲外人。

「他們知道了每一件事，尼基。」他妹妹絕望地說。「他們說要拿你來殺雞儆猴，把你送去感化院。」

「他們只有一件事抓到證據。」尼克告訴她。「不過我想我得暫時去避風頭。」

「我能不能一起去？」

「不行。很抱歉，小妹。我們有多少錢？」

「十四元六角五分。我帶在身上。」

「他們還說了些什麼？」

「沒有。他們就是要待到你回家爲止。」

「我們老媽爲了弄吃的給他們就會煩透了。」

「她已經爲他們準備了午餐。」

「他們都在做些什麼？」

「就坐在紗窗陽臺上。他們跟老媽要你的步槍，不過我看到他們來到籬笆前就把它藏到柴房裡。」

「你早料到他們會來？」

「對呀。你不也是嗎？」

「就是啊。那些討厭的傢伙。」

「我也覺得他們很討厭。」他妹妹說。「難道我年紀還不夠大，不能一起走？我藏好步槍，也帶了錢。」

「我是擔心你。」尼克．亞當斯告訴她。「我甚至還不知道要去哪裡。」

「你當然知道。」

「如果我們兩個都跑了，他們會更賣力去找。一個男孩跟一個女孩多顯眼。」

「我可以打扮得像一個男生。」她說。「反正我一直都想做男生。如果我把頭髮剪短，他們根本就認不出我。」

「的確認不出。」尼克．亞當斯說。「這是眞的。」

「讓我們想些好辦法。」她說。「拜託，尼克，拜託你。我能幫上很多忙，而且沒有我在身邊，你會覺得孤單。不是嗎？」

「我現在想到要離開你就覺得孤單。」

「看吧？而且我們可能分開好幾年。誰能說得準呢？帶我走，尼基。拜託帶我走。」她親一親他，用雙手環抱他。尼克．亞當斯看著她，絞盡腦汁思考。問題難解，然而沒有別的選擇。

「我不該帶你走。不過反正我已經做了很多不應該做的事。」他說。「我會帶著你。就算可能只有幾天時間。」

「那就好。」她對他說。「當你不想要我在身邊，我會立刻回家。如果我打擾你、妨礙你或拖累你，我一定回家。」

「讓我們想清楚。」尼克．亞當斯對她說。他看看馬路兩頭，抬頭瞧瞧午後天空高掛的大片浮雲，再望著岬角遠方湖面的白色浪花。

「我會從樹林走下去岬角後面的旅館，把鱒魚賣給她。」他告訴他妹妹。「這些是她預訂的晚餐食材。不知爲什麼，現在人們點鱒魚餐比雞肉餐來得多。這些鱒魚賣相不錯，我把它們掏洗乾淨，用包乾酪的紗布裹住就能保持清涼新鮮。我會跟她說狩獵監督官要找我麻煩，他們正在找我，所以必須離開家鄉一陣子。我會請她給我一只小煎鍋，一些鹽巴和胡椒，還有一些培根肉、酥油和玉米粉。我請她給我一個麻布袋裝所有東西，再拿一些杏仁乾、梅乾、茶葉、足夠的火柴和一把小斧頭。不過我只能弄到一條毯子。她會幫我的忙，因爲買鱒魚和賣鱒魚同樣違法。」

「我可以弄到一條毯子。」他妹妹說。「我會用它裹住步槍，並且帶來我們倆的鹿皮軟鞋，然後我會換一件工作褲和襯衫，再把這身衣服藏起來，好讓他們以爲我是穿著它們離開，我還會帶肥皂、一把梳子、一把剪刀和針線，以及《洛娜．杜恩》[1]與《海角一樂園》[2]兩本書。」

「把你能找到的點二二子彈都帶過來。」尼克．亞當斯說。接著立刻補一句，「快過來，別被發現。」他看到路上來了一輛馬車。

他們躲到雪松後面趴在地上，臉緊貼著潮溼的苔蘚，耳中聽到馬蹄踩踏沙地的輕柔聲響，還有車

1《洛娜．杜恩》（*Lorna Doone*）是英國小說家布萊克默爾（R. D. Blackmore）於一八六九年出版的一本歷史故事浪漫小說。

2《海角一樂園》（*Swiss Family Robinson*）是瑞士小說家強納．維斯（Johann David Wyss）於一八一二年出版的冒險小說。

輪發出的細微聲音。馬車上的兩個人都沒說話，但是尼克．亞當斯在他們經過時聞到他們的氣味，其中夾雜著馬匹的汗味。他焦急等候，直到他們朝碼頭方向離得夠遠，因爲就怕他們會在泉水旁停下來讓馬喝水，或者自己喝上一口酒。

「就是他們嗎，小妹？」他問。

「對呀。」她說。

「爬到後面去。」尼克．亞當斯說。他往後爬進沼澤地，拖走他的那一袋魚。沼澤地覆滿苔蘚但不泥濘。他接著站起來把袋子藏到一棵雪松樹幹後面，然後示意他妹妹再往前走。他們走進沼澤松林，就像鹿一般靜悄悄地移動。

「我認得那個人。」尼克．亞當斯說。「他是該死的混蛋。」

「他說已經注意你四年了。」

「我知道。」

「另外那個一身藍衣服、吐得滿臉菸草汁的大個子，是州政府從南邊派過來的。」

「好。」尼克說。「現在我們都已經看到他們，我最好趕緊出發。你能順利回到家嗎？」

「當然。我會抄近路到山頭，不走馬路。晚上我在哪裡和你碰面，尼基？」

「我認爲你不該來，小妹。」

「我一定得來。你不知道實際狀況。我可以留字條給老媽說我來陪你，你會好好照顧我。」

「好吧。」尼克．亞當斯說。「我會在曾被閃電擊中的大鐵杉旁。就是那棵倒掉的樹，從林間空地直走就到。你知道是哪一棵嗎？在通往馬路的捷徑上。」

「那離家實在太近。」

「我不想讓你硬是扛一堆東西走太遠。」

「我會照你的話做。不過別做冒險的事，尼基。」

「我現在就想拿步槍到下面樹林邊，趁那兩個混蛋在碼頭上時把他們殺掉，然後從老工廠拿個鐵塊綁在他們身上，讓他們沉到水底。」

「那麼接下來你要做什麼？」他妹妹問。「他們是有人派過來的。」

「第一個混蛋沒人派他過來。」

「但是你殺了麋鹿，你賣鱒魚，還獵殺那些他們從你船上找出來的東西。」

「殺那些東西又沒違法。」

他不想說到底是什麼東西，因為那就是他們抓到的證據。

「我知道。但是你不可以殺人，這就是為什麼我要跟著你。」

「我們別再講這件事。不過我真想殺了那兩個混蛋。」

「我懂，」她說。「我也想。但是我們不可以殺人，尼基。你能答應我嗎？」

「不會的。現在我都不知道把魚送過去給她是否安全。」

「我拿去給她。」

「不行。它們太重。我帶著魚穿過沼澤走到旅館後面樹林。你直接到旅館看她在不在，狀況是否安全。如果可行，你到大菩提樹那邊找我。」

「穿過沼澤得走很長的一段路，尼基。」

「要從感化院回來也得走上很長的一段路。」

「不讓我跟你一起穿過沼澤嗎？到時候你待在外面，我進去看她在不在，然後出來跟你會合再把魚拿進去。」

「也行。」尼克說。「不過我希望你還是照我的方法去做。」

「爲什麼，尼基？」

「這麼一來你也許可以看到他們在馬路上，然後告訴我他們去哪兒了。我會在旅館後方，就是那棵大菩提樹所在的矮樹林跟你碰面。」

尼克在矮樹林等了超過一小時還不見妹妹的蹤跡。當她出現時情緒高亢，他知道她累了。

「他們在我們家。」她說。「他們坐在紗窗陽臺上喝威士忌和薑汁汽水，還解開韁索把馬匹安置好。他們說就是要等到你回家。我們老媽有告訴他們說你去溪邊釣魚。我認爲她不是故意說出來的。反正，我希望她不是。」

「帕卡德太太怎樣？」

「我看到她在旅館廚房，還問我有沒有看到你，我說沒有。她說正等你帶些今晚要用的魚給她，急得很呢。你該把魚拿進去了。」

「很好。」他說。「這些魚挺新鮮的。我用羊齒草葉重新把它們包起來。」

「我可以和你一起進去？」

「當然。」尼克說。

旅館是一座門廊面向湖水的長木屋。寬木梯通往下方伸入湖面的碼頭，木梯兩旁和門廊周圍都有天然雪松做成的欄杆。門廊上擺了幾張雪松做的椅子，上面坐著身穿白衣的中年人們。草地上裝的三根管子不斷冒出汩汩泉水，幾條小徑可以走到水管前。因爲這是礦泉水，嚐起來有臭蛋味，尼克和他妹妹經常來喝這裡的水，當做是一種訓練。現在他們走向旅館後面的廚房，旅館旁有一條小溪流進湖裡，他們跨過小溪上的木板橋，溜進廚房後門。

「把魚沖洗過放進冰桶裡，尼基。」帕卡德太太說。「等一會兒我來秤重。」

「帕卡德太太。」尼克說。「我能跟你借一步說話嗎？」

「直接講。」她說。「你沒看到我在忙？」

「我希望現在拿到錢。」

帕卡德太太穿了一條棉布圍裙，是個身材結實的女人。她的膚色漂亮，看起來非常忙碌，助手也在廚房裡面。

「你該不是要賣鱒魚吧。難道你不知道那是違法的？」

「我知道。」尼克說。「我把魚帶來當禮物送你。我是說幫你劈柴和堆柴的工資。」

「我去拿。」她說。「我得去旁邊小屋一趟。」

尼克和他妹妹跟她走出屋外。她在廚房通往冰庫的木板道上停下來，伸手到圍裙口袋裡掏出錢包。

「你要離開這裡。」她說得又快又親切。「而且趕快離開。你要多少錢？」

「我該拿十六塊錢。」尼克說。

「拿二十元去。」她告訴他。「別讓小丫頭惹上麻煩。叫她回家去盯住他們，直到你躲遠了。」

「你什麼時候知道他們的事？」

她對他搖搖頭。

「買魚跟賣魚一樣犯法，甚至罪更重。」她說。「你要躲一陣子，等事情平靜下來。尼基，不管別人怎麼說，你是個好孩子。如果情況變糟就去找帕卡德，如果需要任何東西就在晚上過來這裡。我睡得很淺，敲窗戶就行。」

「你今晚不會上鱒魚餐吧，帕卡德太太？你不會把它們做成晚餐吧？」

「不會。」她說。「但是我不會浪費這些魚。帕卡德能吃掉半打，我知道還有其他人可以吃掉。多加小心，尼基，就等風頭過去。要躲好啊。」

「小妹想跟我走。」

「千萬別帶著她。」帕卡德太太說。「你今晚過來，我會準備一些東西好補償你。」

「可以讓我帶走一只平底煎鍋嗎？」

「我會準備好你需要的東西。帕卡德知道你需要什麼。我就不另外再給錢，免得你惹上麻煩。」

「我想找帕卡德先生拿一些東西。」

「他會幫你張羅需要的東西。不過你別靠近他的店鋪，尼克。」

「我會叫小妹拿紙條給他。」

「任何時候需要任何東西都寫在紙條上，」帕卡德太太說。「你別擔心，帕卡德會幫忙解決問題。」

「再見，海莉嬸嬸。」

「再見，」她說著親了他一下。她親他時身上散發的味道好極了，就是那種他們在廚房烘焙時聞到的味道。帕卡德太太有一股她廚房的味道，而且她的廚房總是聞起來很香。

「別煩惱，也別做壞事。」

「我不會做壞事。」

「那當然。」她說。「帕卡德會想辦法。」

現在他們來到自家後山的大鐵杉旁。傍晚時分，太陽落在湖對岸的山峰之後。

「我已經找齊所有東西，」他妹妹說。「會裝成很大一袋，尼基。」

「我知道。他們在做什麼？」

「他們吃過一頓豐盛的晚餐，目前坐在陽臺上喝酒。他們互相吹噓自己有多聰明。」

「到目前爲止他們不是很聰明。」

「他們就是要你餓到發慌。」他妹妹說。「在森林裡待上幾晚，你就會回家。當你肚子餓到兩耳幻聽發作個兩三次，你就會回家。」

「我們老媽給他們怎樣的晚餐？」

「糟透了。」他妹妹說。

「很好。」

「我找到單子上每一樣東西。我們老媽頭痛得很，已經去睡覺。她有寫信給爸爸。」

「你看到信了嗎？」

「沒有。信在她的房間裡，跟明天要去店鋪購物的清單放在一起。當她明早發現所有東西都不見時，就得重新列一張清單。」

「他們喝了多少酒？」

「已經喝了將近一瓶，我猜。」

「眞希望我們能滴一些迷藥在裡面。」

「告訴我怎麼做，我去放。是滴在酒瓶裡嗎？」

「不。是滴在杯子裡。不過我們沒有迷藥。」

「藥櫃裡會不會有？」

「沒有。」

「我可以加些止痛糖漿到瓶子裡，他們還有另一瓶酒。或者加瀉藥。我知道有這些藥。」

「不要，」尼克說。「趁他們睡著後，你試著去把另一瓶酒倒一半給我。用舊藥瓶去裝。」

「我最好去看著他們，」他妹妹說。「哎，眞希望我們有迷藥。我以前甚至沒聽過這種東西。」

「實際上那不是用滴的藥水。」尼克告訴她。「那是麻醉藥。如果伐木工人想佔妓女的便宜，她們就把藥加在他們的酒裡面。」

「聽起來還眞不是好東西，」他妹妹說。「不過我們也許該準備一些，以防萬一。」

「讓我親你一下。」她哥哥說。「只是以防萬一。我們下去看他們喝酒。我想聽聽看他們坐在我們家說什麼閒話。」

「你答應我不會發怒或幹壞事。」
「我保證。」
「也不會傷害馬匹。這不是馬兒的錯。」
「也不傷害馬匹。」
「眞希望我們有迷藥。」他妹妹忠心耿耿地說。
「喔，我們沒有。」尼克對她說。「我想除非去博因城[3]，否則哪兒都弄不到。」
他們坐在柴房裡，看那兩人坐在紗窗陽臺的桌子前。月亮還沒升起，天色晦暗，不過兩個人的輪廓在後方湖光的襯托下依然可見。他們沒在講話，卻都趴在桌上。接著尼克聽到水桶裡冰塊撞擊的聲音。
「薑汁汽水沒了。」其中一人說。
「我說過不夠喝。」另一個人開口。「就是你說我們多的是汽水。」
「拿些水來。廚房有提桶和勺子。」
「我已經喝夠了。我要去睡覺。」
「你不繼續等那小子？」
「不等。我要睡一會兒。你來守著。」
「你想今晚他會出現嗎？」

3 博因城（Boyne City）是位於密西根州下半島沙勒沃伊湖東岸博因河口的城市。

「不知道。我要去睡一會兒。你睏的時候叫醒我。」

「我能整夜不睡。」本地監督官說。「許多夜晚我都整夜不睡，眼睛都沒闔上，就爲了揪出點火盜獵的人。」

「我也行，」南方官員說。「可是我現在要去小睡一會兒。」

尼克和他妹妹看他走進門。他們母親告訴那兩個人說可以睡在起居室旁的臥室。兄妹倆看到他點了一根火柴，然後窗子又暗了下來。他們盯著另一個監督官坐在桌前，直到他把頭靠在手臂上，然後聽到他的鼾聲。

「我們再等一會兒，確保他睡沉了。然後我們去拿東西。」尼克說。

「你翻到籬笆外面等。」他妹妹說。「我到處走動還沒關係，不過他可能會突然醒來看見你。」

「好吧。」尼克同意。「我要帶上所有東西離開。大部分東西都在這兒。」

「你能摸黑找到東西嗎？」

「當然。步槍藏在哪兒？」

「平放在柴房後面上方的屋椽。別摔下來或弄倒柴堆，尼基。」

「你別擔心。」

她走出屋外，來到籬笆遠端的角落，尼克在這裡的大鐵杉後面打包行囊，去年夏天這棵鐵杉樹被閃電擊中，同年秋天在一場暴風雨中樹就倒了。月亮才從遠方山頭升起，枝葉間灑下足夠的月光讓尼克可以看到自己打包的東西。卸下扛在身上的麻布袋後，他妹妹說：「他們睡得像豬一樣，尼基。」

「很好。」

「南邊來的那個人跟外那個一樣鼾聲如雷。我想所有東西都找齊了。」

「眞有你的，我的小妹。」

「我留了一張紙條給我們老媽，告訴她我跟你一起走，要看好你別再惹麻煩，而且不要告訴任何人說我在照顧你。我把紙條塞進她的門縫，門上鎖了。」

「喔，鬼扯。」尼克說。接著他又說：「很抱歉，小妹。」

「這也不是你的錯，總不能說我來給你添麻煩的吧。」

「你眞厲害。」

「我們現在可以高興一點吧？」

「當然。」

「我把威士忌帶來了。」她滿懷希望地說。「我留一些在瓶子裡。他們無法確定是不是對方喝掉的。不管怎樣，他們還有一瓶。」

「你有帶自己的毯子？」

「當然。」

「我們最好還是出發吧。」

「如果朝我想的那方向去，我們應該很安全。倒是麻布袋塞進我的毯子變得更大了。我背步槍。」

「好的。你帶哪種鞋子？」

「我帶的是鹿皮工作軟鞋。」

「你帶什麼書？」

「《洛娜．杜恩》、《綁架》[4]和《咆哮山莊》[5]。」

「除了《綁架》這本，其他都是大人看的。」

「《洛娜．杜恩》不是。」

「我們可以唸出聲。」尼克說。「這樣書可以看久一點。不過，小妹，你讓事情變得有些棘手，我們最好走吧。那些混蛋可不像他們表現得那樣愚蠢，也許只因爲他們喝了酒。」

尼克將袋子轉幾圈綁緊袋口，然後往後一坐穿上他的鹿皮軟鞋。他用手臂摟著妹妹。「你確定想跟我走？」

「我必須跟你走，尼基。現在別畏畏縮縮拿不定主意。我留了紙條。」

「好，」尼克說。「我們走吧。你可以背步槍，直到背不動爲止。」

「我都準備好了。」他妹妹說。「讓我幫你綁好袋子。」

「你知道你都沒小睡片刻，而且我們必須長途跋涉？」

「我知道。我才眞正像是趴在桌上睡著的那傢伙所吹噓的可以整夜不睡。」

「也許他以前也有這般能耐。」尼克說。「不過你必須保持兩腳不要受傷。鹿皮鞋會磨腳嗎？」

4《綁架》（*Kidnapped*）是蘇格蘭小說家羅伯特．路易斯．史蒂文森（Robert Louis Stevenson）於一八八六年出版的歷史小說，其他知名小說如一八八三年的冒險小說《金銀島》（*Treasure Island*）。

5《咆哮山莊》（*Wuthering Heights*）是英國文學家艾蜜莉．白朗特（Emily Bronte）於一八四七年出版的小說，

「不會。整個夏天我都光腳丫走路，兩腳練得可結實的了。」

「我也是。」尼克說。「來吧，我們走了。」

他們踩在柔軟的鐵杉針葉上開始前進，四周樹木都很高大，林間沒有灌木叢。他們往山上走，在穿透枝葉的月光照射下，尼克扛著很大一個麻布袋，他妹妹背著點二二步槍。他們到達山頂時回頭看那月光下的大湖。視野非常清晰，他們可以看到漆黑的岬角，再過去就是對岸層層的高山。

「我們該向這裡道別了。」尼克．亞當斯說。

「再見，大湖。」小妹說。「我很愛你。」

他們走下山頭，越過漫長的原野和果園，然後穿過鐵柵欄走進一片僅留殘梗的農地。通過農地時往右瞧，他們看到山谷裡的屠宰場和大穀倉，還有另一處高地上可以俯瞰湖面的圓木老農舍。月光下，白楊樹夾道的一條長路直通湖岸邊。

「走起來腳痛嗎，小妹？」尼克問。

「不痛。」他妹妹說。

「我走這條路是爲了避開狗。」尼克說。「牠們一發現是我們就會停止吠叫，不過也許有人會聽到狗叫聲。」

「我懂。」她說。「只要狗一停止吠叫，他們就會曉得那是我們倆。」

向前望去，他們可以看到幽暗的群山陵線在馬路遙遠的那端。他們走到這片收割過的農地盡頭，跨過流向冷藏屋的一窪小溪，然後爬上另一片殘梗農地，接著還有一道鐵柵欄和一條沙土路，再過去就是濃密的矮樹林。

「等我爬過柵欄再扶你一把。」尼克說。「我想先觀察一下馬路。」

爬到柵欄頂端，映入眼簾的是家鄉綿延起伏的土地，自家旁邊黑鴉鴉的樹林，還有月光下明亮的湖面。然後他仔細察看馬路。

「他們無法追蹤我們過來的這條路線，而且我不認爲他們在這麼厚的沙土上還能分辨足跡。」他對妹妹說。「如果不會太硌腳，我們就走在兩旁路肩。」

「尼基，老實說我不覺得他們會聰明到追蹤任何人。瞧他們只會枯等你回家，然後晚餐前後就幾乎喝醉了。」

「他們有去碼頭。」尼克說。「我原本待在那裡。若不是你事先通知我，他們早就抓到我。」

「當老媽向他們透露說你可能去釣魚時，他們未必想得到你在那條大溪上。我離開後，他們一定發現所有的船都還在，這讓他們想到你是在溪裡釣魚。每個人都知道你通常在磨穀坊和榨汁廠下游一帶下竿。他們只是慢慢推敲出來。」

「算你說得對。」尼克說。「不過當時他們已經相當接近。」

他妹妹把槍托朝前，穿過柵欄將步槍遞給他，然後從兩根欄杆間爬過去。來到馬路上，她站在他身旁，他把手放在她頭上摸一摸。

「你累壞了吧，小妹？」

「不，我還好。我太開心，根本不覺得累。」

「如果太累了，你就走到馬匹踩出許多坑洞的沙土路上，又軟又乾燥的路面看不出所以然。我會走在路肩硬地上。」

「我也可以走在路肩。」

「不要。我不想看你把腳給磨破了。」

他們往上走向分隔兩湖的高地，這路上斷斷續續出現一些小下坡。馬路兩旁緊貼著濃密的矮樹林，沿路生長的黑莓與覆盆子灌木叢盡是往樹林裡延伸。眼前一座座的山峰就像在樹林間刻劃出的齒痕。這時月亮開始往下落。

「你覺得怎樣，小妹？」尼克問他妹妹。

「我覺得很好極了。尼基，你每次逃家是否都感覺這麼棒？」

「沒有。通常感覺很寂寞。」

「你曾有多麼寂寞？」

「絕望透頂的寂寞。很嚇人。」

「你覺得跟我在一起會寂寞嗎？」

「不會。」

「你不介意是跟我在一起，而不是去找朱莉？」

「你爲什麼老是提到她？」

「我沒有。也許你在想她，所以認爲我在談論她。」

「你太伶牙俐齒了。」尼克說。「我想到她是因爲你告訴我她身在何處，當我聽到時就會納悶她在做什麼，如此而已。」

「我猜我不該來的。」

「就跟你說過你不該來的。」

「喔，見鬼。」他妹妹說。「難道我們要像別人那樣爭吵？我現在就回去。你沒必要帶著我。」

「閉嘴。」尼克說。

「別那麼說，尼基。我會回去或者如你所願留下來。只要你叫我走我就回去。但是我不想吵架。我們在家裡看到的爭吵還不夠多嗎？」

「夠多了。」尼克說。

「我明白是我逼你帶著我。但我也搞定狀況才沒讓你惹上麻煩，而且我的確沒讓他們抓到你。」

他們抵達高地，從這裡又可以看到湖，然而現在看到的湖面狹長，幾乎就像一條大河。

「我們從這裡直接穿過鄉野。」尼克說。「然後會走到那條伐木古道。如果你想回去就這裡掉頭。」

他卸下麻布袋放進樹叢裡，他妹妹把步槍斜靠在上面。

「坐下，小妹，休息一下。」他說。「我們倆都累了。」

尼克把頭枕在麻布袋上，他妹妹躺在旁邊，頭放在他肩膀上。

「我不會回去，尼基，除非你叫我走。」她說。「我只是不想吵架。答應我，我們不會再發生爭吵。」

「我保證。」

「我不會再提到朱莉。」

「去他的朱莉。」

「我要成為有用的好伙伴。」
「你是。如果我焦躁不安再加上寂寞的情緒，你不會在意吧？」
「不會。我們要互相照應，逗對方開心。我們可以度過美好時光。」
「好的。我們現在就開始這麼做。」
「我一路上就已經很快活。」
「我們前面有一段相當難走的路，接著還有一段眞正難走的路，然後就會到那兒了。我們應該等到天亮再出發。你去睡一會兒，小妹。衣服夠暖嗎？」
「夠啊，尼基。我有穿毛線衣。」
她蜷在他身邊入睡。過了一會兒，尼克也睡著了。他睡了兩小時，直到被晨光喚醒。
尼克先在矮樹林裡繞圈子，然後兩人才走進伐木古道。
「我們不能留下從大馬路走進古道的足跡。」他告訴妹妹。
古道上枝葉叢生，他有好幾次必須停下腳步免得被樹枝打中。
「就像一條隧道。」他妹妹說。
「過一會兒就會變開闊。」
「我曾經來過這裡嗎？」
「沒有。這兒比我以往帶你去打獵的地方還要遠。」
「這裡出去就是秘密地點了？」

「不，小妹。我們還得穿過幾處漫長難走的廢林場。我們要去的地方沒人去過。」

他們沿著古道前進，又轉進另一條枝葉更茂密的古道。接著他們來到一片空地。空地上盡是雜草與灌木叢，還有伐木營地遺留下來的小木屋。它們非常破舊，有些屋頂已經塌陷。不過古道旁有一處泉水，他們在這兒都喝了水。太陽還沒升起，兩人經過整夜徒步後，一大清早就感到飢腸轆轆。

「後面整片都是鐵杉樹林。」尼克說。「他們砍伐這片林地只剝取樹皮，從不利用樹幹。」

「這古道又是怎麼回事？」

「他們一定是從離路最遠那端開始砍伐，把樹皮搬到路旁堆放再運走。他們一路砍伐到路邊，樹皮就堆放到這裡，然後拖運出去。」

「秘密地點就在整片廢林場的另一頭？」

「對。我們要穿過這處廢林場，再走一些伐木道路，然後穿過另一處廢林場後就會到達原始林地。」

「他們到處砍伐，為什麼獨留一片原始林地？」

「我不知道，我猜那是地主又不想賣掉的私有土地。他們在那周圍偷砍了很多樹，還為此賠償不少林價。但大部分林地沒被破壞，而且沒有任何路過得去。」

「可是人們為什麼不沿溪水往下走？小溪一定是從某個地方流過來的？」

他們正在休息，還沒啓程穿越難走的廢林場，尼克想趁這時候解釋清楚。

「聽我說，小妹。溪水橫越我們剛才走的大馬路後會流過一戶農家的土地。主人用籬笆把地圍起來做牧場，想來釣魚的人都被他趕走，所以人們到地界上的那座橋就過不去了。至於他屋子後方的那段溪，人們直闖牧場可以來到溪邊，於是他在那兒放養一條公牛。這公牛脾氣可壞了，眞的能把任何人都趕跑。牠是我見過最兇的公牛，始終在那兒一副凶神惡煞樣子，就等著追趕別人。過了公牛的地盤就是農家土地盡頭，接下來是一段松林沼澤，水底到處都是壺穴，你必須熟悉地形才過得去，而且就算你很熟悉也是難走。再過去就是秘密地點。我們是走山路進去，有一點兒繞路到背面。過了秘密地點是眞正的沼澤地，你走不過去的爛沼澤。現在我們最好動身走這困難的一段路。」

現在難走的、還有更難走的路程都走過去了。尼克爬過許多比他頭還高的圓木，其他圓木也到他腰部的高度。一路上他得不斷接過步槍先放到圓木上，好把妹妹拉上來再讓她從另一邊滑下去，或者自己先滑下去，接過槍後幫妹妹爬下來。他們穿越或是繞過無數的灌木叢，廢林場裡很炎熱，野花雜草的花粉沾滿小女孩的頭髮，還讓她直打噴嚏。

「該死的廢林場。」她對尼克說。他們靠在一根被砍伐後的大樹樁上休息，顧不得斧頭揮砍留下的刻痕。腐朽黯灰的樹樁裡木輪看來是灰的，剝了樹皮棄置滿地的長長樹幹和枯枝敗葉也是灰的，倒是無用的雜草長得綠意盎然。

「這是最後一處廢林場了。」尼克說。

「我討厭這地方。」他妹妹說。「還有該死的雜草，像在無人照料的樹木墳場上隨意綻放的野花。」

「這下子你應該明白我爲什麼不要摸黑趕路。」

「我們根本過不了。」

「對。而且沒人會穿過這裡來追我們。現在來到好走的路段。」

他們從廢棄林場的艷陽下走進古木參天的綠蔭中。廢林場一直延伸到山脊翻過山頭，再下去就是茂密森林。他們走在林間褐色土地上，踩起來輕快又陰涼。這裡沒有灌木叢，矗立的樹幹直達六十呎以上才有旁枝。在大樹的遮蔽下很清涼，尼克能聽到樹頂上微風吹拂。他們走過時看不到刺眼的太陽，尼克知道接近正午之前陽光不會穿透高高在上的枝葉。妹妹牽住他的手，緊靠著他走。

「我不害怕，尼克。但這地方讓我覺得很不自在。」

「我也是。」尼克說。「每次都這樣。」

「我從來沒走進這樣的樹林。」

「這是附近唯一的原始林地。」

「我們要花很久時間走過去嗎？」

「有相當長的路。」

「如果是我一個人就會害怕。」

「它讓我覺得不自在。但是我不害怕。」

「這是我先說的。」

「我知道。也許我們這麼說是因爲心裡害怕。」

「不。我不害怕，因爲我跟你在一起。但是我知道自己一個人會害怕。你曾經跟別人來這裡嗎？」

「沒有。只有我自己。」

「那麼你不害怕？」

「不怕。不過我總覺得不自在。就像在教堂裡免不了會有的那種感覺。」

「尼基，我們要落腳的地方不像這樣肅穆，是吧？」

「不會。你別擔心，那是熱鬧的地方。你只管好好欣賞一下這裡，小妹。這對你有好處。以往森林就是這幅模樣，而這是僅存的最後一塊淨土。從來沒人進到這裡。」

「我喜歡古老年代，但不希望都像這樣肅穆。」

「並不是都這樣。不過鐵杉樹林就是如此。」

「走在這裡眞舒服。我本來以爲走在我們家後面的樹林就夠舒服了，不過這裡更棒。尼基，你相信上帝嗎？如果你不想說就不用回答。」

「我不知道。」

「好吧。你不用說。但是你不會介意我在晚上禱告吧？」

「不會。如果你忘了，我會提醒你。」

「謝謝。因爲這種樹林讓我覺得很神聖。」

「所以他們才把大教堂蓋得像這樣。」

「你從來沒看過大教堂，對吧？」

「沒有。但是我在書上讀過，我能想像它們的模樣。這裡是我們附近最好的一座大教堂。」

「你想我們以後是否可以到歐洲看大教堂？」

「當然可以。不過我們得先擺脫這次的麻煩，並且學會如何賺錢。」

「你覺得你未來會不會靠寫作賺錢？」

「如果我寫得夠好。」

「如果你寫比較歡樂的內容，是不是更可能成功？這不是我的意見，倒是我們老媽說你寫的東西都很憂鬱。」

「對《聖徒》雜誌來說的確太憂鬱，」尼克說。「他們沒明講，不過他們就是不喜歡我寫的東西。」

「可是《聖徒》雜誌是我們最喜歡的雜誌。」

「我知道。」尼克說。「但他們已經認定我寫東西太憂鬱。我甚至還不是成年人。」

「人什麼時候才算成年？當他結婚時？」

「不是這麼區分。未成年時，他們把人送去感化院。成年之後就把人送去監獄。」

「真高興你還不是成年人。」

「他們哪兒都別想把我送去。」尼克說。「我們別談什麼憂不憂鬱的，就算我寫東西真的很憂鬱。」

「我沒說你寫的東西很憂鬱。」

「我知道。然而每個人都這麼說。」

「我們快活一點兒，尼基。」他妹妹說。「這片樹林讓我們變得太嚴肅了。」

「我們快要走出樹林了。」尼克告訴她。「然後你會看到我們要落腳的地方。你餓了嗎，小妹？」

「有一點兒。」

「我想也是。」尼克說。「我們吃幾顆蘋果。」

他們正走下一處長坡地，此時前方樹幹間出現了陽光。來到樹林邊緣，這裡能見到欣欣向榮的鹿蹄草和越橘，地上花草茂盛顯得生意盎然。從樹幹間望去，可以看到一片開闊草地向下延伸到溪旁的白樺樹。過了草地和那排白樺樹就是整片墨綠的沼澤松林，沼澤後面是深藍的山丘。一灣湖水分隔了沼澤與山丘。但現在的位置看不到湖灣，他們只是從沼澤到山丘的距離判斷，覺得湖灣應該在那兒。

「泉水在這兒。」尼克對妹妹說。「還有這堆石頭是我以前紮營的地方。」

「這裡是非常、非常美麗的地方，尼基。」她妹妹說。「我們也可以看到湖水嗎？」

「有個地方可以看到。不過我們最好在這兒紮營。我去弄些木柴來，我們就可以做早餐。」

「這些燧石非常古老。」

「這是很古老的地方。」尼克說。「燧石是印地安人留下來的。」

「剛才既沒足跡又沒標記可循，你怎麼能直條條穿過樹林來到這裡？」

「你沒看見三道山脊上都有指示方向的枯枝？」

「沒有。」

「有機會的話我指給你看。」

「是你弄的嗎？」

「不是。它們是以前留下來的。」

「爲什麼你剛才沒指給我看？」

「我不知道。」尼克說。「大概我正顧著大顯身手。」

「尼基，他們絕不會發現我們在這兒。」

「希望不會。」尼克說。

大約在尼克和他妹妹進入第一處廢林場的同時，睡在他們家紗窗陽台上的監督官被陽光弄醒了。原本陽台在湖岸高處樹林的庇蔭下，太陽從房子後面寬廣的山坡地升起後，耀眼陽光灑在他整張臉上。

這監督官晚上曾起來喝水，從廚房回來後就從一張椅子上拿了坐墊當枕頭，睡倒在地板上。他現在醒了，意識到自己身在何處，連忙站起來。他是靠右側睡，因爲左腋下的槍套裝了一把點三八史密斯左輪手槍。現在人清醒了，他摸一摸手槍，撇頭避開那刺眼的陽光，然後走進廚房從餐桌旁的水桶舀了一瓢水喝。女傭正往爐子裡生火，監督官對她說：「弄些早餐來吃好嗎？」

「沒有早餐。」她說。女傭睡在後面的一間小木屋，半個小時前來到廚房。看見監督官躺在陽台地板上，桌上還有一瓶將近喝光的威士忌，她覺得既驚嚇又噁心，接著不禁怒火中燒。

「你是什麼意思，沒有早餐？」監督官說，手上還握著勺子。

「就是那意思。」

「爲什麼？」

「沒東西可吃。」

「咖啡呢？」
「沒有咖啡。」
「茶？」
「沒有茶。沒有培根肉，沒有玉米早餐，沒有鹽，沒有胡椒，沒有咖啡。博登牌奶油罐頭也沒有，阿姨牌蕎麥麵粉也沒有，什麼都沒有。」
「你在胡說些什麼？昨晚還有很多可吃的東西。」
「現在都沒有了。一定是被花栗鼠搬光了。」
南邊來的監督官聽到他們的談話聲後起床走進廚房。
「今早感覺如何？」女傭問他說。
監督官沒理會女傭，他說：「怎麼回事，埃文斯？」
「那小兔崽子昨晚摸進來裝走了滿袋食物。」
「別在我的廚房罵髒話。」女傭說。
「到外面去。」南邊的監督官說。兩人走到陽台，把廚房門關上。
「這是怎麼回事，埃文斯？」南邊的監督官指著那瓶一夸脫裝陳年格林河威士忌，裡面的酒只剩不到四分之一。「瞧你喝得多麼爛醉？」
「我喝的跟你一樣多。我坐在桌子旁……」
「在做什麼？」
「在等那該死的亞當斯家小男孩出現啊。」

「而且一直喝酒。」

「我沒喝酒。到了四點半左右我起身到廚房喝水，然後躺在前門這邊放鬆一下。」

「你爲什麼不躺在廚房門前？」

「從這裡更好觀察他有沒有出現。」

「所以結果呢？」

「他鐵定進到廚房了，也許是從窗子進去，然後裝走那些東西。」

「胡扯。」

「你又在做什麼？」本地監督官質問說。

「跟你一樣睡著了。」

「好了。我們別爭執這件事，再吵下去也沒有用。」

「叫那女傭出來這裡。」

女傭出來後，南邊監督官對她說：「告訴亞當斯太太，我們有話跟她說。」

女傭不發一語走進房子前廳，隨手把門關上。

「你最好把沒喝的和喝光的酒瓶收拾掉。」南邊監督官說。「反正剩下的也不多，你要喝一杯嗎？」

「不用。我今天得幹活。」

「我要喝一杯。」南邊監督官說，「大部分都被你喝掉了。」

「你離開後我就沒喝任何一滴，」當地監督官堅持說。

「你爲什麼老是胡扯個沒完？」

「我沒胡扯。」

南邊監督官放下酒瓶。「好，太太說了什麼？」他對女傭說。女傭才開了門出來，又把門給關上。

「太太頭痛得厲害，不能見你們。她說你們有搜索令，如果想搜這地方就盡管搜個夠，然後趕快離開。」

「她有沒有提到那男孩？」

「她沒見到那男孩，而且對他的事一無所知。」

「其他小孩在哪兒？」

「他們到沙勒沃伊[6]去做客。」

「到誰家做客？」

「我不知道。她也不知道。他們去參加舞會，打算禮拜天跟朋友待在一起。」

「昨天在這兒四處走動的小孩是誰？」

「我沒看到什麼小孩昨天在這兒四處走動。」

「就是有。」

「也許是孩子的朋友來找他們，也可能是遊客的小孩。男孩或女孩？」

6 沙勒沃伊（Charlevoix）是沙勒沃伊湖西岸的港口城市，位於沙勒沃伊湖通往密西根湖的水道沿岸。

「大約十一、二歲的女孩，褐色頭髮，褐色眼睛，臉上有雀斑，曬得很黑，穿了一件工作褲和男襯衫，光腳丫子。」

「聽起來像任何人，」女傭說。「你說年紀大約十一、二歲？」

「喔，見鬼，」南邊監督官說。「你根本無法從這些鄉巴佬口中問出什麼話。」

「如果我是鄉巴佬，那他是什麼？」女傭看著當地監督官。「埃文斯先生又算什麼？他的小孩跟我的小孩是唸同一所學校。」

「那個孩子是誰？」埃文斯問她。「說吧，蘇西。反正我能查出是誰。」

「我怎麼會知道，」女傭蘇西說，「現在似乎什麼樣的人都會這兒走來走去。我覺得自己就像在大城市。」

「你不想惹上麻煩，是吧，蘇西？」埃文斯說。

「不想，先生。」

「我是說眞的。」

「你也不想惹上任何麻煩，是嗎？」蘇西反問他。

在穀倉外套好馬車後，南邊監督官說：「我們任務進展得不太順利，是吧？」

「現在他行蹤不明。」埃文斯說。「他弄到食物，也一定有拿步槍。不過他應該仍在這一帶，我可以找到他。你會追蹤嗎？」

「不，實際上不會。你會嗎？」

「在雪地上就會。」另一個監督官笑說。

「但我們不一定要追蹤。我們得想出他會去什麼地方。」

「如果去南方就不需要帶那麼多補給。他只需要帶一些東西然後跳上火車。」

「我看不出他從柴房帶走了什麼，倒是從廚房裝了一大袋東西。他打算好要去某個地方。我去查查他的習性，他有哪些朋友，還有常去哪些地方。如果要攔住他，不外乎是在沙勒沃伊、佩托斯基、聖伊尼亞斯和希博伊根市[7]這幾個地點。如果你是他的話會往哪去？」

「我會去上半島[8]。」

「我也這麼想，他曾到那裡。渡輪口是最好找到他的地點，不過從這裡到希博伊根市之間有相當長的一段路，他也明白這狀況。」

「我們最好到湖邊去看看帕卡德，反正今天原本就打算要去那裡調查。」

「他會不會搭東喬丹—大特拉弗斯線的火車南下？」

「不無可能。但那不是他出沒的區域。他會走自己熟悉的地方。」

蘇西走出屋外時，他們正推開籬笆上的柵門。

「我能搭你們的車去店鋪嗎？我得去買些食品雜貨。」

「你怎麼知道我們要去店鋪？」

---

7 希博伊根市（Shebougan）是密西根湖西岸威斯康辛州境內的城市，為當地郡治。

8 指密西根上半島。

「昨天你們有說要去拜訪帕卡德先生。」

「你要如何把購買的東西載回來？」

「我想可以找到路過或來湖邊的人搭他們的便車。今天是禮拜六。」

「好吧，上來。」當地監督官說。

「謝謝你，埃文斯先生。」蘇西說。

到了雜貨鋪兼郵局的前面，埃文斯將馬匹栓在柱子上。他和南邊監督官進去前先站在門口交談。

「我受不了那該死的蘇西。」

「就是啊。」

「帕卡德是個好好先生，在這邊是最受歡迎的人。你千萬別用買賣鱒魚這檔事去威脅他。沒人嚇得了他，而且我們也不想跟他對立。」

「你認爲他會合作嗎？」

「如果你行爲魯莽就會礙事。」

「我們去見見他。」

蘇西在店裡面，徑自走過一面面玻璃陳列櫃、一個個打開的大桶、一落落裝貨的箱子以及一排排罐頭貨架，沒看任何東西或任何人，直接走到後面的郵局。這裡有專用信箱以及領郵件、買郵票的窗口，窗口是拉下來的。她繼續走到房子後面。帕卡德先生正用鐵橇拆開一只木箱，他看到她露出微笑。

「約翰先生。」女傭匆忙說。「外面來了兩個狩獵監督官在追尼克。他昨晚離開了，小妹跟著他一道走，你別洩露風聲。他媽媽知道這回事應該是沒問題，再怎麼說她也不會透露任何消息。」

「他帶走你所有的食物？」

「絕大部分。」

「挑你需要的，列張清單，我等會兒跟你核對一遍。」

「他們現在正要進來。」

「你從後面出去再從前門進來。我出去跟他們聊一聊。」

蘇西繞過長條狀屋子，再次走上前門階梯。這次她進來可就留意到每件事。她認得那幾個帶簍子來賣的印地安人，也認得站在左邊第一排玻璃櫃看釣具的兩個印地安男孩。她知道旁邊盒子裡裝的是什麼藥品，還曉得誰經常來買。有一年夏天她在這裡當店員，很清楚那些硬紙盒上標示的字母與數字代表裡面裝什麼東西，包括鞋油、冬天用的套鞋、毛襪、連指手套、帽子和毛線衣。她知道印地安人帶來的簍子要價多少，還知道現在季節已晚，簍子賣不到好價錢。

「泰布肖太太，你怎麼這時候才帶簍子過來？」她問。

「獨立紀念日玩過頭了。」印地安婦女笑說。

「比利好嗎？」蘇西問。

「我不清楚，蘇西。我已經四個禮拜沒看到他。」

「何不把簍子帶去旅館試著賣給遊客？」蘇西說。

「也許吧。」泰布肖太太說。「我去過一次。」

「你應該每天都帶去賣。」

「路走起來太遠了。」泰布肖太太說。

蘇西和她認識的人聊上幾句，然後把需要帶回去的東西列張清單，這時兩個監督官正在屋後跟約翰．帕卡德先生在一起。

約翰．帕卡德先生有雙灰藍色眼睛，深色頭髮和鬍子，看來總像是不經意逛進雜貨鋪的人。他之前離開密西根州北部時才十八歲，還是年輕人，看起來更像個警官或守法的賭徒，而不是店鋪老闆。他曾擁有幾間不錯的酒吧，而且經營得很好。林地被砍伐殆盡之後，他定居下來並且買了農場。最後郡政府依地方自治權實施禁酒，他就買下這間店鋪。他原本就擁有那間旅館，但是他說不喜歡沒有酒吧的旅館，所以幾乎都沒去過。帕卡德太太在經營旅館，她比帕卡德先生投入更多心力，而且約翰先生說他不想浪費時間在那些觀光客身上，那些人錢夠多，只要願意就可以到這國家任何地方去度假，結果他們卻來一間沒有酒吧的旅館，然後坐在陽臺搖椅上打發時間。他稱那些觀光客犯了「中年症候群」，老是在帕卡德太太面前取笑他們，但是她深愛自己的先生，對於他的嘲弄從來不以爲意。

「我不介意你說他們有中年症候群。」有天晚上她在床上對他說。「我是有一些本領，不過我仍是你唯一能操控的女人，不是這樣嗎？」

她喜歡觀光客，因爲其中有些人帶來文化氣息，約翰先生說她熱愛文化就像伐木工人熱愛無敵牌口嚼菸草。其實他尊重她對文化的熱愛，因爲她說自己喜好文化像是他喜好陳年威士忌一樣，而且還說：「帕卡德，你不必在乎文化，我不會用這檔事來煩你。不過它讓我覺得美妙極了。」

約翰先生說她可以追求文化氣息直到天老地荒，只要別叫他去參加肖托夸集會[9]或者自我成長課程。他有去過露天佈道會和奮興佈道會[10]，但從不參加肖托夸集會。他說露天佈道會和奮興佈道會已經夠糟了，儘管佈道會後他從沒看過有誰買賬，不過至少有些人眞的受到啓發而去幹些男歡女愛的事。他告訴亞當斯說，帕卡德太太參加例如吉布西·史密斯[11]那種偉大福音佈道家所主持的大型佈道會後，就會開始擔憂她先生那不道德的靈魂是否能獲得救贖，結果卻因爲帕卡德長得很像吉布西·史密斯，所以心情終究回歸平靜。但肖托夸集會就有一點兒古怪。約翰先生心想，文化或許比宗教好。不過這是冷冰冰的議題，他們還可以爲之瘋狂。在他看來它更像是一種時尚。

「他們肯定是被某種魅力吸引。」他曾對尼克·亞當斯這麼說。「想必有點兒像虔誠信徒那樣只在腦子裡產生作用。你找時間研究一下，然後告訴我你的想法。你想成爲作家，應該盡早弄懂它。別讓他們把你拋得太遠了。」

約翰先生喜歡尼克·亞當斯，說他身上帶有原罪。尼克不了解他的意思，倒是覺得很驕傲。

「你會做出一些事讓自己悔不當初，孩子。」約翰先生曾對尼克說。「後悔是人生最幸福的事之

---

9 肖托夸（Chautauqua）是十九世紀末到二十世紀初盛行的一種集會式成人教育運動，集會多在美國農業地區推廣，活動中除了演講也包括音樂、戲劇等演出。

10 十八世紀中期在北美地區開始發起稱之為大覺醒的新教復興運動，以奮興（revival）傳道方式激發信徒的宗教情感，促進宗教的自由化與個人化。

11 吉布西·史密斯（Gypsy Smith, 1860-1947），英國著名的福音佈道家，在英·美兩國從事福音傳佈工作長達七十多年。

一。你永遠能決定要不要對自己做的事感到後悔，不過問題在於你做了那件事。」

「我不想做任何壞事。」尼克說。

「我也不希望你做壞事。」約翰先生說。「但是人活著總會做出許多事。你不該說謊，也不該偷竊。人都免不了會說謊，但是你得認定對誰絕不說謊。」

「我對你絕不說謊。」

「那就好。無論如何你絕不能對我說謊，我也不對你說謊。」

「我盡力而爲。」尼克說。

「不能這麼講。」約翰先生說，「要說絕對不會。」

「好吧。」尼克說。「我對你絕不會說謊。」

「你的女朋友怎樣了？」

「有人說她在北邊的蘇鎮[12]工作。」

「她是個漂亮的女孩子，我一直都喜歡她，」約翰先生說。

「我也是。」尼克說。

「想開一點兒，別太難過。」

「沒辦法。」尼克說。「這不是她的錯。她生來就是那模樣。如果讓我再碰見她，我想自己還是會被她迷上。」

12 蘇鎮（Soo）是密西根州上半島東北角的鎮區。

「也許不會。」

「也許還會。我試著避免。」

約翰先生走到後面櫃臺時心裡還惦記著尼克，那兩個人正在櫃檯前等他。他站在那兒把人打量一番，兩個人他都不喜歡。他一向不喜歡本地的埃文斯，完全瞧不起他，不過他判斷南邊來的人是個危險人物。他沒來得及仔細分析，而是看到那深藏不露的眼神和緊閉的嘴唇，閉得可比嚼菸草的人更緊。他的錶鏈上還別了一枚麋鹿的眞牙。那是顆很精緻的尖牙，取自於一頭大約五歲的公鹿。很漂亮的尖牙，約翰先生又看了一眼，然後發現衣服腋下鼓起一大塊，那是藏在外套下的槍套。

「你用隨身帶的那把大槍殺死那頭公鹿？」約翰先生問南邊來的人。

那人毫不領情看著約翰先生。

「不。」他說。「我用溫徹斯特45-70型步槍在懷俄明州瑟勒弗狩獵區殺死那頭公鹿。」

「你喜歡玩大槍，是吧？」約翰先生說。他悄悄觀察。「你也有一雙大腳。出來追捕孩子們需要用那麼大一枝槍？」

「你講孩子們是指什麼？」南邊來的人說。他居於上風。

「我是指你們在找的那一個孩子。」

「你剛才是講孩子們。」南邊來的人說。

約翰先生發動攻勢。這是有必要的。「埃文斯先生又帶了什麼在身上？尤其要追捕的男孩曾把自己的孩子撂倒兩次。你一定是重裝上陣，埃文斯。那男孩也可以把你撂倒。」

「你何不把他交出來，讓我們來比劃比劃。」埃文斯說。

「你剛才是講孩子們，傑克遜先生。」南邊來的人說。「你爲什麼會那麼說？」

「瞧你這混蛋，八字腳的雜種。」約翰先生說。

「如果你要用這口氣講話，何不從櫃檯後面出來講？」南邊來的人說。

「你在對美國的郵局局長講話，」約翰先生說。「你講的話除了臭臉埃文斯之外死無對證。我想你該知道人們爲什麼叫他臭臉。你可以弄明白的，好歹你也是個探員。」

現在他高興了。驅退對方追擊之後，他覺得自己又回到以前不必伺候觀光客得以謀生的日子，那些觀光客只會坐在陽臺上搖著搖椅遠眺湖景。

「聽著，八字腳，我現在想起你是誰。你不記得我了嗎，外八仔？」

南邊來的人瞪著他，但想不起他是誰。

「我記得湯姆·霍恩被執行絞刑的那天你也在夏安[13]。」約翰先生告訴他。「你們一夥人聯手陷害他，你是其中之一。現在記起來嗎？當你幫著別人陷害湯姆時，在梅迪辛博[14]開酒吧的是誰？想到了嗎？」

「你什麼時候回到這裡？」

「他們吊死湯姆後兩年。」

13夏安（Cheyenne）是懷俄明州首府。

14梅迪辛博（Medicine Bow）是夏安西北方的一座小鎮。

「見鬼了。」

「你還記得我們打包行囊準備離開格雷伯爾[15]時，我給了你那枚公鹿尖牙？」

「當然。聽我說，吉姆，我得抓到這男孩。」

「我名字叫約翰，」約翰先生說。「約翰．帕卡德。到後面來喝一杯。你需要多了解這位先生。他的名字叫肥臉埃文斯。我們通常叫他臭臉，我是出自好意才幫他把名字改了。」

「約翰先生。」埃文斯先生說。「你何不友善一點跟我們配合。」

「我才剛幫你把名字改了，不是嗎？」約翰先生說。「你們這些小老弟要我配合什麼？」

在店鋪後頭，約翰先生從角落矮櫃拿出一瓶酒，然後遞給南邊來的人。

「大口喝吧，外八仔。」他說。「看來你需要喝一些。」

他們都喝了一口，然後約翰先生問：「你們爲什麼要追這孩子？」

「他違反狩獵法。」南邊來的人說。

「做什麼事違法？」

「上個月十二號他殺死一頭公鹿。」

「兩個人帶槍出來追捕一個男孩，只因爲上個月十二號他殺死一頭公鹿。」約翰先生說。

「還有其他違法的事。」

「不過你們只有逮到這一件的證據。」

---

15 格雷伯爾（Greybull）是懷俄明州北部的小鎮。

「那還用說。」

「其他違法的事有哪些？」

「很多。」

「但是你們沒有證據。」

「我沒那麼說。」埃文斯說。「不過這件事我們已經掌握證據。」

「日期是十二號？」

「沒錯。」埃文斯說。

「你幹嘛不發問卻老是回答人家問題？」南邊來的人對他伙伴說。約翰先生笑了。「別打擾他，外八仔。」他說。「我想看看那了不起的腦袋怎麼轉動。」

「你跟男孩有多熟？」南邊來的人問。

「相當熟。」

「曾跟他做過買賣？」

「他有時候來買一些小東西。付現金。」

「你知不知道他會去哪兒？」

「他有親戚在俄克拉荷馬州。」

「你最後看到他是什麼時候？」埃文斯問。

「得了，埃文斯。」南邊來的人說。「你在浪費我們時間。謝謝你的酒，吉姆。」

「我名字是約翰。」約翰先生說。「你的名字呢，外八仔？」

「波特。亨利・杰・波特。」

「外八仔，你可別對那男孩開槍。」

「我是要把他抓回來。」

「你一向是個心狠手辣的壞蛋。」

「走吧，埃文斯。」南方來的人說。「我們在這是浪費時間。」

「你要記得我講別開槍的事。」約翰先生非常平靜地說。

「我聽到了。」南方來的人說。

兩個人穿過店面走出去，解開他們的小型馬車駕車離去。約翰先生看他們走上馬路。埃文斯趕著馬，南邊來的人在對他說些什麼。

「亨利・杰・波特。」約翰先生心想。「我只記得他被稱作外八仔。他的腳實在太大，靴子都得特別訂做。人們叫他八字腳，也叫他外八仔。奈斯特家的男孩被槍殺現場，泉水旁明明是他的足跡，結果被判絞刑的卻是湯姆。外八仔。外八仔姓什麼來著？也許我根本不曉得。八字腳……外八仔。八字腳……波特？絕不是波特。」

「很抱歉這些簍子我不能收，泰布肖太太。」他說。「現在季節已晚，又不能存放到明年。不過你可以帶去旅館，如果有耐心一定賣得掉。」

「你買下它們，拿去旅館賣。」泰布肖太太提議。

「不。他們比較會跟你買。」約翰先生告訴她。「你是個漂亮的女人。」

「那是很久以前的事了。」泰布肖太太說。

「蘇西，我有話跟你講。」約翰先生說到了店鋪後面，他說：「告訴我詳情。」

「我已經告訴你了。他們來抓尼克，就等他回家的時機。最小的妹妹跟他通風報信說有人在守候。尼克趁他們醉得不醒人世拿了東西就溜走。他帶的食物足夠撐兩個多禮拜，還帶了步槍和他小妹一起離開。」

「她爲什麼要跟著走？」

「我不清楚，約翰先生。我猜她要照顧哥哥，免得他做壞事。你知道他個性。」

「你家離埃文斯家很近。你認爲他對尼克會躲藏的地方了解多少？」

「他盡可能去查訪。但我不曉得他知道多少。」

「你認爲他們會去哪兒？」

「我不曉得，約翰先生。尼克知道的藏身處可多著呢。」

「跟埃文斯一起的傢伙不是好東西。他是眞正的壞蛋。」

「他不是很精明。」

「他比外表看來更精明。酒喝多了讓他變遲鈍。實際上他不但精明，心眼也壞。我以前認識他。」

「你想要我做什麼事？」

「什麼都不做，蘇西。有任何情況就告訴我。」

「我把貨款加一加，約翰先生，然後請你核對一下。」

「你怎麼回去？」
「我可以搭船到上游的亨利家碼頭，然後從船塢找一條小船划回來載東西。約翰先生，他們會怎麼對待尼基？」
「這就是我擔心的地方。」
「他們提到說要把他抓回來關進感化院。」
「眞希望他沒殺死那頭公鹿。」
「他也很後悔。他告訴我說在一本書上讀到有關如何開槍劃眉而過又不會致命，只會把對方打昏，尼克想嘗試看看。他說這是非常愚蠢的事，但他就想試試看。結果他打中公鹿，還把牠打死。他覺得糟透了。起初想去嘗試就是個糟糕的念頭。」
「我明白了。」
「後來一定是埃文斯在老舊的冷藏屋裡找到被他吊在那裡的鹿肉。不管怎樣，有人把肉拿走了。」
「誰會去告訴埃文斯？」
「我認爲就是他兒子發現鹿肉。他三步五時就徘徊在尼克附近，你看不到他人在哪兒。也許他目睹尼基殺死那頭公鹿。那男孩居心叵測，約翰先生。然而他一定也會出沒在任何人附近。他現在可能就在這屋子裡面。」
「不會，」約翰先生說。「不過他可能在屋外偷聽。」
「我想他現在是去尋找尼克。」女傭說。

「你在那房子裡有沒有聽他們談到他兒子？」
「他們沒提到他。」蘇西說。
「埃文斯一定把他留在家裡幹零活。我認爲他們回到埃文斯家之前不必顧慮他。」
「今天下午我可以划船回家，叫我們家小孩幫忙打聽埃文斯有沒有雇人來幹零活。這麼一來就知道他是否放那男孩出去。」
「那兩人年紀大了，做不來追蹤的事。」
「不過那男孩就可怕了，約翰先生，他太了解尼基和他可能去的地方。他會發現他們，然後帶大人們去那藏身處。」
「到後面郵局。」約翰先生說。
在後面看到分信格、專用信箱、掛號簿、擺放整齊的新郵票簿，還有註銷郵戳和印章墊，郵務窗口是拉下的，蘇西再次感到她以前來店裡幫忙時在這位子上的驕傲。約翰先生說：「你認爲他們會去哪兒？」
「我是眞的不知道。應該不是太遠的地方，否則他不會帶小妹一塊走。實際上應該是個好地方，否則不會帶她去。他們也知道捕鱒魚做晚餐這件事，約翰先生。」
「那男孩告的密？」
「當然。」
「也許我們最好對埃文斯家男孩使些手段。」
「我眞想殺了他。我很確定這是爲什麼小妹要跟著走。這樣尼基就不會殺他。」

「你安排一下，我們得掌握他們行蹤。」
「我會。不過你得想想辦法，約翰先生。亞當斯太太才病倒了。她像往常一樣犯了嚴重頭痛。喏，這兒有封信該交給你。」
「你投進郵筒。」約翰先生說。「那是要郵寄出去的。」
「昨晚他們睡著時，我眞想把兩人都殺掉。」
「不行，」約翰先生對她說。「不許做那種事，也不許有那種念頭。」
「你不曾想過要殺任何人嗎，約翰先生？」
「有想過。但這是不對的，而且解決不了問題。」
「我父親殺過一個人。」
「這對他沒任何好處。」
「他就是沉不住氣。」
「你必須學習冷靜，」約翰先生說。「你現在該走了，蘇西。」
「今晚或明早再來看你。」蘇西說。「我希望自己仍在這裡工作，約翰先生。」
「我也是，蘇西。然而帕卡德太太可不這麼想。」
「我了解。」蘇西說。「事情通常都是這樣。」
尼克和她妹妹躺在棚子下嫩枝鋪成的床鋪上，他們合力在鐵杉林旁搭建這處棲身之所，可以向外俯瞰山坡下的沼澤松林以及遠方的藍色山丘。

「如果不夠舒服，小妹，我們還可以填一些鐵杉樹脂在下面。今晚我們都累了，就先湊合著用。不過明天可以修補到滿意爲止。」

「已經夠好了。」他妹妹說。「放鬆躺著就感覺很舒服，尼基。」

「這是很好的紮營處。」尼克說。「位置不明顯。我們只起小火堆。」

「對面山丘會看見火堆嗎？」

「有可能。」尼克說。「晚上很遠就能看見火堆。不過我會在背面撐起一條毯子，這樣就不會被看到。」

「尼基，如果後面沒人追趕，我們只是好玩來這裡，不是很好嗎？」

「別這麼快就開始亂想。」尼克說。「事情才剛開始。不管怎樣，如果只爲了好玩就不會來這裡。」

「對不起，尼基。」

「你不需要道歉。」尼克對她說。「瞧，小妹，我這就去釣幾尾鱒魚當晚餐。」

「我能一起去嗎？」

「不要。你待在這兒休息一會兒。已經辛苦整天，你就看看書或者保持安靜。」

「走在廢林場裡相當吃力，不是嗎？我覺得眞的很困難。我表現還行吧？」

「你做得很棒，搭營也很行。不過現在你放鬆一下。」

「我們要爲這營地取名字嗎？」

「我們就叫它一號營地。」尼克說。

他走下山坡朝溪水過去，快到溪邊時停下腳步，砍了一根大約四呎長的柳枝削去長葉，但沒剝掉樹皮。他看到溪水清澈湍急。小溪又窄又深，匯入沼澤前的這段水岸覆滿青苔。清湛溪水奔馳不已，掀起滾滾激流。尼克沒靠近小溪，他知道溪邊底下有暗流，他不想走在溪邊驚動魚隻。

時節已近夏末，他想上游這裡的空曠野地一定有很多魚。

他左胸前的襯杉口袋有一包菸草袋，他從裡面拿出一捲絲線，剪一段比柳枝稍短的線綁在枝頭，他在枝頭已經刻上淺淺的凹痕。然後他從菸草袋拿出一個釣鉤繫上；接著抓住釣鉤測試一下魚線拉力和柳枝彎曲程度。現在他放下釣竿，走回溪畔那叢白樺樹，那裡有根枯死多年傾倒在地的小樹幹。他推開樹幹，在下面發現幾條蚯蚓。蚯蚓不大，卻滿身紅潤而且生氣勃勃，他撿起蚯蚓放進一只蓋子打了洞，原本裝根本哈哥口嚼菸草的圓鐵盒。他撒些土在蚯蚓上面，然後把樹幹推回原位。這是他第三年在這相同地方找到釣餌，而且每次都把樹幹推回原位，所以還維持當初發現它的模樣。

沒人知道這條溪的流域有多大，他心裡這麼想，小溪從上游那片廣褒沼澤地匯聚了相當可觀的水量。他朝小溪兩頭瞧一瞧，再看看山坡上營地所在的鐵杉林。接著他走去繫好魚線和釣鉤的釣竿那兒，仔細掛上魚餌，吐了一口唾液祈求好運。右手抓住裝上餌的釣竿和魚線，他放慢腳步小心翼翼走向狹窄湍急的溪水邊。

這段小溪窄到他的釣竿都能伸到對岸，靠近溪邊時可以聽到傾流的水聲。他停在溪旁，不讓身影落在水裡，然後從菸草袋拿出兩顆側邊切了縫的鉛丸，將它們折彎卡在釣鉤上方約一呎的魚線上，再用牙齒咬緊鉛丸。

他把掛了兩條捲曲蚯蚓的釣鉤盪到水面上，輕輕放下讓它沉進水裡在急流中打轉，再壓低竿頭讓水流將魚線與釣鉤帶往溪邊底下。他感到魚線被拉直，接著猛然重扯。他提起釣竿，只見釣竿在手中幾乎折了腰。拉扯中他感覺到毫不屈服的一陣陣激烈搏鬥。最後動作停歇，那東西在水中跟著魚線被往上拉。又窄又深的流水掀起一波狂野掙扎，然後鱒魚被拉出水面，騰空擺盪，飛過尼克肩頭，再落到他身後的溪岸上。尼克看那魚在太陽下發出光澤，才發現牠正在羊齒草上使勁翻滾。尼克把魚捧在手上，眞是壯碩沉重又有一股迷人魚香，魚背是那麼黝黑，身上斑點是那麼燦爛繽紛，魚鰭邊緣又是那麼鮮明。魚鰭有著白色邊緣，內側是一道黑線，魚腹則是如晚霞般漂亮的金黃色。尼克用右手抓魚，手掌勉強才握得住。

他心想：這魚要放進平底煎鍋實在太大。不過我已經傷了牠，所以必須把牠宰了。

他用獵刀柄用力敲魚頭，再把它靠在一根白樺樹幹上。

「可惜了。」他說。「這條魚對帕卡德太太來說正適合做成鱒魚大餐。但是對小妹和我來說就太大隻了。」

他思索：我最好往上游找一處淺灘試著捕幾條小魚。眞是的，我從水裡把魚釣起來時，難道牠沒什麼感覺？人們會說只是想戲弄牠們一下，但從沒經歷把魚從水裡拉起來的人，絕不知道這會造成什麼感覺。就算只有那麼短暫一刻？原本相安無事，結果人們來到岸邊把你從水裡拉上去拋到空中。

他心想：眞是不可思議的一條小溪。有趣的是你得尋找比較小的魚。

他找到丟在地上的釣竿。釣鉤弄彎了，他把它拉直。然後撿起那條大魚朝上游走。

他想到：那兒有一處佈滿卵石的淺灘，就在剛流出上游沼澤的地方。我到那裡能釣幾條小魚。小妹也許不喜歡這條大魚。如果她想家，我得帶她回去。眞想知道那些老傢伙正在做什麼？我不認爲埃文斯家那該死的小孩知道這地方，那個混蛋。我認為除了印地安人就沒人會來這裡釣魚。他想：你該做個印地安人才是，那會省掉你許多麻煩。

他沿小溪往上走，盡量不靠近溪水，不過有一回他踩到下方有暗流的溪岸。一條大鱒魚猛然竄出，在水中激起長條浪花。這條鱒魚實在大，看來幾乎無法在溪裡回轉。

「你什麼時候跑到這上游？」尼克說，這時魚已經往更上游走，又回到溪邊下的暗流。「好傢伙，多麼大的鱒魚。」

他在卵石淺灘一帶釣到兩條小鱒魚，同樣也是很漂亮的魚，結實有力。他把三條魚都去掉內臟丟進溪水裡，然後在冷水中仔細清洗鱒魚，再從口袋掏出一個褪色的裝糖小麻布袋將它們包起來。

他心想：小妹愛吃魚是好事。真希望我們有帶一些莓果，不過我知道去哪兒可以採到莓果。他開始往回走向山坡上的營地。太陽已經落到山頭下，天氣很好。他眺望沼澤遠方，再抬頭看看天空，湖灣應該在那下方，一隻魚鷹在空中飛翔。

他靜悄悄地來到棚前，沒讓妹妹聽見他腳步聲。她側躺著在看書。看見妹妹後，他輕聲說話免得嚇著她。

「你幹了什麼事，小淘氣？」

她轉身看他，笑著搖搖頭。

「我把頭髮剪了。」她說。

「怎麼剪的？」

「用剪刀。不然你認為呢？」

「你看不到頭髮怎麼剪？」

「我只是抓起頭髮就剪下去，很簡單。我看起來像男生嗎？」

「像個婆羅州的野孩子。」

「我沒辦法剪得像個上主日學的男生。看起來會不會太粗野？」

「不會。」

「眞令人興奮。」她說。「現在我既是你妹妹又是個男孩。你想這麼一來我會不會就變成一個男孩？」

「當然不會。」

「我希望會變成男生。」

「你瘋了，小妹。」

「也許是。我看起來像不像一個傻瓜？」

「有一點兒像。」

「幫我修整一下。你可以拿梳子看準了剪。」

「我是得幫你修齊一點兒，不過別指望太漂亮。你餓了嗎，傻弟弟？」

「我就不能是個不傻的弟弟？」

「我不想拿你這個妹妹去換一個弟弟回來。」

「不想也不行，尼基，你還不了解嗎？我們必須這麼做。我應該先問你，但我知道我們非這樣不可，所以先做了再說。」

「我喜歡，」尼克說。「管他的，我很喜歡這樣。」

「謝謝你，尼基，眞是謝謝。我試著照你所說躺下休息了一會兒，但滿腦子都在幻想要爲你做的事。我正想到要去希博伊根市那種大市鎭找一間大酒館，拿口嚼菸草罐到裡面幫你弄一整罐迷藥回來。」

「你要從誰那裡弄到手？」

尼克坐了下來，妹妹坐在他大腿上，用手環抱他的脖子，一頭短髮在他腮幫子上磨磨蹭蹭。

「我去找妓女圈裡的大姐頭。」她說。「你知道那酒館叫什麼？」

「不知道。」

「皇家十元金幣客棧商場。」

「你在那邊是做什麼的？」

「我是個妓女侍從。」

「妓女侍從要做些什麼？」

「喔，她在妓女走路時幫忙提裙擺，幫忙開馬車門，帶路到正確的房間，我猜就像一個女侍。」

「她都對妓女說些什麼？」

「她想到什麼就說什麼，只要態度殷勤。」

「比如說呢，我的小弟？」

「比如說，『哎喲，夫人，像今天這麼炎熱的天氣眞讓人疲倦，就像鳥兒被關在金絲籠裡，』諸如此類的話。」

「那妓女說什麼？」

「她說：『會嗎？不見得吧。這天氣相當和藹。』因爲我服侍的這位妓女出身卑微。」

「你的身份是什麼？」

「我是一位憂鬱作家的妹妹或弟弟，而且有很好的教養。這讓我在大姐頭和那幫妓女面前大受歡迎。」

「你弄到迷藥了嗎？」

「當然。她說：『親愛的，剩下這一點兒藥就拿去吧。』我說：『謝謝您。』她還說：『代我問候你那憂鬱的哥哥，並邀請他來希博伊根市的時候一定要到商場坐坐。』」

「你該起來了。」尼克說。

「她們在商場就是這種講話方式。」小妹說。

「我得去做晚飯。你餓了嗎？」

「我來做飯。」

「不用。」尼克說。「你繼續說。」

「難道你不認爲我們會過得很開心，尼基？」

「我們現在就很開心。」

「我爲你做了另一件事，你要不要聽我說？」

「你是指在你決定實際做些什麼，然後剪掉頭髮之前？」

「這件事夠實際了，等我說給你聽。你做飯的時候可以親你一下嗎？」

「等一會兒再告訴你。你要做的是什麼事？」

「是這樣，我認爲自己昨晚偷威士忌時在道德上破了戒。你覺得做這樣一件事就算在道德上破戒嗎？」

「不會。反正酒是打開的。」

「是啊。但是我拿著一品脫空瓶和那瓶兩品脫威士忌到廚房，把酒倒滿一品脫的瓶子還濺了一些在手上，我把酒舔掉，我認爲這麼做很可能讓我在道德上破了戒。」

「酒嚐起來味道如何？」

「非常濃烈古怪的味道，還有一點兒噁心。」

「那無損你的道德。」

「喔，我眞高興，因爲如果我的道德有瑕疵，又怎麼能對你產生好的影響。」

「我不知道。」尼克說。「你打算要做什麼？」

他升起柴火，把平底煎鍋放在上面，再擺上幾條培根肉。他妹妹雙手疊放在自己膝蓋上看著他，然後他看到她鬆開雙手，一條胳臂垂下旋著，兩腿向前伸直。她在練習做個男孩子。

「我得學會手要擺哪裡。」

「別去撥弄頭髮。」

「我知道，如果有同年紀的男生可以讓我模仿就簡單多了。」

「模仿我吧。」

「那是最自然而然的，不是嗎？但你不會笑出來？」

「也許會。」

「哎，希望在路上我不會露出女生的模樣。」

「別操心。」

「我們肩膀和兩腿都長得一個樣。」

「你要做的另一件事到底是什麼？」

尼克正在煎鱒魚。他們用傾倒的樹木當柴薪，還切下一塊木片來放焦黃捲曲的培根肉，兩人聞到培根油煎出的鱒魚香。尼克將魚一邊翻面一邊抹油，顏色逐漸變深，他在小火堆後撐起一張帆布，免得火堆被看見。

「你要做什麼事？」他再問一次。小妹傾身朝火堆吐了一口唾液。

「吐得怎麼？」

「你沒吐中鍋子。」

「喔，真糟糕。我從《聖經》學到這件事。我要拿三根鐵釘，一人賞一根，然後趁那兩個老傢伙和那男孩睡覺時敲進他們太陽穴。」

「你要用什麼東西敲？」

「不出聲的鎚子。」

「你要如何讓鎚子不發出聲音？」

「我會用布把它裹得好好的。」

「敲釘子這事可就不好辦到。」

「嗯，《聖經》裡的那個女孩就辦到了，而且我曾看過那些帶槍的男人晚上醉得不省人世，又在他們中間走來走去偷了威士忌，怎麼會辦不到，尤其還是看《聖經》學來的？」

「《聖經》裡沒提到不出聲的鎚子。」

「我想是把它跟不出聲的船槳給弄混了。」

「也許吧。我們不打算殺任何人，這是你跟著我的原因。」

「我知道。不過你我都容易做錯事，尼基。我們跟別人不一樣。既然我認爲自己在道德上破了戒，就該做些有用的事。」

「你瘋了，小妹，」他說。「聽我說，你喝茶會不會睡不著？」

「不知道。我從來沒有在晚上喝茶，只喝過薄荷茶。」

「我把茶泡很淡，然後加罐裝煉乳進去。」

「我不需要，尼基，我們可能帶得不多。」

「這會讓牛奶添一些味道。」

他們這時正在吃飯。尼克給每人切兩片黑麥麵包，其中一片放進煎鍋浸在培根油裡。兩人先吃蘸了油的麵包，還有外酥內軟煎得很漂亮的鱒魚。接著他們把魚骨頭丟進火堆，又吃另一片麵包夾培根肉做成的三明治，小妹喝了淡茶加煉乳。尼克找兩片細木條把煉乳罐上開的孔塞住。

「你夠吃嗎？」

「夠吃。鱒魚和培根肉都很好吃。家裡居然有黑麥麵包，你看我們是不是很走運？」

「吃顆蘋果，」他說。「或許明天我們就有好東西吃。這餐我應該多弄一點兒，小妹。」

「不用。我吃好多。」
「你確定不餓？」
「不餓。我吃飽了。如果你想吃巧克力，我有帶一些。」
「你從哪兒弄來的？」
「從我的百寶袋。」
「哪裡？」
「我的百寶袋。我的東西都藏在裡面。」
「喔。」
「這是新鮮的，有些從廚房裡拿的比較硬。我們可以先吃新鮮的，其他就留到需要的時候。你看，我的百寶袋有一條像菸草袋那樣的細繩。如果撿到金礦石之類的就可以用它裝起來。你想我們這趟會不會一路往西邊過去，尼基？」
「我還沒計畫好。」
「我希望百寶袋可以裝滿每盎司價值十六元的金礦石。」
尼克清理煎鍋，把袋子拿到棚裡放到靠頭的那端。一張毯子平攤在嫩枝床鋪上，他拿出另一張毯子放在上面，摺好後墊在小妹睡的那一邊。他把剛才煮茶的鐵皮桶倒乾淨，用它裝滿冷水。當他從泉水那兒回來時，妹妹已經在床上入睡，她用工作褲包住鹿皮軟鞋當枕頭。他親了她一下，不過她沒醒，於是他穿上自己的舊厚呢外套，在麻布袋裡撈一陣，直到發現裝那瓶威士忌。
他打開瓶子聞一聞，味道非常香醇。他從小桶子裡舀了半杯剛提來的冷泉水，再倒一點威士忌進去。他坐下緩緩啜飲，喝進去時先放在舌頭底下，再慢慢滑到舌根，然後吞下去。

他看那小堆的炭火，隨著晚風徐徐吹來發出一陣陣亮光，嘴裡嚐著加冷水的威士忌，眼睛凝視炭火邊思索著。喝完了，他舀了些冷水一口飲盡，然後去睡覺。步槍壓在左腿下面，鹿皮軟鞋和長褲捲起來當枕頭，硬硬的還蠻好躺，他把自己這邊的毯子拉起來裹住身子，做完禱告後就睡著了。

半夜裡他覺得冷，於是把厚呢外套攤開蓋在妹妹身上，再轉身把背更靠近她，好讓自己這邊毯子挪出一些墊在身子下面。他摸一摸步槍，又把它塞到腿下。冷冽空氣吸起來刺鼻，他聞到砍來的鐵杉樹枝和樹脂發出的味道。直到被冷醒前，他都沒意識到自己有多累。現在他又舒服躺下，感覺到妹妹緊貼背後的體溫，於是他想：我一定要好好照顧她，讓她心情保持偷快，並且帶她平安回家。他聽著她的呼吸聲以及夜晚的寧靜，然後又睡著了。

醒來時天光微亮，勉強看得到沼澤後方的層層山丘。他靜靜躺著伸展僵硬筋骨，然後坐起來穿上卡其長褲和鹿皮軟鞋。他看著熟睡中的妹妹，溫暖的厚呢外套衣領被拉到下巴，高高的顴骨和雀斑的臉頰在褐色肌膚下透出淡淡的玫瑰色，頭髮剪短讓臉孔漂亮的線條展露無遺，直挺的鼻梁和服貼的雙耳也更爲顯眼。他眞希望能把她的容貌描繪下來，還看著那長長的眼睫毛伸展在腮幫子上方。

他想：她看起來像一頭小野獸，睡起來也像一頭小野獸。他又想：你會說她一頭短髮像什麼。我猜最貼切的說法是就像有人在木砧板上用斧頭幫她砍斷頭髮。看上去就像雕刻出來的一樣。

他很愛他妹妹，而她愛他卻過了頭。不過，他心想：我認爲這種情況可以導正。至少我希望如此。

他想：這時候沒必要把人叫醒。如果我都覺得累，她一定是累壞了。如果我們在這兒平安無事，就表示我們在做該做的事：躲得不見人影直到事態平息，南邊來的那個人就會離開。然而我該讓她吃得更好，眞可惜沒辦法帶足補給。

我們還是拿了不少東西，麻布袋已經夠重了。只是我們今天想要的是莓果。我最好能獵到一隻松雞，如果可以的話打個一對。還可以採到新鮮蘑菇。我們得注意培根肉的消耗，不過短缺的話也就罷了。或許昨晚給她吃太少。她通常還要喝很多牛奶和吃甜點。別操心，我們會吃得很豐盛，她愛吃鱒魚是好事。昨晚鱒魚眞的是好吃。別擔心她，我會讓她吃得很好。不過，尼克，你這小子，昨天鐵定沒讓她吃個夠。所以現在最好讓她繼續睡，不要把人叫醒。你有很多事要做。

他小心翼翼從袋子拿東西出來，妹妹在睡夢中露出了微笑。她笑的時候顴骨上褐色肌膚繃緊浮現紅潤底色。她還沒醒，他開始準備生火做早餐。有很多砍好的柴薪，他生起很小的一堆火，在做早餐前先煮好茶。喝了不加奶的茶，吃三顆乾杏仁後，他試著閱讀《洛娜·杜恩》。可是這書已經看過，故事對他不再有吸引力，他知道這在旅程中是一個損失。

昨天傍晚兩人築好營地後，他就拿了些乾梅泡在一個鐵皮桶裡，現在放到火堆上去燉煮，袋子裡還找到精製蕎麥麵粉，他把麵粉、單柄琺瑯鍋和一只錫杯都拿出來，在麵粉裡加水拌成麵糊。他裝了一杯酥油，又從空麵粉袋頂端剪塊布，裹在砍下的一根樹枝上，再用魚線把布綁牢。小妹有帶四個舊麵粉袋，他眞爲她感到驕傲。

他拌好麵糊，把平底煎鍋放到火堆上，用裹在樹枝上的布沾酥油塗抹鍋子。剛開始鍋底烏黑油亮，接著嘶嘶作響油花四濺，他又塗抹一次，再把麵糊平緩倒進鍋裡，看它起泡了邊緣就開始變硬。麵糊慢慢出現紋理，然後變成灰白色麵餅。他用剛洗過的木片把麵餅從鍋底撥鬆，甩到空中翻面接住，煎得金黃漂亮的那面朝上，換另一面嘶嘶作響。他感覺得到麵餅的重量，卻看它在鍋裡逐漸膨鬆起來。

「早安，」他妹妹說。「我是不是睡過頭了？」

「沒有，小傢伙。」

她站起來，襯杉垂下遮住那曬成褐色的雙腿。

「你把事情都做好了。」

「沒有。我才開始做麵餅。」

「那餅聞起來眞香。我去泉水那兒梳洗一下再過來幫忙。」

「別進泉水裡洗。」

「我不像一般的白人。」她說。她到棚子後面。

「你把肥皂放在哪兒？」她問。

「在泉水旁。那兒有一個空豬油桶。麻煩去把黃油拿給我，就浸在泉水裡。」

「我馬上就回來。」

泉水那邊有半磅用油紙包著的黃油，她放到豬油桶裡提回來。

他們吃麵餅時塗上黃油和木屋牌糖漿。糖漿裝在木屋造型的鐵皮罐裡，上頭的煙囪有個開口可以旋開，糖漿就從煙囪倒出來。兩人都餓了，融化的黃油和著糖漿直往下流，配上麵餅眞是美味。他們用錫杯裝梅子和浸泡出來的汁液，吃下肚後又用杯子裝茶喝。

「吃到梅子有過節的感覺。」小妹說。「這讓我想到節慶。你睡得好嗎，尼基？」

「很好。」

「謝謝你爲我蓋上厚呢外套。眞是偷快的一晚，不是嗎？」

「是啊。你整晚都沒醒過來？」

「我到現在還沒醒呢，尼基，我們可不可以一直待在這兒？」

「我不會這麼想。你終究要長大，還得嫁人。」

「反正我要嫁給你。我要跟你同居而成爲你的妻子。我在報紙上讀過相關的事情。」

「你讀到的是在講不成文法。」

「當然。我要在不成文法之下跟你同居一段時間成爲你的妻子。不行嗎，尼基？」

「不行。」

「我一定要。我會趁你不備時去登記。你只要像男人跟女人在一起生活那樣過一段日子。我會請他們從現在開始計算時間。這就像佔地開墾那般。」

「我不會讓你提出申請。」

「這事可由不得你。那是不成文法的規定。我已經反覆思索好多次。我會弄些卡片印上尼克・亞當斯太太，克羅斯村[16]，密西根州——同居中的妻子。每年都公開發給一些人，直到時間屆滿。」

「我不認爲這辦法行得通。」

「我有另一個計畫。趁我未成年時，我們生幾個小孩。這麼一來在不成文法規定下你必須娶

16 克羅斯村（Cross Village）是密西根州下半島西北角濱臨密西根湖的小村落。

我。」

「那不是不成文法。」

「我被弄湖塗了。」

「不管怎樣，沒人知道這辦法行不行得通。」

「一定行得通，」她說。「索爾先生[17]就是用這招。」

「索爾先生也許搞錯了。」

「怎麼會，尼基，不成文法實際上是索爾先生想出來的。」

「我認爲應該是他的律師。」

「哎，至少是因爲索爾先生而讓它付諸實行。」

「我不喜歡索爾先生。」尼克．亞當斯說，

「那很好。我也不喜歡他做的一些事。不過他的確讓報紙讀起來比較有趣，不是嗎？」

「他讓別人更討厭他。」

「人們也討厭史丹佛．懷特先生。」

「我覺得人們嫉妒他們兩人。」

---

17 哈利．肯德爾．索爾（Harry Kendall Thaw, 1847-1947），匹茲堡礦業與鐵路大亨威廉．索爾之子，憑藉家族財富過著荒誕淫亂的生活。一九〇六年一月二十五日，他在紐約市麥迪遜花園廣場屋頂上槍殺與妻子暗通款曲的著名建築師史丹佛．懷特（Stanford White），被判絞刑後卻提出自幼即患有精神疾病的理由而脫罪。

「我相信這是眞的，尼基。就像人們嫉妒我們倆。」
「有誰現在會嫉妒我們倆？」
「也許不是現在。老媽會認爲我們是深陷在罪惡與不法行徑的亡命之徒，還好她不知道我幫你偷了威士忌。」
「昨晚我有嚐過，這酒非常好。」
「喔，我很高興。這是我第一次從別人那兒偷來威士忌，還偷到好酒，不是很妙嗎？我以爲那兩人身邊不會有好東西。」
「別叫我老去想那兩個人。我們談些別的。」尼克說。
「好吧，我們今天要做些什麼？」
「你想做什麼？」
「我想去約翰先生的雜貨鋪，弄到我們需要的所有東西。」
「那行不通。」
「我也知道。實際上你打算做些什麼？」
「我們該去採些莓果，我要打個一、兩隻松雞。我們隨時可以釣到鱒魚，但我不想讓你吃魚吃到膩。」
「你曾吃鱒魚吃到膩？」
「沒有。不過他們說人們吃鱒魚吃到膩了。」
「我不會吃膩，」小妹說。「狗魚一吃就膩，但是鱒魚和鱸魚永遠吃不膩。這我懂，尼基。不會錯的。」

「鼓眼鱸魚也不會吃膩。」尼克說。「除了飯匙鯊。好傢伙，這魚保證讓你厭煩。」

「我不喜歡成排的魚骨頭。」他妹妹說。「這種魚吃多就膩。」

「我們把這裡打掃乾淨，我去找個地把子彈藏好，然後我們去找莓果和獵幾隻飛禽。」

「我會帶兩個豬油桶和幾個袋子。」他妹妹說。

「小妹。」尼克說。「你要記得去上廁所，知道嗎？」

「當然。」

「這很重要。」

「我知道。你也要記得。」

「我會。」

尼克回頭走進樹林，在一棵大鐵杉下用獵刀撥開掉落滿地的枯黃針葉，將盒裝點二二長子彈和散裝點二二短子彈的紙盒埋進去。他把撥到旁邊成堆的針葉又鋪回去，然後掂起腳來在粗厚樹皮上刻下小小刀痕。他弄清樹的方位後來到樹林外的山坡，朝坡下的棚子走去。

這是風和日麗的早晨。湛藍天空高高掛，還沒有任何一片白雲。尼克和妹妹在一起很快樂，他心想：無論這事結果如何，我們應該要高高興興過日子。他早已懂得人要隨遇而安、活在當下的道理。天黑之前都是今天，到了明天又是一個今天。這是他到目前爲止學到最重要的一件事。

今天是個好日子，拿著步槍走回營地的路上心情很愉快，雖然他們的麻煩處境就像口袋裡放了根魚鉤，三步五時會扎他一下。他們把行囊留在棚子裡。白天不太可能有熊來翻袋子，因爲熊會到下面沼澤附近找莓果吃。不過尼克還是把那瓶威士忌埋在泉水後方。小妹還沒回來，尼克坐在那根他們取做柴薪的傾倒樹幹上檢查步槍。他們要獵松雞，所以他拉開彈倉管，把長子彈倒在手上後裝進小皮袋，再用點二二短子彈裝滿彈倉。短子彈沒那麼響，而且他若沒打中頭部也不會把肉扯爛。

現在一切就緒，就等出發。他想：那丫頭到底去哪兒了。接著又想：別激動，你告訴她可以慢慢來，不要煩躁。然而他就是煩躁，還對自己生氣起來。

「我來了。」他妹妹說。「很抱歉，耽擱那麼長時間。我想應該是走太遠了。」

「沒關係。」尼克說。「我們走吧。桶子帶了嗎？」

「嗯，還帶了蓋子。」

他們出發走下山坡來到溪邊。尼克仔細觀察溪水上游，再沿著山坡望過去。妹妹看著他。她把桶子裝在其中一個袋子裡，再用另一個袋子繫起來掛在肩上。

「你不弄根釣竿嗎，尼基？」她問說。

「不必。如果釣魚就會砍一根來用。」他走在妹妹前頭，一手握住步槍，跟溪水保持一小段距離。他在尋找獵物。

「這條小溪眞奇特。」他妹妹說。

「這是我所見過水量最大的溪流。」尼克告訴她。

「就小溪來講，它深得嚇人。」

「溪水源源不絕，」尼克說。「於是就朝溪岸下方沖刷，還往下掏深，這水非常冰冷，小妹。感覺一下。」

「哇。」她說。眞是冰到手都發麻。

「陽光照過會讓它變暖一些。」尼克說。「但變化不多。我們沿小溪邊走邊找獵物。再下去有一片莓果樹叢。」

他們沿著溪水往下走。尼克觀察岸邊地面。他發現一隻水尖的足跡就指給妹妹看，他們還看到體型嬌小、有鮮紅羽冠的戴菊鳥在捕食昆蟲，這些鳥兒在松林裡輕巧敏捷地跳躍著，人靠近了也沒逃走。他們看到黃連雀那麼沉穩、和緩、高雅地移動牠們精緻可愛的身軀，羽翼和尾巴上有著不可思議的漸層潤色，小妹說：「牠們美到極點，尼基。絕不會有比牠們更美的鳥。」

「牠們就像你的長相一樣美。」他說。

「才沒有，尼基。別開玩笑。看到黃連雀眞是得意又開心的事，我都快哭出來了。」

「當牠們盤旋、停落和移動時，都是如此氣度不凡，既溫馴又高雅。」尼克說。

他們繼續走下去，尼克冷不防地舉起步槍射擊，妹妹根本來不及看他在瞄準什麼，接著就聽到一隻大鳥在地上亂舞翅膀。她看尼克繼續壓槍機又擊發兩次，每次都從柳樹叢傳來羽翼撲打聲。此時一陣啪啪喧嘩，柳樹叢裡竄出幾隻褐色大鳥，其中一隻沒飛多遠就停在樹梢，頂著羽冠的腦袋歪向一邊，折彎脖子的那圈羽毛往下看，其他的鳥兒還在地上掙扎呢。在紫柳樹頂居高俯瞰的那隻鳥長得漂亮又豐滿，胖嘟嘟的朝下探頭眞是一副傻相，當尼克慢慢舉起步槍，他妹妹輕聲說：「別打，尼基。拜託不要，我們打夠多了。」

「好吧。」尼克說。「換你試試看？」

「不，尼基。我不要。」

尼克往前走進柳樹叢撿起三隻松雞，用步槍的槍托朝頭砸下去，然後擱在苔蘚地上。他妹妹摸一摸這些松雞，羽毛漂亮又豐滿的雞胸還是溫熱的。

「我們就等著吃吧。」尼克說。他非常滿意。

「我現在為牠們感到惋惜。」妹妹說。「牠們本來是跟我們一樣在享受早晨時光。」

她抬頭看那仍在枝頭的松雞。

「牠還低頭瞪大眼睛，看起來的確有一點兒傻。」她說。

「每年這時節印地安人都叫牠們笨鳥。牠們遭到追捕後就會學聰明，還不是眞正的笨鳥。有些鳥永遠不會學聰明，那種叫柳雷鳥，是肩上有環狀羽毛的松雞。」

「希望我們會學聰明，」他妹妹說。「趕牠走，尼基。」

「你趕牠走。」

「走開，松雞。」

那鳥兒動也不動。

尼克舉起步槍，松雞看著他。尼克知道打了這隻鳥一定會讓妹妹傷心，於是他彈舌頭抖嘴唇用力吹氣，模擬松雞從藏身處竄出的聲音，但鳥兒迷惑地看著他。

「我們最好別招惹牠。」尼克說。

「眞遺憾，尼基。」他妹妹說。「牠是個笨鳥。」

「我們等著吃松雞。」尼克對她說。「你會明白為什麼我們要獵捕牠們。」

「獵松雞的季節現在也過了？」

「當然。不過牠們已經長大，而且除了我們之外沒人會獵捕牠們。我殺過許多大角鴞，而一隻大角鴞如果抓得到松雞的話每天可以吃掉一隻。牠們隨時都在找獵物，所有好的鳥都被牠們獵殺了。」

「牠當然可以輕易吃掉那些鳥。」他妹妹說。「我不再難過了。你要拿個袋子把松雞裝起來嗎？」

「我要取出內臟，然後包些羊齒草放進袋子，現在離莓果樹叢不遠了。」

他們背靠樹幹坐在一棵雪松下，尼克剖開松雞掏出溫熱的腸子，用右手在裡面使勁摸索，找到可吃的內臟撥弄乾淨，接著拿去溪水裡清洗。松雞清理乾淨後，他把羽毛抹平，再用羊齒草包起來，然後放進麵粉袋裡。他用一段魚線繫住袋口和兩個袋角，把袋子掛在肩膀上，再回到溪邊把腸子丟下水，又拋了幾大塊肺臟到水裡，這時看到鱒魚從湍急水流中冒出來。

「這些應該是很好的魚餌，不過我們現在不需要魚餌。」他說。「我們的鱒魚都在溪裡，需要的時候再過來取。」

「這條溪如果在家附近會讓我們發財。」他妹妹說。

「到時候魚就會被捕光。這是附近最後一條眞正的野溪，除非再越過一段可怕的荒野到湖灣的另一頭。我從沒帶人到這裡釣魚。」

「誰在這條溪釣過魚？」

「就我所知沒任何人。」

「那麼這是原始溪流？」

「不。印地安人在這捕過魚。但他們已經離開了，因爲不再砍鐵杉剝樹皮，營地也關閉了。」

「埃文斯家那小子知道這地方嗎？」

「他不知道。」尼克說。不過他接著想了一下，心頭感到不安。他可能看過埃文斯家那小子。

「你在想什麼，尼基？」

「我沒在想什麼。」

「你在想事情。告訴我。我們是搭檔。」

「他也許知道這裡。」尼克說。「該死。他說不定知道。」

「但你不確定他是否知道？」

「不確定。這就是麻煩的地方。如果確定他知道的話我就會躲到別處。」

「也許他現在就回到我們營地。」他妹妹說。

「別說這種話。你想把他引來嗎？」

「不想。」她說。「對不起，尼基，很抱歉提起這話題。」

「我沒生氣，」尼克說。「我很感激。至少讓我知道有這可能。只是我得停止想這件事。現在必須要想的是我今後的人生。」

「你總是會再三考慮。」

「就是沒考慮到這狀況。」

「反正我們就繼續走去採莓果。」小妹說。「現在就算做什麼也於事無補。」

「的確，」尼克說。「我們要採了莓果再回營地。」

不過尼克正設法接受當前情況，並且徹底思考自己的做法。他不能驚慌。計畫不曾改變。從他決定來這裡避風頭開始就沒任何異樣。埃文斯家那小子或許曾跟蹤他到這兒，不過可能性不大。有一次他從霍奇斯家那條路來這裡時可能被那小子跟蹤，但這也拿不準。他可以確定的是沒看過有人在這條溪釣魚，然而埃文斯家那小子根本不在乎釣魚。

「那傢伙只在乎盯住我的行蹤。」他說。

「我知道，尼基。」

「他已經有三次找我們麻煩。」

「我明白，尼基。但是你不能殺他。」

尼克心想：這就是她跟來的原因，她在這兒就爲了防止這事發生。她在身邊時我不能殺他。

「我知道不能殺他。」他說。「現在無計可施，我們別談這事。」

「只要你不殺他。」妹妹說。「沒有我們避不開的麻煩，也沒有躲不過的風頭。」

「我們回營地去吧，」尼克說。

「不採莓果了？」

「改天再採莓果。」

「你不放心嗎，尼基？」

「是的，很抱歉。」

「但是現在就回營地有什麼用？」

「可以早一點弄清楚狀況。」

「我們不能就依照原本打算繼續走下去？」

「現在不行。我不是害怕，小妹。你也不必害怕。但有些事讓我感到不安。」

尼克離開溪旁直接切進樹林，然後兩人走在樹蔭中。這樣他們會從營地上方往下走回去。

他們從樹林小心翼翼接近營地。尼克拿步槍走在前面。營地沒人來過。

「你待在這兒。」尼克告訴他妹妹。「我走遠一點去看看。」他把裝了松雞的袋子和原本要裝莓果的桶子交給小妹，然後往上游走相當長的距離。一離開妹妹的視線，他就把步槍裡的點二二短子彈換成長子彈。他心想：我不會殺他，不過無論如何應該把他殺掉才對。他在荒野裡仔細搜尋。沒看到有人的跡像。於是他下去溪邊，沿溪水往下游走回營地。

「很抱歉，我太操心了，小妹。」他說。「我們應該可以好好吃頓中餐，也不必擔心晚上升火會被看見。」

「現在我也開始擔心了。」她說。

「你別擔心，附近狀況跟之前一樣。」

「不過他甚至不用出現就讓我們放棄採莓果。」

「我知道。但是他不在這裡。也許他根本沒來過這條溪。也許我們永遠不會再見到他。」

「他讓我感到害怕，尼基，更糟的是他沒在這裡比他在這裡還令我害怕。」

「我明白。但是害怕也沒用。」

「我們接下來要做什麼？」

「嗯，最好等到晚上再做飯。」

「你爲什麼改變主意？」

「晚上他不會在這附近出現。他沒辦法摸黑穿過沼澤。無論一大清早、傍晚或半夜都不用擔心他出現。我們得像鹿一樣在這三個時間出外活動，白天就保存體力。」

「也許他永遠不會來。」

「的確。也許吧。」

「那麼我還是可以留下來，對吧？」

「我應該叫你回家。」

「不要。拜託，尼基。到時候誰還能阻止你殺了他？」

「聽好，小妹，別再講什麼殺不殺人的，要記住我從沒說過要殺人。我現在不會，將來也絕不可能殺人。」

「眞的？」

「眞的。」

「我眞高興。」

「大可不必高興。誰都沒說過要殺人。」

「好吧。我從沒想過也沒說過要殺人。」

「我也是。」

「你當然沒殺人。」

「我甚至連想都沒有想過。」

他暗想：說得好，甚至連想都沒有想過。只不過你時時刻刻都想殺了他。但不能在她面前想，因爲她會察覺到，畢竟她是你妹妹，而且你們彼此相愛。

「你餓嗎，小妹？」

「不很餓。」

「吃一點硬巧克力，我弄些清涼的泉水過來。」

「我不一定要吃東西。」

他們朝遠方望去，十一點鐘的徐徐和風吹起大朵白雲，在沼澤後方的藍色山丘上冉冉升起。頭頂高掛的天空是湛藍，山後升起的雲朵是淨白，風變強後雲往高空吹散飄去，陰影掠過沼澤又穿過山腰。現在風吹進樹林，他們躺在樹蔭下煞是涼爽。鐵皮桶裡的泉水冰冷清新，巧克力不是很苦但有一點兒硬，他們嚼起來嘎吱作響。

「這水跟我們第一次看到的泉水一樣好喝。」他妹妹說。「吃過巧克力後嚐起來甚至更棒。」

「如果我們餓了就做飯。」

「你不餓的話我就不餓。」

「我老覺得肚子餓。我是傻瓜，沒繼續走下去採莓果。」

「你不傻。你回來是要查個明白。」

「聽我說，小妹，回到走過的廢林場那邊，我知道有個地方可以採到莓果。我把所有東西都藏好，然後我們一路穿過樹林到那邊去採個滿滿幾桶，這樣連明天的份都有了，這路不會難走。」

「也行。其實我還好。」

「你不餓嗎？」

「不餓。吃過巧克力後，現在一點也不餓。我想待下來看書。打獵時我們走了不少路。」

「好吧。」尼克說。「你因爲昨天趕路還在累嗎？」

「也許有一點。」

「我們就放輕鬆。我來唸《咆哮山莊》。」

「還要你唸出來，我年紀會不會太大了？」

「不會。」

「那麼，可以請你唸嗎？」

「當然。」

跨越密西西比河

開往堪薩斯市的列車停在緊臨密西西比河東岸的支線上，尼克看著外面那條塵土積了半呎高的馬路。眼前就只有這條馬路和幾棵佈滿灰塵的樹。一輛載貨馬車顛顛簸簸走在車轍上，趕車的人被彈簧座椅震得左搖右擺，任由韁繩鬆弛懸在馬背上。

尼克看著馬車，心裡納悶它要往哪兒去，趕車的人是否住在密西西比河附近，他是否釣過魚。馬車在路上搖搖晃晃走出視線，尼克想到正在紐約進行的職棒世界大賽。他想起在白襪隊球場看第一場比賽時，哈比・費爾區[1]擊出的那支全壘打，史林・斯利[2]向前踉蹌好幾步，幾乎都快跪下來，白球軌跡直朝中外野綠色圍牆飛去，費爾區低頭衝向一壘的白色壘包，當球落進看台上競相爭搶的一群球迷中，觀眾立刻爆出如雷的歡呼聲。

列車啓動，滿是灰塵的樹木和黃土覆蓋的馬路開始後退，書報販在通道上東搖西晃走過來。

「有沒有比賽的消息？」尼克問他。

「白襪隊贏了最後一場比賽。」書報販回答，然後在特等車廂的通道上繼續向前，如老練水手般

---

1 哈比・費爾區（Happy Felsch, 1891-1964），美國職棒芝加哥白襪隊強打者，後因涉及假球風波被判終身球監。

2 史林・斯利（Slim Sallee, 1885-1950），美國職棒紐約巨人隊投手。

晃蕩走著。他的回答讓尼克心頭感到一陣欣慰。白襪隊打敗他們了，這感覺眞棒。尼克攤開他的《週六晚郵報》開始閱讀，不時瞧瞧窗外，看能不能瞥見密西西比河。他認爲跨過密西西比河是一件大事，而他要享受這過程的每分每秒。

窗外掠過的景象似乎清一色是馬路和電線杆，偶爾出現幾棟房子或幾塊平坦黃土地。尼克期望看到密西西比河岸的斷崖峭壁，但是到了最後，經過一段漫無止盡的湖灣水景，他從窗外看到的是列車頭駛出彎道爬上長橋，跨越廣闊又渾濁泥黃的一條大河。尼克現在朝遠方望是荒蕪山丘，往近處瞧是泥濘河岸。河水看似凝結在一塊兒往下游跑，不像在流動，卻像整片搬移的湖面，只有碰到突出的橋礅時激起少許漩渦。望著緩慢移動、整片黃褐的平靜河水時，尼克腦袋立刻浮現馬克．吐溫[3]、哈克．費恩、湯姆．索耶、拉薩爾[4]這幾個名字。不管怎樣，我看過密西西比河了，他心底暗自高興。

---

3 馬克．吐溫（Mark Twain, 1835-1910），美國小說家，著名的兒童文學作品中《頑童歷險記》（*Adventures of Huckleberry Finn*）以哈克．費恩為主角，《湯姆歷險記》（*The Adventures of Tom Sawyer*）以湯姆．索耶為主角，皆以密西西比河沿地方岸當作故事背景。

4 羅伯特．拉薩爾（Robert de La Salle, 1643-1687），法國探險家，曾率隊探索北美五大湖、密西西比河、墨西哥灣等地區，一六八二年他將密西西比河流域命名為路易斯安那（La Louisiane）以紀念法國國王路易十四，並宣告為法國領地。

第三部　戰爭

上岸前夕

尼克在暗夜裡的甲板上四處走動，他經過那些坐在一排折疊躺椅上的波蘭軍官。有個人在彈奏曼陀林。里昂．庫欽諾維奇在黑暗中伸出一隻腳。

「嗨，尼克，」他說。「你要去哪兒？」

「不去哪兒。只是走走。」

「坐下。那有一張椅子。」

尼克坐在那張空椅子上，在海水波光的襯托下看著眼前走過的人們。這是暖和的六月夜晚，尼克靠在躺椅上。

「明天我們就要進港，」里昂說。「我聽無線電報員講的。」

「我是從理髮師那兒聽到的。」尼克說。

里昂笑了出來，還用波蘭語跟旁邊椅子上的人交談幾句。他帶著笑容向尼克探過身去。

「他不會講英語，」里昂說。「他說他是聽蓋比講的。」

「蓋比彼在哪裡？」

「跟某人在上面其中一艘救生艇裡。」

「那麼加林斯基呢？」

「也許和蓋比在一起。」

「不會，」尼克說。「她告訴我說她無法忍受他。」

蓋比是船上唯一的年輕女孩，總是垂散著一頭金髮，笑聲響亮，身材曼妙，有一種難聞的體味。一位嬸嬸要帶她回巴黎的家，這嬸嬸從開船以後就沒離開艙房。她父親跟太平洋輪船總公司有關係，所以能和船長同桌用餐。

「她爲什麼不喜歡加林斯基？」里昂問。

「她說他看起來個海豚。」

里昂又笑了。「來吧，」他說，「我們去找他，講給他聽。」

他們起身到欄杆邊，頭頂上吊在舷外的救生艇隨時可以降下。船身傾斜，甲板跟著側傾，救生艇也偏移而大幅擺盪。海水靜靜滑過，翻攪起大片磷光閃閃的褐藻和成堆泡沫。

「船走得好快。」尼克低頭看著海水說。

「我們在比斯開灣[1]，」里昂說。「明天我們應該可以看到陸地。」

他們走過甲板，下了梯子到船尾去看浪花粼粼的尾波，遠遠望去就像被翻過土的一道田地。他們上方是砲臺，在海水反射的微弱光線下，只見兩個士兵在漆黑的砲座旁來回走動。

「他們在曲折前進。」里昂看著船跡。

---

1 比斯開灣（Bay of Biscay）是介於法國西岸與西班牙北岸的北大西洋海灣。

「整天都是。」

「他們說這些船載了德國的郵件，所以從來沒有被擊沉。」

「也許吧，」尼克說。「我是不信。」

「我也不信。不過這是個好點子。我們去找加林斯基。」

他們發現加林斯基在他的船艙裡，拿了一瓶干邑白蘭地。他正用漱口杯在喝酒。

「你好，安東。」

「你好，尼克。你好，里昂。來喝一杯。」

「你告訴他，尼克。」

「聽著，安東。我們幫一位漂亮的女士帶口信給你。」

「我知道你說的那位漂亮女士。你帶那漂亮女士去廝混吧。」

他躺在床上，兩腳頂住上鋪的彈簧床墊用力推。

「找碴的！」他大聲喊。「喂，找碴的！起來喝酒。」

上鋪床邊緣探出一顆頭，圓圓的臉戴著一副金屬框眼鏡。

「我醉的時候別叫我喝酒。」

「下來喝酒。」加林斯基咆哮。

「不要，」上鋪的說。「把酒拿上來給我。」

他又轉身對著牆。

「他已經醉了兩個禮拜。」加林斯基說。

「不對，」聲音從上鋪傳來。「這麼說就不對了，因爲十天前我才認識你。」

「難道你不是醉了兩個禮拜，找碴的。」尼克說。

「當然啦，」找碴的面對牆說。「但是加林斯基無權這麼說。」

加林斯基用腳頂得他上下搖晃。

「我把話收回，找碴的，」他說。「我不認爲你喝醉了。」

「講話別顛三倒四。」找碴的虛弱地說。

「你在幹嘛，安東。」里昂問。

「想念我那個在尼加拉瀑布的女朋友。」

「來吧，尼克，」里昂說。「我們別理這海豚。」

「她跟你說我是個海豚？」加林斯基問。「她跟我說我是個海豚。你知道我用法語對她說什麼，『蓋比小姐，你一點兒都提不起我的興趣。』喝一杯，尼克。」

他遞過酒瓶，尼克吞了幾口白蘭地。

「里昂？」

「我不喝。走吧，尼克。我們別理他。」

「我跟那班人值午夜哨。」加林斯基說。

「別喝醉了。」尼克說。

「我從來沒喝醉過。」

上鋪找碴的咕噥了幾句。

「你說什麼，找碴的？」

「我祈求上帝懲罰他。」

「我從來沒喝醉過。」加林斯基重覆著，然後在漱口杯裡倒了半滿的干邑白蘭地。

「快啊，上帝，」找碴的說。「懲罰他。」

「我從來沒喝醉過。我從來沒跟女人睡過。」

「來啊。施展神威吧，上帝。懲罰他。」

「走了，尼克。我們出去。」

加林斯基把瓶子遞給尼克。他喝了一口，然後跟著高個子波蘭人走出船艙。

他們在艙門外聽到高林斯基嚷著，「我從沒喝醉過。我從沒跟女人睡過。我從沒說謊過。」

「懲罰他，」傳來的是找碴的微弱嗓音。「別放過他，上帝。懲罰他。」

「他們是天生一對。」尼克說。

「這個找碴的是怎樣了？他從哪裡來？」

「他之前在醫務隊待了兩年。他們把他遣送回國。後來被大學開除，現在他又回來。」

「他的酒喝太多了。」

「他心裡不高興。」

「我們拿瓶紅酒，找個救生艇去裡面睡覺。」

「走吧。」

他們來到吸菸室的酒吧，尼克買了一瓶紅酒。里昂的身材高大，穿著法國軍服站在酒吧前，吸菸室裡有兩桌高額賭注的撲克牌局正在進行。今天若不是在船上的最後一晚，尼克準會下去玩一把。所有舷窗都關閉著，吸菸室裡煙霧彌漫又熱氣騰騰。尼克看了看里昂。

「想玩嗎？」

「不了。我們喝酒聊天。」

「那麼我們買兩瓶。」

他們離開悶熱的艙房，帶著酒瓶到甲板上。爬進吊掛在外側的救生艇並不困難，但尼克攀上吊柱時，看到下方的海水仍舊不免心驚膽戰。在救生艇裡，他們把安全帶鋪在座板上舒服靠著。此刻感覺就像浮在海與天之間，不像在一艘顛簸的大船上。

「感覺眞好。」尼克說。

「每天晚上我都找個救生艇睡在裡面。」

「我就怕自己會夢遊。」尼克說。他打開酒瓶。「我都睡在甲板上。」

他把酒遞給里昂。「這瓶你留著，開另一瓶給我。」波蘭人說。

「你拿著。」尼克說。他拔開第二瓶酒的軟木塞，在黑暗中跟里昂碰了碰瓶子。他們喝起酒來。

「你到法國可以喝到比這更好的酒。」里昂說。

「我不會到法國。」

「我都忘了。眞希望咱們倆可以一起服役。」

「跟我一起沒啥好處。」尼克說。他的視線越過船舷落在下方漆黑的海水上。他在爬過吊柱時就被嚇到。

「我想自己可能會感到害怕。」他說。
「不會。」里昂說。「我想你不會。」
「能看到那些飛機之類的東西應該很有趣。」
「對啊。」里昂說。「只要能調部隊，我馬上就去開飛機。」
「我就做不來。」
「爲什麼做不來？」
「我不知道。」
「你可別老是想到害怕。」
「我沒有。老實說我不害怕。我從不擔心害怕這回事。我會想到只因爲現在爬到船舷外讓我覺得不太習慣。」
里昂躺下，酒瓶豎著放在頭旁邊。
「我們不必顧慮害不害怕，」他說。「我們不是那種人。」
「那個找碴的就會害怕。」尼克說。
「對啊。加林斯基有告訴我。」
「所以他之前會被遣送回去。這也是爲什麼他老是喝醉。」
「他不像我們，」里昂說。「聽著，尼克。你和我，我們是有膽量的人。」
「我知道。我也這麼感覺。別人會陣亡，但我不會。我有十足的把握。」
「就是如此。這就是我們的膽量。」

「我想投效加拿大部軍，但他們沒錄用我。」

「我知道。你告訴過我。」

他們都喝了酒。尼克躺下來，看著上面從煙囪冒出的縷縷白煙。天空開始微亮，也許是月亮要升上來了。

「你有交過女朋友嗎，里昂？」

「沒有。」

「完全沒有？」

「一個都沒有。」

「我交過一個。」尼克說。

「你跟她生活在一起？」

「我們訂婚了。」

「我從來沒跟女人睡過。」

「我在妓院跟女人睡過。」

里昂喝一口酒。在夜空襯托下，酒瓶暗自地離開他嘴邊。

「我不是這意思。妓院我也上過，我不喜歡。我是指整夜和你所愛的人一起睡。」

「我的女朋友會願意跟我睡。」

「當然。如果她愛你就會跟你睡。」

「我們要結婚了。」

「尼克靠牆坐……」

尼克靠在教堂牆壁坐著，他們把他拉到這裡，避開街上的機槍射擊。兩條腿癱軟伸在前面，他被打中了脊椎。臉上滿是汗水，污穢不堪。陽光照在他臉上。天氣非常炎熱。虎背熊腰的里納爾迪趴倒在牆旁邊，裝備散落一地。尼克打起精神往前看。對面房子的粉紅外牆從屋簷下方開始坍塌，一張扭曲變形的鐵床架朝街上垂吊著。兩個戰死的奧地利人躺在房屋陰影下的瓦礫堆中。沿著街上還有其他屍體。戰線在鎮上向前推進，攻擊進行得很順利。現在擔架手隨時會到達。尼克轉頭往下看著里納爾迪。「起來，里納爾迪，坐起來。你和我已經扯平了。」里納爾迪躺在陽光下動也不動，呼吸困難。

「我們都不是愛國的人。」尼克把頭撇開，吃力擠出笑容。里納爾迪眞是個令人掃興的聆聽者。

此刻我躺下

那晚我們躺在房間地板上，我聽著蠶在吃葉子。蠶就養在桑葉架上，整晚你都可以聽到葉子上傳來牠們進食和糞便掉落的聲音。我是自己不想睡覺，因爲長期下來了解到，如果在黑夜中閉上眼睛睡著了，我的靈魂會出竅。這情形維持了很長一段時間，自從晚上挨過炸彈後，我就感覺靈魂會離開身體，出去了又回來。我盡量不去想這回事，但是每到晚上即將入睡的那刻，靈魂就開始蠢蠢欲動，我得費好大功夫才能制止它。所以儘管如今我相當確定靈魂不會眞的離開，然而在那個夏天，當時的我可不願冒險嘗試。

我在躺著不睡覺時有不同方式可以打發時間。我會想到童年時去釣鱒魚的一條溪，在腦海中仔細想像到整條小溪的各個地方下竿，包括每根獨木橋下，每處彎道水岸，無泯深潭或清澈淺灘，有時得手，有時失手。到了中午，我放下釣竿吃中餐，有時就在跨越溪流的圓木上，或在樹下的高堤旁，而我總是非常悠閒吃著中餐，同時看著底下流水。魚餌常被用光，因爲一開始我只會裝十隻蚯蚓在菸草盒裡。餌用完了就得找更多蚯蚓，有時在溪岸很難挖到，因爲雪松遮住陽光，地上沒長草，只是整片潮濕土地，經常找不到蚯蚓。儘管如此，我總能找到可以當魚餌的東西，不過有一次在沼澤地完全找不到魚餌，只得把先前釣到的鱒魚剁碎拿來當魚餌。

有時我在沼澤、草地或羊齒草叢下捉到蟲子就拿來當魚餌。其中包括甲蟲、腳上有纖毛的昆蟲和藏在朽木裡的幼蟲，白色幼蟲的頭有夾顎是褐色的，在魚鉤上待不久，放進冰冷水裡馬上被吃掉。還有躲在圓木下的木蜱，有時爲了找蚯蚓，我推開圓木時牠們立刻滑落到地上。有一次我從古老圓木下捉到一隻蠑螈當魚餌。這隻蠑螈又小又光滑，動作敏捷，顏色挺漂亮。牠用小小的腳努力抓住釣鉤，那次之後我就不再用蠑螈，就算容易捉到也罷。我也不用蟋蟀，因爲牠們在釣鉤上也不安份。

有時溪水流過一片開闊草原，我會在乾草地上捉蚱蜢當魚餌，或者我把捉到的蚱蜢丟進溪裡，看牠們浮在水面順流而下，在溪裡划著水，遇上漩渦又跟著打轉，然後一隻鱒魚衝上來後就消失無蹤。有時我在晚上會到四、五條不同的溪去釣魚，剛開始盡量往源頭走，然後朝下游一路下竿。如果我進行太快還有剩餘時間，就把這溪再釣一遍，這次從它注入湖水的地方開始往上游走，想辦法釣起那些順流而下時錯失的鱒魚。也有幾個晚上，溪流是我憑空想像出來的，有些讓人感到相當刺激，這就像是醒著在做夢。其中幾條溪我還記憶猶新，總以爲我曾在那裡釣過魚，結果跟我眞正認識的溪都搞混了。我幫這些溪都取了命字，坐火車時會想像走去溪那邊，有時還會走上好幾哩路。

然而有些夜晚我不能釣魚，那些夜裡我是完全清醒，口中一遍又一遍唸著我的祈禱文，爲我至今所有認識的人祈禱。這會花上很多時間，如果你試圖記起至今所有認識的人，回想你最早記得的事——就我而言，就是我出生的閣樓，一個吊在屋椽下的鐵盒裝了我父母親的結婚蛋糕，還有閣樓裡裝著蛇和標本的許多罈子，父親自幼收集那些東西泡在酒精裡，罈子裡的酒精揮發，有些蛇和標本的背脊都露出來發白了——如果回想到那麼久遠，你會記起很多人。如果你爲所有人祈禱，爲每個人唸上一段「萬福瑪利亞……」和「我們的天父……」，這就要花上很長時間，最後天也亮了，你就可以入睡，只要身處的地方能讓你在白天睡覺。

那些夜裡我試著回想曾經發生在自己周遭的事，從參戰前夕一件件回溯既往。我發現最早只記得祖父的那棟房子。然後從那刻開始再一路想到我去打仗前。

我記得祖父去世後，我們離開那棟房子，搬到母親設計和建造的一棟新房。許多東西帶不走就拿到後院燒掉，我想起那些放在閣樓的罈子被丟進火堆，它們受熱砰的一聲裂開，點燃的酒精冒出火焰。我記得那些蛇在漆黑後院的火堆中燃燒。但是記憶中不見人影，只有物品。我甚至不記得是誰把東西燒掉，接著繼續想下去，直到記憶中出現人們，然後停下來一一為他們祈禱。

關於新房子，我記得母親經常大掃除，保持屋內清爽。有一次父親出外打獵，她把地下室徹底清除一遍，燒掉不該留下的東西。當父親回來下了馬車，栓好馬匹時，火堆還在屋前的馬路旁燃燒。我出去迎接父親。他把獵槍遞給我，同時看著火堆。「這是幹嘛？」他問。

「我把地下室清乾淨了，親愛的。」我母親在門廊說。她微笑站在那兒迎接他。我父親注意看火堆，然後用腳踢某個東西。他彎下腰從灰燼中撿起一樣東西。「拿個耙子來，尼克。」他對我說。我到地下室拿來一支耙子，父親小心翼翼在灰燼中耙著。他耙出石斧、剝皮的石刀、做箭頭的工具、幾件陶器和許多箭頭。這些東西都已經被火燒得燻黑碎裂。父親把它們小心耙出火堆，攤在路旁的草地上。他的獵槍收在皮套裡，跟裝獵物的袋子都還丟在下車處的草地上。

「把槍和袋子拿進屋裡，尼克，然後拿一張紙給我。」他說。母親已經回屋子裡。獵槍扛起來很重，而且一直撞到我的腿，我拿著槍和那兩個獵物袋走向屋子。「一次拿一個。」父親說。「不要一次搬太多。」我放下獵物袋，把槍扛進屋裡，再從父親辦公室那堆報紙中抽了一張拿出來。父親把那些燻黑破碎的石器攤在報紙上，然後全包起來。「最好的幾個箭頭全都碎了。」他說。他拿著那包紙走進屋子，我站在屋外草地上，身旁還有兩個獵物袋。過了一會我把獵物袋拿進去。想到這裡，記憶中只出現兩個人，所以我爲他們倆祈禱。

有些夜晚，我甚至不記得自己的祈禱文。我只能唸到「奉行在人間，如同在天上」，然後不斷重新開始，完全過不了這段。結果我必須承認自己忘了祈禱文，那晚只能試著做別的事。所以有些夜晚我會嘗想起世上所有獸類的名字，然後是鳥類和魚類，再來是國家和城市，接著是食物種類和我所記得的芝加哥街道，當我再也想不起任何東西，就純粹只是傾聽。我不記得任何一晚會聽不到聲音。如果有亮光就不會怕睡著，因爲我知道靈魂只在黑暗中出竅。所以在許多夜晚，當我身處有光的地方時就會睡覺，因爲我幾乎隨時感到疲累，而且經常十分睏倦。我很確定的是有許多次，我不知不覺就睡著了——但我從來沒在意識下選擇入睡，就像今晚我聽著蠶發出聲音。深夜裡能非常清晰聽到蠶在咀嚼，我躺著張開雙眼傾聽牠們的聲音。

房間裡只有另外一個人也是醒的。我聽他醒著已經好長一段時間。他沒辦法像我一般安靜躺著，也許是因爲他不常這樣醒著不睡覺。我們都躺在毯子上，下面鋪了稻草，他移動時稻草就發出聲音，但是蠶沒被我們發出的聲響打擾，牠們持續進食。離前線七公里的後方，夜色下的戶外有許多聲響，但不同於漆黑房間裡的細微聲音。屋裡另一個人試圖安靜躺著。然後他又動了。我也動了，所以他知道我醒著。他在芝加哥住了十年。一九一四年他回去拜訪家人時被軍隊徵召入伍，然後他們把他指派給我當勤務兵，因爲他會講英語。我知道他在注意聽，所以在毯子上又動了一動。

「你睡不著，中尉先生？」他問。

「睡不著。」

「我也睡不著。」

「怎麼了？」

「我不知道。就是睡不著。」

「你還好吧？」

「當然。我覺得很好。只是睡不著。」

「你想聊一下嗎？」我問。

「好啊。在這鬼地方你能聊什麼？」

「這地方不錯，」我說。

「當然，」他說。「這地方還行。」

「跟我談談芝加哥的生活。」我說。

「喔，」他說，「我那次全跟你講了。」

「跟我說你怎麼結婚的。」

「我跟你講過。」

「你是禮拜一收到——她的信？」

「的確。她一直有寫信給我。她在那地方賺很多錢。」

「你回去時會有個好工作。」

「沒錯。她經營得很好。她正在賺大錢。」

「你覺得我們會不會把他們吵醒，像這樣講話？」我問。

「不會。他們聽不見。反正他們睡得像豬一樣。我就不同。」他說。「我很神經質。」

「講小聲點兒。」我說。「抽根菸？」

我們老練地摸黑抽起菸。

「你的菸抽得不多，中尉先生。」

「是不多。我正準備戒掉。」

「嗯，」他說，「抽菸對你不好，我認爲你應該戒掉別去想它。你有沒有聽過這說法，瞎子不抽菸是因爲他看不到吐出來的煙？」

「我不信。」

「我個人認爲這是胡扯，」他說。「我只是從別處聽來的。你知道聽說的事總是沒根據。」

我們倆都沉默下來，我聽著蠶的聲音。

「你有聽到那些討厭的蠶嗎？」他問。「你可以聽到牠們在咀嚼。」

「那很有趣。」我說。

「我說，中尉先生，是不是眞有什麼問題讓你無法入睡？我從沒看過你睡覺。從我跟著你以來都沒看過你在晚上睡覺。」

「我不知道，約翰。」我說。「我的健康狀況從去年春天以來就很差，這讓我在夜裡很心煩。」

「就像我一樣。」他說。「我根本不該被徵召加入這場戰爭。我太神經質。」

「也許情況會好轉。」

「我說，中尉先生，不管怎樣，你爲什麼投入這場戰爭？」

「我不知道，約翰。當時我想要吧。」

「想要。」他說。「這是什麼鬼理由。」

「我們不該講這麼大聲。」我說。

「他們睡得像豬一樣。」他說。「反正他們聽不懂英語。他們什麼事都不懂。戰爭結束後我們回美國，你要做什麼事？」

「我會在報社找一份工作。」

「在芝加哥？」

「也許。」

「你有沒有讀過布里斯班這傢伙寫的東西？我妻子幫我剪下來寄給我看。」

「當然讀過。」

「你認識他嗎？」

「不認識，但是見過他。」

「我希望認識那傢伙。他是個好作家。我妻子看不懂英文，不過她就像我在家時那樣照舊買報紙，然後把社論和體育版剪下來寄給我。」

「你的孩子好嗎？」

「他們很好。其中一個女孩現在四年級了。你知道，中尉先生，如果沒有孩子，我現在就不會是你的勤務兵。他們會要我一直待在前線。」

「很高興你有孩子。」

「我也是。他們是好孩子，但是我想要一個男孩。三個女孩，沒有男孩。眞是個大新聞呀。」

「你何不試著睡一覺。」

「不行，我現在睡不著。我完全清醒了，中尉先生。話說，我倒擔心你不睡覺。」

「沒事的，約翰。」

「難以想像你這麼一個年輕小伙子會睡不著。」

「我會睡的。只是需要一點兒時間。」

「你必須睡覺。人不睡覺是活不下去的。你在煩惱什麼嗎？有沒有事放在心裡？」

「沒有，約翰，我不認爲是這樣。」

「你應該要結婚，中尉先生。到時你就不會煩惱。」

「我不知道。」

「你應該結婚。你何不挑個有錢又漂亮的義大利女孩。你挑誰都能得手。你年紀輕，得了不少動章，人看上去也帥。你還受過幾次傷呢。」

「我的義大利語講得還不夠好。」

「你講得不錯了。管他講什麼語言。你不需要對她們說什麼。把她們娶回來。」

「我會考慮看看。」

「你有認識一些女孩，是吧？」

「沒錯。」

「那麼，你就娶其中最有錢的那位。在這裡，就她們所受的教育來看，都可以做你的好妻子。」

「我會考慮。」

「別考慮，中尉先生。要去做。」

「好啦。」

「男人應該要結婚，你絕不會後悔。每個男人都應該要結婚。」

「好了，」我說。「我們試著睡一會兒。」

「好吧，中尉先生。我會再試試。但是你要記得我講的話。」

「我會記得，」我說。「現在讓我們睡一會兒，約翰。」

「好的，」他說。「希望你睡得著，中尉先生。」

我聽他在稻草上轉身裹進毯子裡，然後悶不吭聲，我注意聽他規律的呼吸。接著他開始打鼾。我注意聽他鼾聲聽了好一會兒，然後不再聽那鼾聲，去聽那些蠶的咀嚼聲。牠們不斷吃著桑葉，在葉子上留下糞便。我有新鮮事可想，躺在黑暗中張開雙眼，我想到自己曾經認識的所有女孩，還有她們會成為怎樣的妻子。這事想起來很有趣，有一陣子它讓我不再去想釣鱒魚，也擱置了我為別人的祈禱。然而最後，還是回去想釣鱒魚的事，因為我發現自己記得所有的溪流，而且總有一些新鮮事可想，至於女孩們，我想幾次之後對她們的印象變模糊，沒辦法記得誰是誰，終於把人給搞混了，還都變成同一個模樣，所以我乾脆全都不想。但是我持續自己的祈禱，在夜裡經常為約翰祈禱，他的那一梯在十月進攻前就已經調離前線。我很高興他沒上戰場，若非如此，他會讓我十分擔憂。幾個月之後，他來米蘭的醫院探望我，對於我還沒結婚感到相當失望，我明白他得知我到目前為止還沒結過婚會覺得很糟糕。他準備回美國去，對婚姻依舊深信不移，認為結婚能讓一切安頓下來。

你絕不會這樣

攻擊線已通過這片田野，雖曾遭受來自低窪道路和那群農舍的機槍火力攔阻，進入市鎮後就沒遇到抵抗，然後直抵河岸。尼古拉斯．亞當斯騎一輛腳踏車沿著道路過來，碰到路面太崎嶇就下來推車，他從陣亡士兵的位置推想戰鬥經過。

他們或是落單或是成堆，全躺在田野上的長草中和道路旁，口袋被掏空，屍體上蒼蠅亂舞，不管落單或成堆，四周都飛散著紙張。

許多物資遺留在草地和農作物上，或在路旁，有些還散佈在道路上：一輛野戰炊事車，想必是戰況順利時運來的；許多皮革覆蓋的背袋、手榴彈、鋼盔、步槍，有些槍托朝上，刺刀插在土裡，他們最後還掘了不少壕溝；更多手榴彈、鋼盔、步槍、掘壕溝工具、彈藥箱和照明彈手槍，照明彈散落一地，還有醫療箱、防毒面具和裝防毒面具的空罐，一挺低矮笨重的機槍架在三腳架上，底下是成堆的空彈殼，彈箱還露出裝滿子彈的彈鏈，槍管的水冷套管裡面沒水被丟在一旁，後膛鎖已經炸飛，機槍班士兵倒臥的姿勢古怪，周圍草地照例撒滿了紙張。

紙堆裡有大量祈禱書，還有團體照明信片，照片中機槍班成員氣色紅潤，愉快地排排站，像是參加大學年度足球賽；現在他們是草地上堆疊浮腫的屍體；宣傳明信片上一個穿奧地利軍服的士兵把一位婦女撲倒在床上；這幅畫是全憑想像畫出來的，非常誘人卻不符實情，軍人強暴婦女會把裙子拉到她頭上悶住聲音，有時同伙還會坐她頭上。那裡有相當多這類煽動性的紙卡，顯然是攻擊來臨前才散佈的。現在這些紙卡和髒汙的明信片與照片全都散落在地上；一些由地方攝影師拍攝的鄉下姑娘小張照片，偶爾幾張小孩的照片，然後就是家書，家書，還是家書。屍體周圍總是撒滿紙張，這次攻擊留下的殘跡也不例外。

這些人才死沒多久，除了口袋被翻以外沒別的事好被打擾。尼克注意到我方陣亡士兵，或者他認為可以說是我方的陣亡士兵，卻是出奇得少。他們上衣也被解開，口袋被掏空，從倒臥位置可以看出這次攻擊的戰術與技巧。在這炎熱天氣下，屍體不分國籍一律變得腫脹。

守住市鎮的最後防線顯然就是那條低窪道路，只有少數或根本沒有奧地利士兵撤退到鎮上。街上只有三具屍體，看來是在奔跑中被打死的。鎮上房屋被砲火摧殘，街頭覆蓋著大量泥灰，隨處可見碎石瓦礫和斷垣殘壁，還有許多彈坑，有些彈坑邊緣被芥子毒氣燻成黃色。瓦礫堆中混雜許多砲彈碎片與霰彈丸。鎮上根本空無一人。

尼克離開福爾納齊[1]之後就沒看見任何人，然而，騎在枝葉繁茂的鄉間道路上，他有看到道路左側掩蔽在桑樹下的大砲，因為枝葉上漂浮著太陽照射金屬產生的熱浪引人注意。此刻他穿過市鎮，發現已是一座空城，於是前往河岸旁的堤下道路。出了鎮區是一塊光禿的空地，道路在這兒往下坡走，眼前看到的是平靜的河水，對岸低矮的河灣，還有被太陽曬得發白、奧地利人從壕溝挖出來的泥巴。自從上回來過之後，這裡變得草木茂密，一片青蔥，就算已在歷史留名，依舊沒變的是這條淺淺的河。

---

1 福爾納齊（Fornaci）是義大利托斯卡尼地區的一個村落，第一次世界大戰期間因設有彈藥工廠而興盛。

部隊沿河岸往左邊佈署。河堤上有連串壕坑，裡面有幾個士兵。尼克注意到有些地方架起了機槍，焰火信號彈也上了發射架。河堤內側壕坑裡的士兵在呼呼大睡，沒人對他盤查。他繼續走下去，在土堤轉角處碰上一名年輕少尉，臉上盡是鬍渣，眼眶泛紅，兩眼佈滿血絲，拿起手槍指著他。

「你是誰？」

尼克告訴他。

「我怎麼知道你說的是眞的？」

尼克向他出示附有照片和身份證明的通行證，上面還有第三軍團的印信。少尉一把抓過通行證。

「我來保管。」

「不可以，」尼克說。「把卡還給我，還有把槍拿開。收起來，放進槍套裡。」

「我怎麼知道你是誰？」

「通行證上不就寫了。」

「萬一通行證是假的？把卡給我。」

「別傻了，」尼克爽朗地說。「帶我去找你們連長。」

「我該把送你去營部。」

「也好，」尼克說。「聽我說，你認識帕拉維奇尼上尉嗎？高個子，留小鬍子，以前是建築師，會說英語？」

「你認識他？」

「有幾分熟。」

「他指揮第幾連？」

「第二連。」

「他現在是營指揮官了。」

「好極了。」尼克說。他得知帕拉維奇尼沒事就鬆了一口氣。「我們去營部吧。」

尼克剛出鎮時，三枚砲彈在高空炸開，霰彈飛越右側一棟搖搖欲墜的房子，自此之後就沒有發生任何砲擊。但這位軍官的臉看來就像身處猛烈砲火下，有那種緊繃的神色，講話聲音也不自然。他的槍讓尼克感到不安。

「把槍拿開。」他說。「敵人和你隔了一整條河。」

「如果我認爲你是間諜，現在就開槍斃了你。」少尉說。

「好啦，」尼克說。「我們這就去營部。」這軍官弄得他非常緊張。

營部設在地下掩體，帕拉維奇上尉目前代理少校職務，比以前更瘦、更像個英國人，尼克在桌前敬個禮時他站了起來。

「你好啊，」他說。「我都認不出是你。你穿這身軍服是在幹嘛？」

「他們叫我穿上它。」

「眞高興見到你，尼克。」

「對啊。你看來氣色不錯。這場仗打得如何？」

「我們發動了一次相當完美的攻擊。眞的，非常漂亮的一仗。我講給你聽。瞧。」

他在地圖上講解攻擊經過。

「我從福爾納齊過來。」尼克說。「一路上看得出當時情況。這場仗打得眞好。」
「非常傑出。從頭到尾都非常傑出。你現在隸屬團部？」
「不是。我被指派四處走動，讓人們看看這身制服。」
「眞是奇怪。」
「如果人們看到有個人穿美軍制服，應該可以讓他們相信其他美軍就要來了。」
「但他們怎麼知道這是美軍制服？」
「你要告訴他們。」
「喔。是這樣，我懂了。我派個下士陪你亮相，你可以到各部隊走一回。」
「像個嗜血的政客。」尼克說。
「你如果穿便服會更顯眼。便服才眞的是引人注目。」
「再戴一頂霍姆堡氈帽。」尼克說。
「或者一頂毛茸茸的紳士帽。」
「我應該要滿口袋的香菸和明信片這類東西。」尼克說。「還有一整個背袋的巧克力。我在分送這些東西時得慰勞幾句，拍拍人們的肩膀。不過現在沒有香菸或明信片，也沒有巧克力。所以他們說就四處走走也好。」
「我敢說你的出現對部隊將是很大的鼓舞。」
「你別這麼講。」尼克說。「我對這種差事覺得糟透了。原則上，我應該要爲你帶瓶白蘭地。」
「原則上。」帕拉維奇說著笑了出來，這是他第一次咧嘴露出黃牙。「多麼巧妙的用字遣詞。你要喝些格拉巴酒？」

「不，謝謝。」尼克說。

「裡面完全沒添加乙醚。」

「我到現在嘴裡還有乙醚的味道。」尼克突然全記起來了。

「你知道我都不曉得你喝醉了，直到坐軍車回來的路上，你開始滔滔不絕。」

「每次進攻時我都喝得醉醺醺。」尼克說。

「我就沒辦法，」帕拉維奇說。「我在第一次進攻時試過，最早的那一次，結果只讓我覺得很想吐，然後口渴到不行。」

「你不需要喝酒壯膽。」

「你在進攻時比我勇敢多了。」

「沒有，」尼克說。「我知道自己的斤兩，所以寧願喝醉。我不爲此感到慚愧。」

「我從沒看過你喝醉。」

「沒有嗎？」尼克說。「從來沒有？就算我們從梅斯特雷[2]坐船到格朗地港[3]的那晚，我想睡覺時把腳踏車當成毛毯，還拉到胸口？」

「那時不在前線上。」

2梅斯特雷（Mestre）位於義大利北部，屬於威尼斯自治市的一部分

3格朗地港（Porto Grande）是義大利南部西西里島東岸的一處港灣。

「別再談我到底怎麼了。」尼克說。「我心裡太清楚，都不願再想這檔事。」

「你應該在這兒歇一會兒。」帕拉維奇說。「若想打個盹兒也可以。砲擊對這裡沒什麼大礙。現在出去外面還太熱。」

「我想行程也不趕。」

「你眞的還好吧？」

「我很好，完全沒問題。」

「不，我是說眞的。」

「我還好。只是沒點個燈我睡不著，就這毛病而已。」

「我說過這需要動腦部手術。我不是醫生，但知道這狀況。」

「嗯，他們認爲最好去習慣它，這正是我在做的。怎麼？你是不是看我有點兒不正常？」

「你看起來正常得很。」

「一旦被他們診斷腦筋有問題就很麻煩。」尼克說。「沒人會再信任你。」

「我要打個盹兒，尼克。」帕拉維奇說。「這不是我們向來認知的營部。我們只在等著被調走。現在這種熱天你不該出去——別幹傻事。用那張行軍床。」

「我就躺一躺吧。」尼克說。

尼克躺在行軍床上。被帕拉維奇上尉一眼看穿的感覺讓他很沮喪，而且更勝以往。這處地下掩體還沒以前那個大，當初一八九九年出生的那梯部隊就在前線，他們在進攻前的砲火襲擊下變得歇斯底里，帕拉維奇派他一次帶兩名士兵到外面走走，要他們知道不會有事，他把鋼盔扣帶拉到嘴前扣緊，讓自己別出聲。他知道他們看到外面情況會受不了，這根本是個爛方法——。如果他不停哭喊，朝他鼻梁揍下去，要他煩惱別的事。我眞想開槍斃掉一個，不過現在太遲，他們狀況只會變得更糟。揍他鼻梁。他們把進攻時間提早到五點二十分，我們只剩下四分鐘。揍另一個蠢孬種的鼻子，再朝他屁股一腳踢出去。你認爲他們撐得過嗎？如果撐不過，槍斃兩個，想辦法把其他人整隊起來。到他們後面，中士。走在前面帶隊沒用，只會發現後面沒人跟上。你走的時候要催促他們往前推進。眞是亂七八糟。很好，這就對了。然後看看手錶，我用平靜的語氣，是那種有幫助的平靜語氣，說了聲：「前進薩沃依[4]。」硬著頭皮上，沒時間找酒，地下掩體中彈之後他就找不到自己的酒，整面牆都坍了下來；他們因此開始進攻；硬著頭皮攻上山坡，他就只有這次打仗沒喝得醉醺醺。他們撤回來之後，纜車站似乎燒毀了，四天後有些傷兵被送下來，有些沒送下來，不過我們再往上攻，又往後撤，來到山下——我們總是敗下陣來。然後，說也奇怪，腦海出現穿羽毛裝的葛碧．黛絲蕾[5]；一年前你叫我可愛寶貝……嗒噠噠……你說很高興認識我……嗒噠噠……有穿羽毛裝也好，沒穿羽毛裝也好，美妙的葛碧，我叫亨利．比爾塞，就這名字，當計程車開上陡坡到山頂，我們都從另一邊跳下車，只要夜晚想到聖心堂[6]，輕瑩剔透如肥皀泡泡般，他都會看到那山丘。有時他的女朋友在那兒，有時她

---

4 薩沃依（Savoia）在歷史上是法國、義大利與瑞士交接的一塊地區，原屬撒丁尼亞王國，十九世紀中葉被割讓給法國。

5 葛碧．黛絲蕾（Gaby Deslys, 1881-1920），法國著名歌舞女星，曾與葡萄牙被罷黜國王曼紐二世關係曖昧，日後移居美國紐約，又與同台男星亨利．比爾塞（Harry Pilcer, 1885-1961）傳出戀情。

6 聖心堂（Sacre Coeur）是位於巴黎北部蒙馬特高地上的天主教聖殿，白色外觀的羅馬—拜占庭建築風格有高聳顯眼的大圓頂。

跟別人在一起，他不明白那是什麼道理，不過這些夜晚河水總比平常高漲而又平靜，福薩爾塔[7]鎮外有一棟漆成黃色的矮房，四周柳樹圍繞，小馬廄在旁邊，附近有條運河通過，那地方他經過千百回也沒看過那棟房屋，然而每個夜晚它卻跟山丘一樣清晰可見，只有看到房屋才讓他害怕。那房屋的意義重於一切，每個晚上都會出現。那正是他需要的東西，但也令他畏懼，尤其河面柳蔭下還靜靜停著一條船的時候，但河岸不像眼前這條河。河邊地勢比較低，就像在格朗地港一樣，他們在那兒看到人們高舉步槍，蹣跚涉水走過泛濫的河灘，直到連人帶槍都跌進水裡。誰下的命令？若不是腦子裡這麼混亂不堪，他可以想得起來。正因如此，他要留意每件事的細節，搞到一清二楚爲止，才能知道自己身在何處，但就像現在會毫無緣由地突然糊塗了，他躺在營部一張行軍床上，帕拉維奇正指揮著一個營，而自己穿著一身可笑的美軍制服。他坐起來環視身旁；他們都在看他。帕拉維奇出去了。他又躺了下去。

巴黎的那段經歷還要更早，他不會害怕，除了她跟別人私奔後的日子，還有擔心同一個司機遇上兩次。他會害怕的就這些。他從不害怕上前線。他不再夢到戰場上的情景，不過令他心生恐懼又揮之不去的，是那長長的黃色房屋和那特別寬的河道。現在他回到河畔這邊，經過同一座城鎮，就是沒有那棟黃色房屋。河道也不是那副模樣。那麼，他每天晚上去的是哪兒，怕的是什麼，又爲什麼會汗水淋漓驚醒過來，比在砲火襲擊時更加害怕，就因爲一棟房屋，一間長長的馬廄，還有一條運河？

他坐起來，小心翼翼把腿放下去；兩腿只要伸久了就變得僵硬；副官、信號兵和門口兩個傳令兵在瞪著他，他也瞪了回去，然後戴起自己那頂蒙上罩布的鋼盔

7 福薩爾塔（Fossalta）是義大利威尼斯東北方的一座小鎮。

「我很抱歉沒帶來巧克力、明信片和香菸，」他說。「不管怎樣，我倒是穿了這身制服。」

「少校很快就回來。」副官說。在這部隊裡裡，當個副官還不用到軍官的階級。

「這制服還不是很符合規格，」尼克告訴他們。「不過可以給你們一個印象，那就是成千上萬的美國人很快就會在這兒出現。」

「你認為他們會派美國人來這邊？」副官問。

「喔，當然會。那些美國人比我高大兩倍，體格健壯，心靈純潔，晚上睡得著，絕不會受傷，挺得住砲火，絕不會低頭認輸，也不會害怕，他們不喝酒，對留在家鄉的女友忠心耿耿，多數人從沒染過蝨子，都是出色的小伙子。你將會看到。」

「你是義大利人？」副官問。

「不是，我是美洲人。看這制服就知道。斯帕諾利尼服裝公司製做的，但不是完全合乎規格。」

「北美洲或南美洲？」

「北美洲。」尼克說。他覺得快發作了。他得平靜下來。

「但是你講義大利語。」

「有何不可？你介意我講義大利語？我沒權利講義大利語？」

「你有獲頒義大利勳章。」

「只有綬帶和證書。勳章晚一點兒送到。你也可以把它送給別人帶走，或者跟你的行李一起遺失。你可以在米蘭再買一個。重要的是證書。你別為了這幾枚勳章感到不高興。只要待在前線夠久，你也會為自己掙得幾枚。」

「我是厄利垂亞[8]戰役的老兵，」副官硬生生地說。「我曾在的黎波里[9]作戰。」

「很榮幸認識你，」尼克伸出手。「那一定是艱苦的日子。我注意到那些綬帶。那麼你打過卡索[10]那場戰役？」

「我在這場戰役才被徵召。我的年紀應該要退伍了。」

「我在之前還沒超過年齡限制，」尼克說。「但部隊重整後現在退役了。」

「那麼你為什麼在這裡？」

「我來當眾展示美軍制服，」尼克說。「你不認為這非常有象徵意味？領口有點兒緊，但不久就會看到數以百萬穿這制服的士兵像蝗蟲般蜂擁而來。你知道蚱蜢，我們在美洲稱為蚱蜢的其實是一種蝗蟲。真正的蚱蜢體型小，是綠色的，跳得沒那麼遠。不過，你千萬別跟蟬搞混了，蟬會發出特殊持續的聲音，我一時記不起來。我試著回想但就記不起來。我幾乎要聽見那聲音但又完全消失了。很抱歉，是不是打斷了我們的談話？」

「你去找找看少校，」副官對其中一名傳令兵說。「我看得出你曾經受過傷。」他對尼克說。

「有好幾處，」尼克說。「如果你想看傷疤，我可以掀給你看幾個有趣的地方，不過我比較想談蚱蜢。我們稱之為蚱蜢的東西，也就是說，實際上是蝗蟲。這些昆蟲曾經是我生命中重要的一部分。

8 厄利垂亞（Eritrea）是非洲東北部國家，一八九〇年曾遭義大利出兵佔領為殖民地

9 的黎波里（Tripoli）是利比亞首都，一九一二年義大利戰勝鄂圖曼土耳其，當時將利比亞佔為殖民地。

10 卡索（Carso）是位於斯洛維尼亞西南部到義大利東北部的高原地帶，石灰岩的喀斯特地形即以此地德文發音命名。一九一七年五月義大利軍隊克服惡劣地勢，在此處戰線對奧地利軍隊成功發動突襲。

這制服也許令你好奇，你可以在我說話時看看這制服。」

副官對第二個傳令兵揮揮手，他轉身出去。

「仔細瞧這制服。你知道，斯帕諾利尼公司做的。你們最好也過來看，」尼克對那些信號兵說。

「實際上我沒有軍階。我們隸屬於美國領事。你們儘管看都沒問題。如果想要的話盯著它也行。我要跟你們說說美國蝗蟲。我們一向偏好所謂的中型褐蝗。牠們在水裡最持久，魚也比較愛吃。有一種體型較大的蝗蟲會飛，發出聲響就像響尾蛇在搖尾巴，很單調的聲音，牠們翅膀色彩鮮豔，有些是亮紅，有些是黃色帶黑邊，但是牠們翅膀一碰到水就碎了，真是很差的魚餌，然而褐蝗是肉多、結實、肥美的蚱蜢，容我向各位推薦，就當做是有人極力推薦給你們從未見過的東西。不過我必須強調，如果徒手或用帽子去追捕這些蟲子，絕對抓不到釣一整天魚所需的數量。那是蠢方法，只會浪費時間。我再講一遍，各位，那方法一定行不通。正確方法是利用手拋漁網或用蚊帳做一張網，若問我有什麼意見，我會說這方法應該在每個輕武器課程上教給所有年輕軍官，誰知道我會不會還有其他意見。兩個軍官抓住蚊帳兩端，或者說一人站一端，彎下腰，一隻手抓住下緣而另一隻手抓住上緣，然後迎風快跑。蚱蜢隨風飛來，撞進蚊帳就被困在皺摺裡。實際上完全不需要竅門就能抓到非常多的數量，依我觀點，每個軍官都該帶一頂蚊帳，以備需要時當做抓蚱蜢的捕網。我希望講得夠清楚了，各位。有任何疑問嗎？如果課程中有不了解的地方請發問。儘管講。沒有問題嗎？那麼我用這段話做個結束。引用偉大的軍事家兼紳士亨利．威爾遜爵士[11]的一段話：各位，你若非做個統治者，就要被人統治。

11 亨利．威爾遜爵士（Sir Henry Wilson, 1864-1922），曾任英國陸軍部軍事作戰局局長，在第一次世界大戰前夕力主英法聯合遠征，大戰結束後晉陞為陸軍元帥。

讓我重覆一次。各位，有一件事我希望你們不要忘記。有一件事我希望你們離開這房間後會記在心裡。各位，你若非做個統治者，就要被人統治。就這樣了，各位。日安。」

他脫掉蒙上罩布的鋼盔，然後又戴上，彎腰走出地下掩體低矮的入口。帕拉維奇旁邊跟著兩個傳令兵，正沿著低窪道路走過來。大太陽下非常熱，尼克脫掉鋼盔。

「這裡該弄個供水系統好把這些裝備沖一沖，」他說。「我要到河裡把鋼盔浸浸水。」他往河岸上走。

「尼克，」帕拉維奇喊說。「尼克，你要去哪兒？」

「我也不是非去不可。」尼克走下斜坡，那頂鋼盔拿在手上。「管他濕的乾的，這些鋼盔戴得煩透了。你都一直戴著鋼盔？」

「隨時戴著，」帕拉維奇說。「頭都要禿了。到裡面去。」

到掩體裡面，帕拉維奇要他坐下。

「你知道它們一點用處都沒有，」尼克說。「我記得剛拿到鋼盔時還覺得是一種安慰，但是看過太多次那底下的腦袋被打得腦漿四溢。」

「尼克，」帕拉維奇說。「我認爲你應該回去。我覺得你沒帶那些慰勞品還是不要來前線比較好。你在這裡沒事可幹。假如你四處走動，就算有好東西可以發送，士兵聚集在一起會引來砲火攻擊。我不想看到這情形。」

「我知道這是蠢差事，」尼克說。「這也不是我的主意。我聽說部隊駐紮在這裡，所以想說可以來看看你或其他認識的人。我也可能去曾松或聖多納[12]。我想去聖多納看看那座橋。」

「我不會讓你毫無目的到處走動。」帕拉維奇說。

「好吧。」尼克說。他覺得又快發作了。

「你明白嗎？」

「當然。」尼克說。他正努力壓抑下來。

「這種事應該在晚上進行。」

「很合理。」尼克說。他知道自己按捺不住了。

「你知道，我在指揮這營的部隊。」帕拉維奇說。

「怎麼不該是你呢？」尼克說。他爆發出來。「你會讀會寫，怎麼不行？」

「是啊。」帕拉維奇溫和地說。

「問題在於你指揮的是規模很小的一個營。當兵源重新擴充後，他們會要你回到自己連上。他們爲什麼不埋葬陣亡士兵？我早看過遍地屍體。我不介意再看一次。我不在意他們什麼時候把屍體埋掉，不過盡早處理對你們有好處。你們再這樣下去會受不了。」

「你的腳踏車放在哪？」

「靠最近的那棟房子裡。」

「你認爲放在那沒問題？」

---

12 曾松（Zenson）和聖多納（San Dona）都是位於威尼斯東北方皮亞韋河（Piave）畔的小鎮。

「別擔心，」尼克說。「我再一會兒就走。」

「躺一下，尼克。」

「好吧。」

他閉上眼睛，出現在腦海的並不是留著鬍鬚的男人，從步槍瞄準器裡瞪他，相當冷靜地扣下板機，一道火光後像棍棒重擊般打在身上，他跪了下去，一股溫熱東西哽在喉嚨，他們經過時他咳出來噴在石頭上……他看見的竟是長長的黃色房屋，旁邊有一間低矮的馬廄，運河比實際上更寬更平靜。

「天啊，」他說，「我該走了。」

他站起來。

「我要走了，帕拉維奇，」他說。「我現在趁下午先騎回去。如果有任何慰勞品送達，我今晚會帶過來。如果沒有慰勞品，就等有東西時我在晚上過來。」

「這天氣騎車還是太熱。」帕拉維奇上尉說。

「你不用擔心，」尼克說。「我已經好一陣子都沒事。然後發作過一次，但不嚴重。現在情況變得好很多。我能分辨得出是否快要發作，那就是話講個沒完的時候。」

「我派個傳令兵跟你走。」

「還是別派得好。我認得路。」

「你會儘快回來？」

「一定。」

「讓我派……」

「不要，」尼克說。「算是代表你信任我。」

「喔，那麼，再見。」

「再見。」尼克說。他開始沿著低窪道路走回放腳踏車的地方。午後上路只要過了運河就有綠蔭。運河另一頭的道路兩旁都是樹木，完全沒受砲火催殘。就在那段路上，有一次他們行軍時遇見薩沃依第三騎兵團，手拿長矛在雪地裡騎馬而過。馬匹呼出的氣息在冷冽空氣中形成白霧。不，應該是在別處看到的。到底是哪？

「我最好趕快找到那該死的腳踏車，」尼克對自己說。「我可不想迷路，回不去福爾納齊了。」

在異鄉

秋天時戰爭仍未停歇，但我們不再上戰場。秋天的米蘭天氣寒冷，天黑得很早。每當華燈初上，走在街頭往窗子裡看頗爲愜意。許多野味掛在店家外面，雪花撒在狐狸皮毛上，寒風吹動牠們尾巴。鹿直挺挺吊掛著，沉重身軀已掏空了內臟，一串串小鳥在風中被吹亂羽毛。這是個很冷的秋天，高山上的風直往下吹。

每天下午我們都去醫院，可以從不同路線穿越薄暮下的市鎮到達醫院。兩條路線是沿著運河走，不過距離較遠。然而你可以跨過運河上的橋進入醫院。有三座橋可以選擇。其中一座橋上有個女人在賣烤栗子。站在炭火前很是溫暖，後來栗子放在口袋裡也很溫暖。醫院是非常古老而漂亮的建築，你從大門進去，經過一處庭院，再從對面大門出去就到了。許多葬禮就從這個庭院出發。老醫院的另一頭是磚石砌成的新分館，我們每天下午都在那兒聚集，彼此客氣又好奇地詢問對方發生什麼事，然後分別坐上截然不同的治療機。

醫生來到我坐的機器前面，他說：「戰前你最喜歡做什麼？有從事任何運動？」

我說：「有啊，踢足球。」

「很好，」他說。「你可以再踢足球，還會踢得比以前更好。」

我的膝關節無法彎曲，膝蓋到腳踝消瘦到看不出小腿肚，這臺機器要帶動膝蓋，讓它像踩三輪車那樣運動。但是目前關節還沒辦法打彎，機器轉到彎曲點就晃個不停。醫生說：「過了這階段就好。

你是幸運的年輕人，還可以再踢足球，到時會像個冠軍選手。」

坐在旁邊機器上的是一位少校，他的一隻手就像嬰兒的手那樣小。那隻手伸在兩片上下彈跳的皮帶間拍打僵硬的手指，醫生檢查他的手時，他對我眨一眨眼，出聲說：「那麼我是不是也可以再踢足球，主任醫生？」他以前對劍術相當拿手，戰還前是義大利最優秀的劍術家。

醫生走去後面辦公室，從房間拿來一張照片，照片上面那隻手原本萎縮到幾乎跟少校的手一樣小，在接受機器治療前是如此，經過治療後變比較大。少校用他正常的手拿著照片仔細瞧。「是受傷嗎？」他問。

「職業傷害。」醫生說。

「很有意思，很有意思。」少校說，然後把照片遞還給醫生。

「你有信心嗎？」

「沒有。」少校說。

每天都來醫院的還有三個年輕人，年紀跟我相仿。他們都是米蘭人，一個要做律師，一個想當畫家，還有一個立志從軍，當我們結束機器療程之後，有時會一起走回柯瓦咖啡館，就在斯卡拉大劇院隔壁。我們走捷徑會穿過共產黨聚集的地區，四人結伴倒也不怕。那些人痛恨我們，因爲我們是軍官，走過酒館前會有人從裡面高喊：「打倒軍官！」。另一個年輕人有時會跟著走，我們就有五個人，他臉上遮了一塊黑絲絹，因爲鼻子毀了，臉部要重新整形。他出軍校被直接派上前線，才投入戰場一小時內就受了傷。醫生們爲他整形，然而他來自非常古老的家族，他們一直沒辦法讓鼻子完全恢復原貌。他曾去南美洲到一家銀行工作。不過這是很久以前的事了，我們沒人知道以後局勢會變成怎樣。我們只知道戰爭仍未停歇，但我們不會再上戰場。

我們都有同樣的勳章，除了臉上蒙著黑絲絹的年輕人，他待在前線還不夠久。要做律師的年輕人身材高大，臉色很蒼白，是一名突擊部隊中尉，他得到三枚勳章，我們都只各得一枚。他長期過著與死神爲伍的日子，態度有些疏離。我們多多少少都有些疏離，除了每天下午會在醫院碰面，沒別的事能把我們聚起來。儘管如此，當我們穿過城裡治安死角走去柯瓦咖啡館時，晦暗天色下從酒館傳來燈光和歌聲，有時還得走進人群簇擁的街道，必須推開人行道上熙來攘往的男男女女才穿得過去，當下會覺得某種遭遇把我們凝聚在一起，是這些討厭我們的人不了解的遭遇。

我們自認對柯瓦咖啡館相當熟諳，那地方奢華、溫暖、燈光不會太亮，每天時間一到就是人聲鼎沸，煙霧彌漫，總有年輕女孩坐在桌邊，牆上書報架放著幾份畫報。柯瓦咖啡館的女孩非常愛國，我發現義大利最愛國的人就是咖啡館的女孩——我相信她們至今仍舊愛國。

起先，這幾個年輕人對我得到勳章的事表現非常客氣，還問我爲什麼得到勳章。我拿證書給他們看，上面寫得冠冕堂皇，盡是友邦情誼和無私奉獻之類的話，但拿掉這些修飾辭令，說穿了就因爲我是美國人才獲頒勳章。自此之後，他們對我的態度有一點改變，雖然跟外人相較我是朋友。他們看過褒揚令之後，我算是個朋友，但不再是他們眞正的一分子，因爲表彰的理由跟他們不一樣，而且他們做過非常不同的事蹟才得到勳章。誠然，我受過傷；不過我們都知道受傷畢竟只是意外。儘管我從不爲身上佩戴的綬帶感到慚愧，有時把酒言歡後，我也會想像自己曾做過他們那些獲頒勳章的英勇事蹟；但夜晚在空蕩的街頭走回家，冷風吹襲，店鋪都打烊了，我盡量走在街燈下，心裡明白自己從未做過這般英勇事蹟，而且非常怕死，時常夜裡獨自躺在床上，想到會死就害怕，擔心自己回到前線將會如何。

那三個得到勳章的年輕人就像擅長狩獵的隼鷹；但我不是隼鷹，雖然沒打過獵的人看我像隻隼鷹；他們三人心裡有底，所以我們就漸行漸遠。不過我跟第一天上戰場就受傷的年輕人維持很好的友誼，因爲他現在已不可能知道自己在戰場上會變成怎樣的人；所以他也可能不被接納，而我喜歡他是因爲他或許也不會變成一隻驍勇善戰的隼鷹。

至於那位少校，一位傑出的劍術家，他不相信勇氣這回事，我們坐在機器上接受治療時還花很多時間糾正我的語法。他稱讚我的義大利語講得流利，我們可以很輕鬆對談。有一天我說，義大利語對我而言似乎是過於簡單的語言，對它提不起太大的興趣；它太容易說出口。「喔，沒錯，」少校說。「那麼你何不多研究語法的使用？」所以我們開始留意語法問題，很快地，義大利語變成艱深的語言，除非我在腦子裡把語法想清楚，否則很怕跟他說話。

少校按時來到醫院。我認爲他從沒錯過一天，然而我很確定他不相信機器。曾有一時我們誰都不相信機器，有一天少校說這眞是胡鬧。當時這些治療機才剛問市，而我們正是試用對像。這是笨主意，他說：「就只是個推論，跟別的沒兩樣。」我的語法學不好，他罵我是蠢到不行的丟臉傢伙，而自己傻到花費心思在我身上。他的個子不高，直挺挺坐在椅子上，右手伸進機器裡面，眼睛直視前面的牆，讓皮帶上下拍擊他的手指。

「如果戰爭有結束的一天，戰後你要做什麼？」他問我。「注意說話要符合語法！」

「我要回去美國。」

「你結婚了嗎？」

「沒有，但我想要結婚。」

「你眞是笨蛋，」他說。他似乎非常生氣。「男人千萬不要結婚。」

「爲什麼，少校大人？」

「別叫我『少校大人』。」

「爲什麼男人不要結婚？」

「男人不可以結婚，就是不可以結婚，」他氣急敗壞地說。「假如他註定失去一切，就不該置身在連婚姻都失去的處境。他不該置身在這種處境。他應該尋找不可能失去的東西。」

他說得氣憤激昂，眼神直盯著前方。

「但他爲何註定會失去婚姻？」

「就是會失去它。」少校說。他一直看著牆。然後他低頭看治療機，把那隻萎縮的手從皮帶間抽出來，用力拍自己的大腿。「就是會失去它，」他幾乎用吼的。「別跟我爭辯！」然後他把操作機器的護理人員叫來。「趕快關掉這該死的東西。」

他走到後面另一個房間接受光療和按摩。接著我聽見他向醫生借用電話，然後將門關上。當他回到這房間時，我正坐在另一臺治療機上。他穿著斗篷，戴好帽子，直接走到我的機器前，把一條手臂放在我肩膀上。

「我很抱歉，」他說，然後用那隻正常的手輕拍我肩膀。「我不是有意對你無禮。我妻子剛去世。請你務必諒解。」

「喔……」我說，心裡爲他感到難過。「我很遺憾。」

他站在那兒，咬著下唇。「非常艱熬。」他說。「我沒辦法接受。」

他眼神越過我朝窗外望去。就在這時他哭了。「我實在難以接受。」他哽咽著說。然後他痛哭失聲，仰頭呆望，又挺直腰桿保持軍人威嚴，臉上兩條淚痕，緊咬嘴唇，他走過這些治療機前出了門外。

醫生告訴我，少校的妻子死於肺炎，她非常年輕，少校直到傷殘不能再打仗才娶了她。她發病才幾天時間，沒人料想到她會死。少校有三天沒來醫院。然後他如往常般出現，軍服袖子上別了一塊黑紗。當他回來時，醫院牆上掛起許多裱了框的大張照片，上面是各種創傷接受機器治療的前後對照。少校使用的治療機前有三張跟他類似病例的照片，看上去都完全復元了。我不知道醫生從哪兒弄來這些照片。我總認爲我們是第一批使用治療機的病人。這些照片對少校沒太大影響，因爲他都在看窗外。

第四部　軍人返鄉

浩瀚二心河

第一章

列車在鐵道上繼續前進，轉過一處山丘離開視線，綿延山上盡是焚毀的樹林。尼克坐在那綑帳篷和睡袋上，行李員才把它們從行李車廂扔下來。放眼望去不見城鎮，只有鐵道和野火燒遍的鄉野。錫尼鎮[1]唯一的那條街上原本有十三家餐館，現在不見一絲蹤跡。府邸飯店只留地基豎立在地上，基石被火燒得破碎崩裂。整個錫尼鎮就只剩下這個。甚至地表土層都被燒焦了。

原本預期還會看到鎮上零星的房屋，尼克望著被火燒過的那片山坡，然後沿鐵道走去河上那座橋。那條河還在。河水流過圓木橋墩激起漩渦。尼克低頭俯視，河底卵石讓清澈河水看來是褐色的，鱒魚在流水中擺動魚鰭保持穩定。看著看著，牠們迅速變換角度方位，以便在急流中重新穩住身子。尼克看了好一會兒。

他看牠們把鼻頭探進水流保持穩定，急流深處的許多鱒魚看起來有些變形，因為河水沖擊橋墩圓

1 錫尼（Seney）是位於密西根州上半島斯庫克拉夫特郡（Schoolcraft County）的一處小鎮。

木在表面湧起平滑波浪，往潭裡看去就像經過一面凸透鏡。大隻鱒魚都在深潭下，尼克起先沒看到，後來看到牠們藏身潭底，在水流激起的陣陣沙霧中停留在石礫河床上。

尼克在橋上俯看水潭。這是個炎熱的日子。一隻翠鳥往上游飛去。尼克好久沒像這樣盯著河裡的鱒魚，眞是感到心滿意足。隨著翠鳥飛影掠過水面，一條大鱒魚往上游急竄，只見黑影劃出長長軌跡，接著躍出水面，在陽光下失去身影，然後當牠落回河中，那黑影似乎放鬆身軀，跟著水流漂回橋下棲息處，又重新綳緊身子面對急流。

尼克的心隨鱒魚的動作跟著緊綳。往日感覺全都湧上心頭。

他轉身往下游望去。河水連綿延伸，底下是卵石，還有幾處淺水灘和一些大圓石，遇到峭壁下緣的轉彎處有個深水潭。

尼克踏著枕木往回走，背包還躺在鐵道旁的煤渣上。他的心情愉悅。他調整圍繞背包的挽帶，束緊帶子，把背包盪到背上，手臂穿過肩帶，爲了分擔肩膀的負荷，前傾的額頭還頂了一條寬闊的背物帶。不過，還是太重。背包實在太重。他一手拿皮製釣竿袋，身體前彎把背包重量壓在肩頭上，沿著鐵軌旁的道路走下去，離開那被焚毀的熾熱小鎭，然後轉過一處兩旁高山盡是火痕的矮丘，走上通往郊外的道路。他沿著路走，感覺沉重背包拉扯的痛楚。這條路不斷攀升，爬坡走很是辛苦。他的肌肉酸痛，天氣炎熱，但尼克感到很高興。他覺得所有的事已經拋諸腦後，不需要思考，不需要寫作，不需要做其他事。全都不用去想。

從他下了火車，行李員把他背包丟出車門的那刻開始，情況就不同了。錫尼鎭被焚毀，鄉野被火燒得面目全非，然而這沒關係。不可能一切都被火吞噬。他心裡明白。他走在道路上，豔陽下流著汗水步步爬升，就是要翻越分隔鐵路與松林平原的那排山頭。

漫漫長路偶有下坡，不過總會向上爬升。尼克繼續往上走。最後這路與被火燒過的山坡並行，終於來到山頂。尼克背靠在一根樹樁上，把背包從肩頭滑下。在他面前視線所及都是松林平原。野火燒遍的土地只到山頭左側爲止。前方一塊塊黝黑的松樹林就像小島矗立在平原上。往左邊遠方望去是那條河。尼克目光注視著它，看到大太陽下的粼粼波光。

前方別無他物，只有那片松林平原，直到遠方的藍色群山標示著蘇必略湖[2]所在的高地。他幾乎看不到那些山，它們在平原升起的熱浪中顯得模糊而遙遠。如果直盯著看，那些山就消失了。若只用餘光一撇，高地上的遠山就在那兒。

尼克坐下靠著燒焦的樹樁吸起菸來。他的背包平穩立在樹樁頭上，挽帶隨時可以套上肩頭，上面還有背部壓出的凹痕。尼克坐著吸菸，遠眺這片原野。他不需要掏出地圖，從河流方位就能知道自己身在何處。

他吸菸時兩腿往前伸直，注意到一隻蚱蜢走過地面爬上他的羊毛襪。這隻蚱蜢是黑色的。他剛才沿路往山上爬時，就曾驚動許多藏身在灰燼中的蚱蜢。牠們全是黑色的。牠們不是那種大蚱蜢，黑色鞘翅起飛時會伸出黃黑或紅黑兩色的翅膀呼呼作響。這些只是普通蚱蜢，但身體都是煤煙的黑色。尼克走路時心裡還曾納悶，但沒認眞去想。不過現在，他看著黑色蚱蜢用四片口器啃咬襪子的羊毛，意

2 蘇必略湖（Lake Superior）是北美五大湖中最大的一座，被加拿大安大略省和美國明尼蘇達州、威斯康辛州與密西根州所環繞。

識到這些蚱蜢因爲生活在被火燒遍的土地上而全變成了黑色。他知道這場火一定是在去年發生，然而如今蚱蜢都成了黑色的。他心想牠們會維持這模樣多久的時間。

他小心伸手下去，從翅膀抓起蚱蜢。他把牠翻個身，所有腿都朝上，仔細看牠的環節腹部。沒錯，腹部也是黑的，透出些許虹彩，而背部與頭部則沾滿煙塵。

「繼續吧，蚱蜢，」尼克說，這是他第一次大聲講話。「飛到別處去。」

他把蚱蜢拋向空中，看牠飛過道路停到對面燒焦的樹樁上。

尼克站了起來。他往身後一傾，背靠住立在樹樁上的背包，將手臂穿過肩帶。他站在山頂崖邊，肩上扛著背包，放眼整片原野，望著遠方河流，然後離開道路改從另一邊山坡下去。踏在腳下的地面算是好走。下坡兩百碼後就不見火燒的痕跡。此後穿過一片腳踝高度的香蕨木，還有一叢叢的短葉松；很長一段起伏的原野，地勢不斷起起落落，腳下踩的是黃土地，四周又是生氣蓬勃。

尼克利用太陽引導方向。他知道自己想去河邊什麼地方，於是在這片松林平原中繼續前進，登上土坡一看前方還有其他土坡，有時在坡頂上看到左側或右側正好是大片濃密松樹林。他折了幾枝像石南的香蕨木插在背包的帶子下。它們被磨擦壓碎了，他就邊走邊聞這味道。

走過這片崎嶇又沒遮蔽的松林平原，他感到疲累而且非常燥熱。他知道隨時往左轉就可以走到河邊，距離絕不會超過一哩。不過他繼續往北走，要在一天步行的時間盡量朝上游方向走去河岸。

尼克走著走著，有段時間曾看到一大片松樹矗立在他正跨越的丘陵地上。他下了土坡，然後在慢慢爬向丘陵頂端時轉往松樹林的方向。

這片樹林底下沒有灌木叢。樹幹高聳挺立，或者相互傾靠。筆直的褐色樹幹不見旁枝，枝葉在高高的樹頂，其中有些交織在一起，朝褐色林地投射出結實的黑影。樹林周圍是光禿的褐色地面，尼克走過時踩起來很鬆軟，這是枯黃松針堆積而成，範圍延伸到樹頂枝葉以外。松樹已經長高，枝葉移往高處，曾被樹蔭覆蓋的這塊禿地就攤在陽光下。松針禿地的界線分明，邊緣以外全是香蕨木。

尼克卸下背包後躺在陰影下。他平躺身子往上看著松樹。他伸展全身，讓脖子、背部和腰椎休息一下。背躺在泥土地上很是舒服。他透過枝葉看著上方的天空，然後閉起眼睛。他再睜開眼睛往上看。枝葉頂端吹起一陣風。他又閉起眼睛，然後睡著了。

尼克醒過來時全身僵硬。太陽快下山了。他的背包沉重，舉起時被肩帶勒得很痛。他往前傾身扛起背包，撿起皮製釣竿袋，從松樹林出發，跨越香蕨木窪地朝河邊前進。他知道距離不會超過一哩。

他走下枯枝覆蓋的土坡來到一片草地，草地盡頭就是河流。尼克很高興到達河邊了。他從草地往上游走，褲子都被露水浸濕。經過白天的高溫，露水形成得又快又多。河水沒有聲音，它流得太快太平順。走到草地邊緣，正打算爬上一塊高地紮營，尼克看到下方河裡冒出鱒魚。牠們來到河面捕食日落後從對岸沼澤飛來的昆蟲。鱒魚躍出水面一口咬住牠們。尼克走在河邊狹長的草地上時，鱒魚就曾高高躍出水面。現在他看著下方的河水，那些蟲子一定是停留在河面，因為往下游而去到處都有鱒魚在捕食。他放眼整段河流，鱒魚頻頻躍起，在河面上弄出一圈圈的漣漪，彷彿雨水開始滴落。

地勢攀升，這裡是長滿樹木的黃土地，可以眺望下方草地、整段河流和沼澤。尼克放下背包和釣竿袋，尋找一處平坦地面。肚子很餓，他想在做飯前築好營地。來到兩棵短葉松之間，土地相當平坦。他從背包拿出斧頭，劈掉兩根突出的板根。這樣就整理出一個足夠睡覺的空間。他用手撥開黃土，把香蕨木連根拔起。手上沾滿香蕨木的味道聞起來很香。然後推平拔掉香蕨木後留下的土堆。他不希望毯子下面有隆起的東西。把地整平後，他攤開三條毯子。一條對折鋪到地上，另外兩條再疊到上面。

他用斧頭從一個樹樁上劈下一大塊顏色漂亮的松木，再劈成固定帳篷用的木釘。他希望這些木釘夠長，可以牢牢釘在土裡。解開帳篷攤在地上後，斜靠著短葉松的背包看來變小許多。尼克把那條作為帳篷脊樑的繩索繫在其中一棵松樹上，然後從繩索另一端把帳篷從地上拉起來，再繫到另一棵松樹上。帳篷垂吊在繩索上，就像曬衣繩掛著一塊帆布。尼克用一根預先砍好的木竿撐住帆布背脊，然後拉開兩側帆布釘上木釘，這就成了帳篷的模樣。他把帆布扯緊後將木釘用力插在地上，再用斧頭側邊把木釘深深敲進土裡，直到繩結被埋起來，帆布就繃得像鼓皮一樣緊。

尼克在帳篷開口處掛上包乾酪用的紗布，防止蚊子飛進來。他拿出背包裡的幾樣東西，從擋蚊布下爬進帳篷，在斜頂帆布下把東西放到頭躺的位置。帳篷裡，光線穿透泛黃帆布。帆布味道聞起來心曠神宜。這就有某種神秘舒適的氣氛。尼克爬進帳篷時很開心。雖然整天下來他並沒有不愉快，然而當前感覺是不一樣的。現在工作都完成了。今天要做的就是如此，現在辦到了。這趟路程很吃力，他走得很辛苦，不過還是做到了。他築好營地安頓下來，不受任何打擾。這是個紮營的好地方。他就在這兒，一個絕佳的地點。他待在自己搭建的安身之處。現在他眞的餓了。

他從擋蚊布下爬出來。外面天色相當暗，在帳篷裡覺得還比較亮。

尼克走到背包那兒，伸手到底層，從包裹鐵釘的紙袋裡取出一根長釘。他把鐵釘插在松樹上，抓穩之後用斧頭側邊輕輕敲進樹幹。他將背包掛在釘子上。補給品都在背包裡，現在吊離地面受到保護。

裡。

尼克肚子餓了。他從不相信自己會這麼餓。他打開一罐茄汁豬肉豆和一罐義大利麵，全倒進煎鍋裡。

「我願意扛著它們，理所當然能吃這些東西。」尼克說。話語聲在這漆黑樹林裡聽起來很奇怪。他沒再說話。

他從樹樁上砍下些許木塊用來升起一堆火。火堆上擺了一個鐵絲烤架，他用靴子將烤架四端支腳採進土裡。尼克將煎鍋拿到烤架上，對準火焰。他覺得更餓了。豆子和義大利麵已經加熱，尼克把它們攪和在一起。它們開始沸騰，一些小氣泡費勁浮到表面。一股香味撲鼻而來。尼克拿出一罐蕃茄醬，又切了四片麵包。小氣泡現在冒得更快。尼克坐在火堆旁拿起煎鍋。他把半鍋食物倒進鐵盤。食物在鐵盤裡慢慢流動。尼克知道很燙。他淋上一些蕃茄醬。他知道豆子和義大利麵還太燙。他凝視火焰，又看看帳篷，他可不想燙到舌頭而糟踏這鍋食物。許多年來他未曾好好享用過炸香蕉，因爲他總是沒能等到涼了再吃。他的舌頭很敏感。他非常餓了。幾乎全暗的夜空下，他看到對岸沼澤升起薄霧。他又看了看帳篷。好了。他從盤裡舀了滿滿一匙。

「天哪，」尼克說，「我的老天。」他興奮地說。

他吃完整盤之後才想起還有麵包。尼克配著麵包吃完第二盤，把盤子抹得乾乾淨淨。自從他在聖伊尼亞斯的車站餐廳用過一杯咖啡和一個火腿三明治後，就沒有吃過任何東西。這眞是非常美好的體驗。在此之前是那麼餓，當時又無法滿足食慾。如果他想要的話，原本幾個小時前就可以紮營。這條河上多的是可以露營的好地方。不過現在這地方很好。

尼克塞了兩大片松木到烤架下面。火焰熊熊燃起。他忘了提水來煮咖啡。他從背包拿出一個可折疊的帆布提袋往山下去，跨過草地到河邊。對岸籠罩在白霧中。草地既濕又冷，他跪在河岸上，把帆布提袋浸到水裡。袋子鼓脹起來，被水流猛力拉扯。河水是冰冷的。尼克讓提袋漂洗一下，然後裝滿水提回營地。離開河流往上走就不覺得那麼冷。

尼克釘上另一根長鐵釘，把裝滿水的提袋掛上去。他用咖啡壺舀了半滿的水，添加更多木片到烤架下的火堆裡，然後放上壺子。他不記得自己用哪種方法煮咖啡。他記得曾經跟霍普金斯爲這件事起爭執，但不記得自己堅持的是哪種方法。他決定要將咖啡煮沸。現在他想起，這是霍普金斯的方法。他以前會跟霍普金斯爭論每一件事。等咖啡煮沸的時候，他開了一小罐糖漬杏桃。他喜歡打開罐頭。他把那罐杏桃全倒進一個鐵杯。他看著爐火上的咖啡，一邊喝著杏桃汁糖漿，起先喝得很慢免得溢出來，然後沉思一會兒，把杏桃吸吮起來吞下去。它們比新鮮杏桃好吃。

他看著看著，咖啡煮滾了。壺蓋被頂起，咖啡和粉渣從壺邊流下來。尼克把它移開烤架。霍普金斯大獲全勝。他在吃完杏桃的空杯子裡放了糖，倒了些咖啡等它變涼。壺子太燙不好倒，他用帽子握住咖啡壺柄。他小心不讓帽子浸到壺裡。至少第一杯不會。應該從頭到尾都用霍普金斯的方法。霍普在這方面實至名歸。他煮起咖啡相當認眞。他是尼克所認得最認眞的人。不是勞碌，是認眞。那是很久以前的事了。霍普金斯講話不動嘴唇，他有玩馬球。他在德州賺了好幾百萬。當初他借了車資要去芝加哥，就在那時電報拍來說他的第一口大油井鑽到油。他原本可以電匯取款。不過那太花時間。人們把霍普的女朋友叫做金髮維納斯。霍普不在意，因爲那不是他眞正的女朋友。霍普金斯非常自信說他們誰都取笑不到他眞正的女朋友。他說得沒錯。霍普金斯在電報送來時已經離開。那是在黑河畔，電報送到他手上花了八天時間。霍普金斯把自己的點二二口徑柯爾特自動手槍送給尼克，把照相機送給比爾，要讓他們看到東西就會想起他。他們說好明年夏天要再一起去釣魚。霍普老大這下有錢了。他會買一艘遊艇，然後他們一起沿著蘇必略湖北岸巡航。他說得很興奮，不過很認眞。他們互相道別，全都感到難過。這個約定被打破了。他們自此就沒見過霍普金斯。那是很久以前在黑河畔的事。

尼克喝著咖啡，用霍普金斯方法煮出來的咖啡。味道比較苦。尼克笑了。這倒給了故事一個恰當的結局。他的思緒開始活絡。他知道自己能停掉這思緒，因爲他實在夠累了。他把壺裡咖啡倒掉，搖鬆粉渣倒進火堆裡。他點起一根菸後爬進帳篷。他脫掉鞋子和長褲，坐在毯子上，把鞋子捲在長褲裡面當枕頭，然後鑽進毯子裡。

透過帳篷前面的開口，他看著晚風吹拂下的暗淡火光。這是個寧靜的夜晚。沼澤地寂靜無聲。尼克在毯子下舒適伸展。一隻蚊子嗡嗡飛近耳邊。尼克坐起來點燃一根火柴。蚊子停在帆布上，就在他頭頂上。尼克將火柴迅速靠向牠。蚊子如他預期在火焰中燒得嘶嘶作響。火柴熄滅。尼克又躺回毯子下面。他轉身側躺，閤上眼睛。他睏了，覺得睡意來了。他在毯子下蜷起身體睡著了。

第二章

早上太陽升起，帳篷開始變熱。尼克從帳篷開口前的擋蚊布下爬出去，看著早晨的景色。爬出來時手摸到草地是潮濕的。他把長褲和鞋子抓在手上。太陽剛升上山頭，草地、河流和沼澤就在眼前。對岸青蔥沼澤地上長了些白樺樹。

早晨的河水清澈流暢。下游大約兩百碼處有三根圓木橫跨河面，前方擋出一漥平滑的深潭。尼克看的時候有一隻水貂跨過圓木跑進沼澤地。尼克很振奮。清晨河景令他興奮不已。他急得不想吃早餐，但是他知道必須要吃。他升起一小堆火，放上咖啡壺。水在壺裡加熱時，他拿了一個空瓶子下去高地邊緣的草地上。草地被露水浸濕，尼克想趁太陽曬乾草地前抓些蚱蜢當釣餌。他找到許多肥美的蚱蜢。牠們藏身在草梗底部。有些蚱蜢緊抓著草梗不放。牠們被露水沾濕，身體僵冷無法跳躍，要等陽光曬暖身子。尼克從中挑選，只抓中等尺寸褐色蚱蜢，然後裝進瓶子。他推開一根圓木，下面躲了好幾百隻蚱蜢，那是牠們的窩巢。尼克抓了大約五十隻中型褐色蚱蜢到瓶子裡。當他挑撿時，其他蚱蜢在陽光下取暖，然後開始跳躍。牠們蹦起來展翅飛舞。剛開始飛一小段，然後落地動也不動，就像死掉了一樣。

尼克知道吃完早餐的時候，牠們就會像往常一樣生龍活虎。如果草地上沒有露水，他得花上整天時間才能抓滿一瓶合用的蚱蜢，而且用帽子撲抓時免不了會壓死許多隻。他到河邊洗手。靠近河水讓他感到興奮。然後他走去上面的帳篷。草地上的蚱蜢已經在生硬地跳躍著。瓶子裡的蚱蜢被太陽曬暖了，全都蹦成一團。尼克用一根松樹枝當瓶塞，插在瓶口不讓蚱蜢跑出來就好，留下足夠縫隙流通空氣。

他把圓木推回去，這下知道每天早上可以上哪兒找到蚱蜢。

尼克把裝滿活跳跳蚱蜢的瓶子靠在松樹幹旁。他迅速用水攪和一些蕎麥麵粉揉均勻，一杯麵粉加一杯水的比例。他抓一把咖啡粉放到壺裡，又從鐵罐舀了一團油脂放進火熱的煎鍋，在鍋底滑動滋滋作響。他把麵糊平順地倒進油煙直冒的煎鍋。麵糊像熔岩一樣慢慢擴散，鍋裡熱油激烈噴濺。麵糊邊緣開始凝固，然後變焦黃，接著變鬆脆。麵糊表面在起泡，慢慢變成許多孔洞。尼克用新劈下來的松木片鏟到焦黃麵餅下面。他左右搖晃煎鍋，麵餅就從鍋底鬆脫。我可別嘗試甩鍋，他心裡想。他用那乾淨的木片在麵餅下滑動一圈，然後將麵餅翻面。鍋裡又是一陣畢剝聲響。

麵餅做好後，尼克重新抹油到煎鍋裡。他用掉所有麵糊。這又做出大小各一的麵煎餅。尼克吃掉大塊的，然後小塊的塗上蘋果醬也吃掉。第三塊也塗上蘋果醬，然後折個兩折用一張油紙包住，放進襯衫口袋。他把蘋果醬放回背包，切了幾片麵包來做兩個三明治。

他在背包找出一大顆洋蔥，對切一半，剝掉柔軟的外皮。他把其中一半切薄片做成洋蔥三明治。三明治用油紙包好，放到卡其襯衫的另一邊口袋。煎鍋倒扣在烤架上，他喝掉咖啡，帶甜味的黃褐色咖啡加了煉乳在裡面，然後把營地收拾乾淨。眞是一處小巧的營地。

尼克從釣竿袋拿出他的飛蠅釣竿，然後把釣竿袋推回帳篷裡。他裝上捲線器，把魚線穿過導環。穿線時，他得兩手輪流抓住線頭，否則魚線本身重量會讓它滑回去。這是一條粗重而兩端漸細的飛蠅線。尼克很久以前花八塊錢買來。魚線做得粗重是爲了可以在空中向後抽，然後平直用力往前甩，才能把很輕的飛蠅釣餌拋擲出去。尼克打開裝著前導線的鋁盒。盤繞的前導線夾在潮濕的法蘭絨襯墊之間。尼克在駛往聖伊尼亞斯的列車上就先到茶水間把襯墊弄濕。羊腸前導線在潮濕襯墊中已經變得柔軟，尼克解開一條，用環結把它繫在粗重的飛蠅線前端。他在前導線末端繫上一個釣鉤。這是個小釣鉤，非常纖細而有彈性。

尼克坐著把釣竿放在膝蓋上，從釣鉤匣拿出這釣鉤。他拉緊魚線，看看環結有沒有綁牢，試試釣竿的彈性。感覺起來還不錯。他有注意釣鉤不要刺到手指。

他出發前往下方的河流，手裡握著釣竿，裝蚱蜢的瓶子用皮帶在瓶頸打了個半結掛在脖子上。腰帶的鉤子掛著撈魚的抄網。肩上有個長麵粉袋，袋子四角都綁成一個吊耳。穿過吊耳的繩子斜背肩上，垂掛的布袋拍打著他的腿。

身上掛了這些裝備，尼克覺得礙手礙腳，卻像個行家般感到洋洋得意。裝滿蚱蜢的瓶子在胸前擺盪。鼓脹的襯衫口袋抵在胸口，裡面有午餐和放著假飛蠅的匣子。

他踏進河裡，打了個冷顫。他的長褲緊貼腿上，腳下踩的是碎石河床。這水冰冷得讓人直打顫。洶湧河水拉扯他的雙腿，所踏之處全都水深及膝。他在急流中走得搖搖晃晃，腳下碎石不斷滑動。他低頭看看兩腿後方形成的漩渦，然後傾斜瓶口要倒出一隻蚱蜢。

第一隻蚱蜢從瓶頸用力一蹦，跳出瓶子落到水裡。牠被尼克右腿那側漩渦吸下去，在下游不遠處冒出水面。牠踢著腿快速漂移。突然一圈漣漪衝破平滑水面，牠消失無蹤。一條鱒魚把牠吃掉。

另一隻蚱蜢從瓶口探出頭來，晃動觸鬚。牠將前腳伸出瓶子準備跳躍。尼克從頭部抓起牠，將細鉤從下顎刺進去，穿過胸部一直到腹部最後環節。蚱蜢用前腳抓住釣鉤，朝它吐出褐色汁液。尼克把牠扔進水裡。

右手握著釣竿，他依照蚱蜢在水流中的拉力放出魚線。左手將魚線抽出捲線器，讓它順流而下。他從河流低平的浪頭間看得到蚱蜢。然後不見了。

魚線傳來一股強大拉力。尼克拽住繃緊的魚線。這是他的第一次出擊。握住晃動不止的釣竿橫到水面上，他用左手收回魚線。釣竿一次次被猛力拉彎，鱒魚頂著水流急速搖擺。尼克知道這是條小魚。他把釣竿直往上空舉起。釣竿被拉得往前彎曲。

他看見水裡的鱒魚扭動牠的頭和身體，在河水中抵抗左右晃動的緊繃魚線。

尼克左手抓著魚線，把逆流掙扎的疲累鱒魚拉到水面。牠背上斑點就像碎石穿透清澈河水的顏色，魚腹在陽光下閃耀。釣竿夾在右臂下面，尼克彎腰把右手伸進水裡。他濕漉漉的手抓住扭動不已的鱒魚，從魚嘴上鬆開鉤子，然後把牠放回河裡。

鱒魚在水中游得跌跌撞撞，接著在河底一顆石頭旁安頓下來。尼克伸手去摸牠，整個前臂都浸到水裡。鱒魚在流動河水中保持穩定，停留在石頭旁的碎石河床。尼克手指觸碰到牠，在水底下感覺又滑又涼，一碰牠就跑掉了，只見黑影穿過河床消失無蹤。

牠沒事。尼克心裡想。牠只是疲累而已。

他在觸碰鱒魚前已經把手弄濕，所以不會抹掉牠身體表面嬌弱的黏膜。如果鱒魚被乾燥的手碰到，那塊地方就會被眞菌感染。許多年前，他在人滿爲患的河裡釣魚，前前後後都是飛蠅釣者，尼克一再看到死掉的鱒魚，身上覆蓋眞菌漂在石頭邊，或者魚肚朝天浮在水潭上。尼克不喜歡在河上釣魚時有人在旁邊，除非是同行的友人。他們會糟踏環境。

他在淹沒膝蓋的水流中往下游移動，走過橫在河面那堆圓木前方五十碼的的淺水灘。他沒有重新上餌，涉水時把魚鉤拿在手裡。他確信淺水灘可以釣到小鱒魚，但他不想要。一天之中的這時候，淺水灘裡沒有大魚。

現在水深已經到大腿，來得又急又冷。前面就是圓木攔阻產生的平坦水窪。這潭水表面平滑，顏色深邃；左手邊是低平的河畔草地；右手邊是沼澤。

尼克後仰頂著水流，從瓶子裡抓出一隻蚱蜢。他把蚱蜢穿到魚鉤上，朝牠吐一口唾液祈求好運。接著他從捲線器抽出幾碼魚線，將蚱蜢往前拋去急速流動的漆黑水面。蚱蜢往圓木漂去，然後魚線重量把牠拉進水底。尼克右手握住釣竿，讓魚線從手指下滑出去。

魚線被拉得老遠。尼克猛然一扯，釣竿晃動起來難以招架，彎到幾乎對折，魚線繃緊、露出水面、還是繃緊，一直有股沉重、凶險、扎實的拉力。尼克覺得如果張力愈來愈大，前導線就快斷了，於是鬆開魚線。

魚線飛快溜出去，捲線器棘齒發出尖銳聲響。太快了。尼克無法停住它，魚線疾速溜走，尖銳聲調愈來愈高。

都看得到軸心了，尼克緊張得心跳幾乎停止，身體後傾頂著直衝大腿的冰冷水流，左手用力按住捲線器。他拇指伸進捲線槽裡，實在很難操控。

當他用力按捲線器，魚線驟然繃到硬邦邦的，一條巨大鱒魚在圓木後方高高躍出河水。尼克在牠躍起時放低釣竿頭。這麼做要舒緩魚線張力，但他感覺張力已經太大，線繃得太硬了。一如所料，前導線斷了。這感覺錯不了，魚線失去所有彈性變得僵硬，然後鬆弛下來。

尼克口乾舌燥，心情低落，轉著捲線器收線。他從沒看過這麼大的鱒魚。那種無法抗衡的沉重力道，還有躍起時的龐大身軀。牠看起來就像鮭魚一樣圓胖。

尼克手在發抖。他慢慢捲回魚線。剛才實在太激動了。他隱約感到有些噁心，似乎坐下來比較好。

前導線斷在綁魚鉤的地方。尼克把線拿在手上。他想到那條鱒魚在水下某處，安穩待在碎石河床，就在圓木下遠離光線的地方，嘴上還掛著他的魚鉤。尼克知道鱒魚牙齒會咬斷鉤子上的魚線。鉤子將慢慢嵌進牠的嘴顎。他敢打賭，這鱒魚一定氣壞了。這麼大的魚一定都會發怒。何況還是條鱒魚啊。牠被結結實實鉤住，就像石頭般結實。牠在逃走前也像個石頭。天啊，牠眞是條大魚。天啊，我從沒聽說過有這麼大的魚。

尼克離開河面爬上草地站著，水從他的長褲和鞋子淌下，鞋子嘎吱嘎吱響。他走到圓木上坐下。他不想讓自己再那麼激動。

在裝滿水的鞋子裡動動腳趾，他從胸前口袋拿出一根菸。他點燃香菸，把火柴丟到圓木下快速流動的河水裡。一條小鱒魚朝著火柴浮上水面，在急流中圍著它搖擺身軀。尼克笑了。他要抽完這根菸。

他坐在圓木上抽菸，讓太陽曬乾衣服，陽光曬得背部暖呼呼，淺灘就在前方，漸漸沒入樹林，轉個彎進入林間，光線閃耀，被水沖刷的大石很光滑，雪松沿著河岸的白樺樹生長，圓木被曬熱，表面平滑好坐，沒有樹皮，摸起來很古老；失望心情慢慢平撫了。它就這樣慢慢消逝，在那陣令他肩膀痛的激烈過程剛結束時來得可就快了。現在心情還好。釣竿放在圓木上，尼克將新魚鉤綁到前導線上，用力扯緊魚線，直到縮成一個堅固的結。

他掛上魚餌，然後撿起釣竿走到圓木另一端下水，這邊河水不是太深。圓木下方和另一面是一處深水潭。尼克繞過沼澤河岸附近的淺沙州，最後來到淺河床上。

在左手邊，草地和樹林的交界處，一棵大榆樹被連根拔起。它歷經暴風雨後往樹林裡倒去，根部黏的土塊長出綠草，還在河岸掀起一堆扎實的土丘。河水切到這棵樹的邊緣。尼克站的地方可以看到水流在淺河床上沖出一些很深的水道，就像車轍一樣。他腳下都是卵石，往遠處去也都佈滿卵石和大圓石；河水流到樹根附近轉了彎，底下河床是泥灰土，深水道間長了綠色水草，葉子跟著水流搖擺。

尼克將釣竿盪到肩後再往前甩，魚線向前畫出弧線，蚱蜢落在草叢間的水道上。一條鱒魚來咬餌，尼克把牠釣中。

面朝那棵倒掉的樹，尼克將手中釣竿向前伸得老遠，在河中蹚著水倒退，他牽引那條鱒魚，全神貫注，釣竿隨時放低，離開危險的草叢到了開闊河面。緊握釣竿，頂著水流搖搖晃晃，尼克把鱒魚往回拉。那魚向外衝，但終究被拉回來，釣竿彈性會順從魚兒衝勁，有時朝水底猛扯，不過總會把牠拉回來。尼克往下游走減緩衝力。釣竿高舉在頭頂，他把鱒魚拉到魚網上方，然後提起魚網。

鱒魚沉甸甸懸在魚網裡，穿過網眼可以看到斑點魚背和銀亮側腹。尼克取下魚鉤；肥厚的側腹，很好抓住，突出的下顎很大；他把這喘息的大魚滑進長麵粉袋，肩上垂掛的布袋就浸在水裡。

尼克把袋口朝著水流撐開，讓裡面灌滿大量的水。他抓起袋口，底部還浸在河裡，水從旁邊溢流出來。袋子底下是那條大鱒魚，待在水裡活跳跳的。

尼克往下游移動。掛在身體前面的沉重布袋浸在水下，拉扯他的肩膀。

天氣愈來愈熱，熾熱陽光直曬他的後頸。

尼克釣到一條漂亮的鱒魚。他不在乎是否釣到很多鱒魚。現在河水變得又淺又寬，兩岸都是樹林。上午時分的太陽下，左岸樹林在河面投出短短的陰影。尼克知道每塊陰影下都有鱒魚。到了下午，當太陽越過頭頂移到山坡那邊時，鱒魚會到河水對面的清涼陰影下。

最大的魚會待在靠近河岸的地方。你在黑河一定能釣到大魚。太陽下山後，牠們就全移到外面的急流中。日落前的太陽使河水反射出耀眼光線，這時在急流中任何地方都可輕易釣到大魚。但幾乎不可能在那時候釣魚，河水就像陽光下的一面鏡子那樣刺眼。當然，你可以往上游下竿，但是在黑河那樣的溪流裡，或者在這條河上，你得頂著急流涉水前進，遇到水深的地方，河水會直朝你身上湧起。在這種急流中逆流垂釣一點都不有趣。

尼克走過這一長片淺水灘，朝河岸方向尋找深水潭。一棵山毛櫸就長在河邊，枝葉垂落到水中。河水在葉子下方產生回流，這種地方總會有鱒魚。

尼克不想在那個水潭下竿。他確信會被樹枝纏到。然而，水潭看起來很深。他丟下蚱蜢，讓水流將牠捲進水裡，回流到低垂的枝葉下方。魚線被用力拉扯，尼克發動攻勢。鱒魚猛烈擺動，在枝葉間露出半個身子。魚線被鉤住。尼克用力拉，鱒魚脫了鉤。他收回魚線，把魚鉤抓在手中朝下游走去。

前方靠近左岸有一根大圓木。尼克看到它是空心的；圓木指著上游方向，河水流暢地貫穿而過，只在圓木兩端產生些微漣漪。河水變深了。空心圓木的上面蒼白而乾燥，有部分被陰影遮住。

尼克拔開塞住瓶子的樹枝，一隻蚱蜢緊抓在上面。他摘下蚱蜢，掛上魚鉤後把牠拋出去。他把釣竿伸得老遠，讓漂浮的蚱蜢隨著水流進入空心圓木。尼克放低釣竿，蚱蜢漂進去了。接著魚餌被狠狠咬住。尼克擺動釣竿對抗那股拉力。他覺得像是鉤住圓木一樣，只是多了蹦跳的手感。

他嘗試把魚拉出圓木進到河流。牠出來了，猛力掙扎。

魚線鬆弛下來，尼克以爲鱒魚跑掉了。接著他看到牠，非常接近，就在水流中，搖晃腦袋，試圖甩掉魚鉤。魚嘴像夾鉗般緊閉著。牠在清澈急流裡正想掙脫魚鉤。

左手將魚線一圈圈繞起來往回收，尼克擺動釣竿使魚線繃緊，嘗圖將鱒魚引向魚網，不過被牠溜開不見蹤影，魚線頻頻晃動。尼克頂著水流跟牠搏鬥，讓牠隨著釣竿彈性在水中來回拉扯，他把釣竿換到左手，往上游方向牽引鱒魚，撐起牠的重量，努力穩住釣竿，然後讓牠落進魚網裡。他把魚從水中提起，沉重身軀在魚網中蜷成半圓，不斷滴著水，他鬆開魚鉤後將牠滑進袋子。

他撐開袋口往下看，兩條活跳跳的魚在水裡面。

通過愈來愈深的河道，尼克蹚著水走去空心圓木那兒。他把布袋舉過頭從身上卸下，鱒魚離開了水而劈啪拍打，他找地方掛著布袋好讓鱒魚泡進水中。接著，他撐起身子爬上圓木坐下，水從他的長褲和鞋子往下淌進河裡。他放下釣竿，移到圓木有陰影的那端，從口袋拿出三明治。他拿三明治沾一下冰冷河水，麵包屑跟著水流漂走。他吃著三明治，用帽子舀起滿滿的水來喝，水在他嘴邊從帽子裡溢流出來。

坐在圓木上的陰影下很是涼快。他拿出一根菸，要劃火柴來點菸。火柴插進蒼白的木頭表面，劃出一道小溝痕。尼克探身到圓木另一側，找了塊硬的地方劃著火柴。他坐著抽菸，一邊看著河流。

前方河道縮減，流進一處沼澤。河水變得又平又深，沼澤看去全是茂密的雪松樹，它們樹幹緊緊相鄰，枝葉交錯。這種沼澤不可能走得過去。樹枝長得太低了，你幾乎得一直貼著地面走。你闖不過這些樹枝。尼克想：一定是這個原因，沼澤動物才生來都是那副模樣。

他真希望自己有帶書來看。他想讀些東西。他不想繼續走進沼澤。他往下游望去。有棵傾斜的雪松橫跨整個河面，河水在那後面注入沼澤。

尼克不想現在就走進沼澤地。河水漲到腋下位置，釣到大魚也不可能撈得起來，這讓他打了退堂鼓。沼澤裡的河岸光禿禿的，巨大雪松覆蓋頭頂，陽光無法穿透，只有少許光斑；河水深又急，光線也昏暗，在這樣環境下釣魚很悲慘。進沼澤地釣魚是一種悲慘的冒險。尼克不想這麼做。他今天不想再往下游走。

他拿出折刀，打開刀刃插到圓木上。接著他提起布袋，手伸進去拿出一條鱒魚。魚兒活跳跳，很難抓在手裡，他抓住尾巴附近朝圓木用力敲。鱒魚顫抖一下，不再扭動。尼克將牠放在圓木陰影下，又用相同手法擊斷另一條魚的頸椎。他把魚並排擺在圓木上。兩條漂亮的鱒魚。

尼克清理牠們，從尾巴一刀劃到下顎。魚的內臟、魚腮和舌頭一股腦都掏出來。兩條都是公魚；長條狀的灰白生殖腺，光滑潔淨。所有內臟被乾淨俐落地整個清出來。尼克把內臟拋上岸，讓水貂來覓食。

他把鱒魚拿去河中清洗。抓著牠們背脊朝上放進水裡，看來就像活生生的魚。牠們身上的色澤還沒消退。他洗一洗手，魚放到圓木上晾乾。然後他把魚拿到攤開的布袋上面，用布把魚捲起來，紮成一綑放進抄網。他的刀子還立著，刀刃插在圓木上。他拿起刀在木頭上抹一抹乾淨，然後收進口袋

尼克在圓木上站起來，拿好釣竿，沉甸甸的抄網掛身上，然後踏進水裡，嘩啦嘩啦地走向岸邊。他爬上河岸切入樹林，直朝高地走去。他要回營地去了。轉頭看看，河流在樹林間若隱若現。未來還有好多日子可以去沼澤釣魚。

無疾而終

以前霍頓灣鎮是採伐木材的小鎮。住在鎮上的人都聽得見湖畔工廠裡大圓鋸的聲音。後來有一年木材都被砍伐殆盡。運送木材的雙桅縱帆船駛進湖灣，將堆放在工廠空地鋸好的木材裝載上船。所有成堆的木材都被運走。碩大廠房裡能拆的機器都被搬出去，由那些鋸木廠的工人抬到一艘帆船上。這艘帆船駛出湖灣航向開闊的湖面，載走兩片大圓鋸，還有把圓木推向旋轉圓鋸的移動臺，以及所有的滾軸、轉輪、皮帶和鋼鐵機具，它們全都堆在滿載的木材上。開放的貨艙用帆布蓋住繫緊，船帆鼓滿風，駛進開闊的湖面，它帶走了讓工廠之所以成爲一座工廠，霍頓灣鎮之所以成爲一座小鎮的所有東西。

那些平房宿舍、餐廳、員工福利社、辦公室，還有碩大的廠房本身都被棄置在湖畔，杵在大片木屑覆蓋的泥濘草地上。

十年過去，當尼克和瑪喬麗划船經過岸邊，工廠早已不見蹤影，潮濕的再生綠地上只露出破碎的白灰石地基。他們沿著水道邊緣拖餌釣魚，這裡的水底陡降，從淺沙灘變成十二呎的深水。他們划向湖岬去安置夜釣虹鱒魚用的魚線。

「那是我們鎮上的舊廢墟，尼克。」瑪喬麗說。

尼克划著船，一邊看著綠樹間的白灰石。

「看到了。」他說。

「你還記得這裡是一座工廠的景象嗎？」瑪喬麗問。

「我依稀記得。」尼克說。

「它看起來更像一是座城堡。」瑪喬麗說。

尼克沒出聲。他們沿水岸繼續划到看不見工廠遺址。然後尼克切過湖灣。

「牠們沒咬餌。」他說。

「對啊。」瑪喬麗說。她始終專注在釣竿，即使說話時也一樣。她熱愛釣魚。她喜歡跟尼克一起釣魚。

一條大鱒魚就在船旁邊跳出水面。尼克用力划動一邊船槳把船調頭，好讓遠在後方拖動的魚餌經過鱒魚覓食的地點。當鱒魚的背脊露出水面，小魚跳得可狂野了。牠們紛紛撒落水面，就像一顆散彈射進水裡。另一條鱒魚冒出水，在船的另一側覓食。

「牠們在吃小魚。」瑪喬麗說。

「但牠們不會上鉤。」尼克說。

他划船繞個圈，拖著魚線通過這兩條覓食的魚，然後往湖岬划去。瑪喬麗直到船靠了岸才收魚線。

他們把船拖上岸，尼克抬出一桶活鱸魚。鱸魚在水桶裡游。尼克用手抓出三條，切頭去皮，這時瑪喬麗兩手還在桶裡撈，終於抓起一條，切頭去皮。尼克看她手裡的魚。

「你不必去掉腹鰭，」他說。「它是可以當魚餌，不過最好留在上面。」

他把每條去皮的鱸魚用魚鉤穿過尾巴。每根釣竿前導線繫上兩個魚鉤。接著瑪喬麗將船划過水道，魚線咬在齒間，眼睛看著尼克，他在岸邊手握釣竿，讓魚線跑出捲線器。

「差不多可以了。」他喊。

「要我放掉魚線嗎？」瑪喬麗喊回來，魚線抓在手中。

「當然，放掉吧。」瑪喬麗將魚線拋出船外，看魚餌往水中沉下去。

她划船回來，用相同方式佈好第二條魚線。每次佈好魚線，尼克就拿一塊厚重的漂浮木結結實實壓住釣竿握把讓它穩固，再用小塊木頭撐起一個角度。魚餌沉到水道下的沙石床，他收回多餘的線，這麼一來魚線繃緊了，再扣上棘輪。當鱒魚在水底覓食，咬住魚餌拉著它跑，魚線很快被抽出捲線器，棘輪就會發出聲響。

瑪喬麗往湖岬划過去一小段才不會纏到魚線。她用力划槳把船衝上沙灘，掀起幾波小浪頭。瑪喬麗走出來，尼克將船拖到沙灘高處。

「怎麼了，尼克？」瑪喬麗問。

「我不知道。」尼克說，一邊撿著生火用的本柴。

他們用漂流木生起一堆火。瑪喬麗從船上拿來一條毯子。晚風把霧氣吹向湖岬，瑪喬麗將毯子鋪在火堆和湖水間。

瑪喬麗背對著火，坐在毯子上等尼克。他過來坐到她身邊。他們後方是湖岬上茂密的再生林，前方是湖灣和霍頓溪口。天色還沒全黑。火光照向湖面。他們都看得到那兩根金屬釣竿，傾斜伸在黝黑的水面上。火光映在捲線器上閃閃發亮。

瑪喬麗打開野餐籃。

「我不想吃東西。」尼克說。

「快吃吧，尼克。」

「好吧。」

他們不發一語吃著東西，眼睛望著兩根釣竿和水上火光。

「今天晚上會有月亮。」尼克說。他看到湖灣對岸的山丘在天空襯托下變得輪廓鮮明。他知道山丘後面的月亮即將升起。

「我知道。」瑪喬麗愉快地說。

「你什麼都知道。」尼克說。

「喔，尼克，別講了！求求你，拜託別這樣！」

「我不得不講。」尼克說。「你的確如此。你什麼都知道。問題出在這兒。你自認什麼都知道。」

瑪喬麗默不吭聲。

「我教過你所有的事。你自認什麼都知道。還有什麼你不知道的？」

「喔，閉嘴。」瑪喬麗說。「月亮出來了。」

他們坐在毯子上，兩人互不觸碰，看著月亮升起。

「你不必說傻話。」瑪喬麗說。「到底怎麼回事？」

「我不知道。」

「你當然知道。」

「不，我不知道。」

「別停，說出來。」

尼克若有所思看著月亮升上山頭。

「興致沒了。」

他不敢看著瑪喬麗。一會兒之後才看她。瑪喬麗背對著他坐在那兒。他看著她的背影。「興致沒了。完全沒有了。」

她沉默不語。他繼續說下去。「我覺得心裡感覺好像都消失了。我不知道。瑪姬。我不知道要說些什麼。」

他看著她的背影。

「對愛情的興致沒了？」瑪喬麗說。

「沒了。」尼克說。瑪喬麗站起來。尼克坐在那兒，頭埋在手裡。

「我把船划走。」瑪喬麗對他喊說。「你可以繞過湖岬走回去。」

「好吧。」尼克說。「我幫你把船推下水。」

「你別忙了。」她說。月光下，她坐進漂浮水上的船裡面。尼克回去趴在火堆旁的毯子上。他聽到瑪喬麗在水面划船的聲音。

他趴在那兒好一陣子。這時他聽到比爾繞道經過樹林走進空地。他感覺比爾來到火堆旁。比爾也沒碰他。

「她走了嗎？」比爾問。

「喔，走了。」尼克說，同時還趴在毯子上。

「有爭吵嗎？」

「沒有，沒有任何爭吵。」

「你感覺如何？」

「唉，走開，比爾！離開一會吧。」比爾從野餐籃挑了一個三明治就走去顧釣竿。

三天大風

雨停了，尼克轉進穿過果園的上坡路。水果已經收成，秋風掃遍光禿的果樹。尼克停下腳步，從路邊撿起一顆華格納蘋果，透亮的蘋果躺在雨後枯黃草地上。他把蘋果放進厚呢外套口袋。

那條路出了果園爬上山頂。山頂有一間農舍，門廊前空蕩蕩，煙囪冒著煙。屋子後面是車庫和雞舍，還有一排像籬笆的再生樹緊貼後方樹林。他看大樹被風吹得歪向一邊。這是第一波強勁秋風。

尼克走過果園上方的那塊空地，這時屋子的門打開，比爾出來了。他站在門廊往外張望。

「喲，威梅奇[3]。」他說。

「嗨，比爾。」尼克說著走上階梯。

他們站在一起往田野看去，下面是果園，道路另一邊越過低窪平地是湖岬上的樹林。大風直往下方湖面吹，他們看得到十哩岬的沿岸浪花。

「起風了。」尼克說。

「這樣的風要刮三天。」比爾說。

「你爸在家嗎？」尼克問。

3威梅奇（Wemedge），尼克的外號。海明威常在自己的作品中添加自傳式的材料。威梅奇實際上也是海明威給自己取的外號。

「不在。他帶著獵槍出去。快進來。」

尼克走進屋裡。壁爐的火燒得正旺。風吹得火呼呼作響。比爾關上門。

「喝杯酒？」比爾說。

他走去廚房拿了兩個玻璃杯和一大壺水回來。尼克伸手到壁爐上方架子拿了瓶威士忌。

「可以嗎？」他說。

「好啊。」比爾說。

他們坐在壁爐前喝起加水的愛爾蘭威士忌

「它有一種強烈的煙燻味。」尼克說，他透過杯子盯著火焰。

「那是泥炭味。」比爾說。

「泥炭不能加進酒裡。」尼克說。

「那無關緊要。」比爾說。

「你看過泥炭嗎？」尼克問。

「沒有。」比爾說。

「我也沒看過。」尼克說。

他的鞋子伸在壁爐前，被火烤得開始冒蒸氣。

「你最好脫掉鞋子。」比爾說。

「我沒穿襪子。」

「把鞋子脫掉烘乾，我拿襪子給你。」比爾說。他上去閣樓，尼克聽到他在頭頂上走動。開放的閣樓就在屋頂下，比爾和他父親還有尼克有時就睡在那兒。後方是一間更衣室。他們把床鋪往後挪到雨淋不到的地方，上面蓋了橡膠墊。

比爾拿了一雙厚毛襪下來。

「現在太晚了，不要沒穿襪子四處走動。」他說。

「我討厭穿了又要脫。」尼克說。他拉好襪子，倒回椅子裡，把腳靠在爐火前的屏風上。

「你別壓壞屏風。」比爾說。尼克把腳擺到壁爐邊。

「有什麼東西可讀的？」他問。

「只有報紙。」

「紅雀隊打得怎樣？」

「一日兩戰都輸給巨人隊。」

「他們應該是贏得輕鬆。」

「小事一樁。」比爾說。「只要麥格羅[1]能買通聯盟裡每個好球員，贏球是輕而易舉的事。」

「他不能收買全部的人。」尼克說。

「他收買所有用得著的人。」比爾說。「否則就搞得他們滿心不悅，這麼一來他們必須跟他交易。」

---

1 約翰・麥格羅（John McGraw, 1873-1934），美國職棒球員，退役後擔任紐約巨人隊總教練長達三十年時間，日後獲選進入美國棒球名人堂。

「就像漢寧・齊默曼[2]。」尼克附和說。
「那個笨蛋對他用處可大了。」
比爾站起來。
「他的打擊好。」尼克提到。爐火熱氣正烘烤他的腿。
「他也是個稱職的野手。」比爾說。「但是他輸過比賽。」
「也許麥格羅要他那麼做。」尼克猜說。
「也許。」比爾有同感。
「事情往往比我們知道的還複雜。」尼克說。
「當然。不過我們距離那麼遠，還能知道不少內幕消息。」
「就像沒看賽馬也能挑出幾匹好馬。」
「就是這意思。」
比爾伸手去拿威士忌酒瓶。他的大手整個握住瓶子，把威士忌倒進尼克手上的杯子。
「加多少水？」
「一半一半。」
他坐到尼克那張椅子旁邊的地上。

2 漢寧・齊默曼（Heinie Zimmerman, 1887-1969）原為紐約巨人隊強打者，被總教練麥格羅指稱有操控比賽之嫌，因而斷送職棒生涯。

「秋風刮起還挺不錯的，不是嗎？」尼克說。

「是很棒。」

「這是一年當中最好的時候。」尼克說。

「這時到鎮上可有罪受了？」比爾說。

「我倒想去看職棒世界大賽。」尼克說。

「不過，現在都到紐約或費城舉行，」比爾說。「對我們一點好處都沒有。」

「我在想紅雀隊到底能不能贏一次總冠軍？」

「我們有生之年看不到。」比爾說。

「哇，他們會瘋掉。」尼克說。

「你還記得他們那次碰上火車出軌[3]？」

「好樣的！」尼克說，他想起來了。

比爾伸手去拿那本封面朝下放在窗前桌上的書，剛才他到門口時擱在那裡。他一手拿玻璃杯，另一手拿著書，靠回尼克椅子邊。

「你在看什麼？」

「《理查·費弗爾》[4]。」

---

3 一九一一年七月十一日凌晨，紅雀隊球員從費城前往波士頓出賽所搭乘的夜車發生嚴重出軌意外，僅有最後兩節的球隊臥車幸運留在軌道上。

4《理查·費弗爾的試驗》（*The Ordeal of Richard Feverel*）是英國作家喬治·梅瑞狄斯（George Meredith, 1828-1909）於一八五九年出版的長篇小說，故事描述費弗爾爵士自創教養計畫來教育自己兒子理查，諷

「這書我看不下去。」

「還好吧，」比爾說。「這不是爛書，威梅奇。」

「你還有什麼我沒讀過的書。」尼克說。

「你讀過《森林戀人》[5]？」

「有啊。就是那本書裡寫他們每天晚上睡覺時，兩人中間擺了一把出鞘的劍。」

「那是一本好書，威梅奇。」

「很棒的書。我一直搞不懂那把劍有什麼作用。它的刀鋒非得隨時朝上不可，如果平放的話就可以在上面滾來滾去，也不會造成任何困擾。」

「這是一種象徵。」比爾說。

「的確，」尼克說，「但不實際。」

「你讀過《堅忍剛毅》[6]？」

「還不錯，」尼克說。「是本很眞實的書。故事中父親一直在尋找兒子。你還有沃爾波的書嗎？」

「《黑暗森林》，」比爾說。「關於俄國的故事。」

刺系統化教育無法箝制人類情感。

5 《森林戀人》（*Forest Lovers*）是英國歷史小說家莫里斯・休利特（Maurice Hewlett, 1861-1923）於1989年出版的歷史小說。

6 《堅忍剛毅》（*Fortitude*）是英國小說家休・沃爾波（Hugh Walpole, 1884-1941）於一九一三年出版的小說，另於一九一六年出版《黑暗森林》（*The Dark Forest*）。

「他對俄國知道些什麼？」尼克問。

「我不清楚。你永遠搞不懂那些傢伙。也許他小時候待過那裡。他有不少關於俄國的消息。」

「我想見見他。」尼克說。

「我倒想見見卻斯特頓[7]。」比爾說。

「我希望他現在就在這兒。」尼克說。「我們明天可以帶他去沙勒沃伊釣魚。」

「我懷疑他會想去釣魚。」比爾說。

「當然會，」尼克說。「想必他是那裡最厲害的傢伙。你還記得《飛翔旅店》吧？」

「天使下凡在塵界，
賜你一杯美味羹，
蒙受恩寵先感謝；
轉身倒入污水坑。」

「對啊，」尼克說。「我猜他這傢伙比沃爾波還厲害。」

「喔，他是比較厲害，沒錯。」比爾說。

「但是沃爾波的寫作比較強。」

7卻斯特頓（G. K. Chesterton, 1874-1936），英國小說家，擅常推理小說，一九一四年出版了小說《飛翔旅店》（*The Flying Inn*）。《布朗神父探案系列》為其最知名的作品。。

「我不知道，」尼克說。「卻斯特頓是個大文豪。」

「沃爾波也是。」比爾堅持。

「我希望他們兩人都在這兒。」尼克說。「我們明天就可以帶他們倆去沙勒沃伊釣魚。」

「讓我們喝個痛快吧。」比爾說。

「好啊。」尼克同意。

「我老爸不會介意。」比爾說。

「你確定嗎？」尼克說。

「我心裡有數。」比爾說。

「我現在有一點醉了。」尼克說。

「你還沒醉。」比爾說。

他從地上站起來去拿威士忌酒瓶。尼克伸出手上的杯子。比爾倒酒的時候，他的眼睛瞪著杯子。

比爾倒了半杯威士忌。

「自己加水。」他說。「只剩下一杯的量了。」

「還有酒嗎？」尼克問。

「還有很多，不過老爸只願意讓我喝已經開瓶的酒。」

「當然。」尼克說。

「他說開新酒會讓人變成酒鬼。」比爾解釋。

「沒錯。」尼克說。他銘記在心裡。他以前從沒想到這點。他總認爲獨自飲酒才會變成酒鬼。

「你爸好嗎?」他禮貌地問。

「他還好。」比爾說。「有時候有些任性。」

「他是個好人。」尼克說。他從水壺倒水到杯子裡。水跟威士忌慢慢混在一起。威士忌的比例多過於水。

「那還用說。」比爾說。

「我老爸也不錯。」尼克說。

「對極了。」比爾說。

「他說自己一生從沒喝酒。」尼克說得就像發表一項科學事實。

「哎喲,他是個醫生。我老爸是個畫家。不一樣的。」

「他錯過許多好事。」尼克遺憾地說。

「這也難講。」比爾說。「凡事有失必有得。」

「是他自己說錯過了許多好事。」尼克明講。

「這個嘛,我爸有過一段苦日子。」比爾說。

「半斤八兩。」尼克說。

他們坐著凝視爐火,思索這深刻的眞相。

「我去後門廊拿塊木柴。」尼克說。他瞪著爐火時注意到火快熄滅了。同時他想證明自己的酒量,而且腦袋還算清醒。雖然他父親滴酒不沾,但在比爾自己喝醉前別想先灌醉他。

「拿大塊的山毛櫸木。」比爾說。他也刻意表現自己腦袋還管用。

尼克拿了木塊進來，走過廚房時碰翻了桌上的平底鍋。他放下木塊，撿起鍋子。鍋裡有浸在水中的杏桃乾。他仔細撿起地上所有的杏桃乾，有些還滾到爐子下面，然後把它們放回鍋裡。他從桌旁水桶再舀些水加進去。他覺得沾沾自喜。自己腦袋果然管用。

他搬著木塊進來，比爾起身離開椅子，幫他把木塊放進爐火中。

「很好的木塊。」尼克說。

「我留著用來應付壞天氣，」比爾說。「像這樣的木塊可以燒整個晚上。」

「早上燒剩的木炭還可以升火。」尼克說。

「沒錯。」比爾同意。他們的談話層次可高了。

「我們再喝一杯。」尼克說。

「我想櫃子裡還有一瓶開過的酒。」比爾說。

他跪到牆角的櫃子前面，拿出一個方瓶子。

「這是蘇格蘭威士忌。」他說。

「我再拿些水來。」尼克說。他又走進廚房。他用勺子從水桶舀冷泉水裝滿水壺。回去客廳的路上經過餐廳的一面鏡子，他往裡面瞧。自己的臉看來很陌生。他對鏡中的臉笑，那張臉也咧嘴回敬。他對它眨眨眼後繼續走。那不是他的臉，但長得一模一樣。

比爾倒了酒。

「眞是很大一杯。」尼克說。

「對我們是小意思，威梅奇。」比爾說。

「我們要敬什麼？」尼克問，同時舉起玻璃杯。

「我們敬釣魚好了。」比爾說。

「好吧，」尼克說。「各位先生，我敬釣魚。」

「就是要釣魚，」比爾說。「無論何處。」

「釣魚。」尼克說。「我們爲此舉杯祝賀。」

「它比棒球好。」比爾說。

「根本沒得比。」尼克說。「我們怎麼講到棒球了？」

「這是誤會。」比爾說。「棒球是給鄉巴佬玩的。」

他們喝光杯子裡的酒。

「現在我們敬卻斯特頓。」

「還有沃爾波，」尼克插話。

尼克爲兩人倒酒。比爾幫忙加水。他們彼此互望，覺得心情很好。

「各位先生，」比爾說，「我敬卻斯特頓和沃爾波。」

「正是如此，各位先生，」尼克說。

他們一口飲盡。比爾加滿杯子。他們坐到爐火前的大椅子上。

「你很聰明，威梅奇。」比爾說。

「什麼意思？」尼克問。

「甩掉瑪姬的那件事。」比爾說。

「大概是吧。」尼克說。

「這是唯一能做的事。如果你沒分手，現在就得回家工作，想辦法賺夠了錢結婚。」

尼克沒說話。

「男人一旦結婚就徹底毀了，」比爾說下去。「他不再擁有任何東西。一無所有。啥都沒有了。他完蛋了。你看那些結婚的傢伙就知道。」

尼克沒說話。

「你一看就認得出他們，」比爾說。「就是那種結了婚的蠢相。他們完蛋了。」

「的確。」尼克說。

「也許分手的感覺不好。」比爾說。「不過你總會愛上別人，然後就沒事了。你可以愛上她們，但別讓她們毀了你。」

「是啊。」尼克說。

「如果你娶她，就等於娶了她整個家庭。別忘了她母親和她嫁的那傢伙。」

尼克點點頭。

「想想看，他們隨時都繞著你家轉，週日要去他們家吃飯，還要請他們過來吃飯，然後她一直告訴瑪姬該做什麼，要怎麼做。」

尼克靜靜地坐著。

「你抽身抽得好啊，」比爾說。「現在她能嫁給一個跟自己同類型的人，安頓下來，快樂過日子。你不能把油和水湊在一起，也不能硬是湊合那種事，就像要我娶為斯特拉頓工作的艾達。她大概也想結婚。」

尼克沉默不語。酒意完全消退，徒留孤拎拎的他。無視眼前的比爾。忘了自己坐在爐火前，或者明天要跟比爾和他父親去釣魚之類的。管他有沒有喝醉。這些都不重要。他只知道自己曾經擁有瑪喬麗，現在已經失去她。她走了，是他打發走的。這才至關重要。他可能再也見不到她。大概永遠沒機會了。一切都過去了，結束了。

「我們再喝一杯。」尼克說。

比爾倒酒。尼克加些水進去。

「如果你走了那條路，我們現在就不會在這兒。」比爾說。

那倒是真的。他原本的計畫是回家找一份工作。然後他打算整個冬天要待在沙勒沃伊，這樣就能接近瑪姬。現在他不知道自己要做什麼。

「或許我們明天連魚都釣不成。」比爾說。「你這帖藥是下對了，好吧。」

「我無能爲力。」尼克說。

「我知道。事情都是這樣子。」比爾說。

「突然之間，一切都結束了。」尼克說。「我不知道爲什麼會這樣。我無能爲力。就像現在刮起三天大風，把樹上葉子一掃而空。」

「哎喲，都結束了。這是重點。」比爾說。

「是我的錯。」尼克說。

「不管是誰的錯都沒關係。」比爾說。

「不，我認爲不是這樣。」尼克說。

瑪喬麗走了，而且他可能再也見不到她，這關係可大了。他曾跟她談到兩人一起去義大利會多麼開心。談到要一起去的地方。現在都過去了。他的心失落了一角。

「只要事情了結，這就勝過一切。」比爾說。「我告訴你，威梅奇，我還很擔心事情拖下去。你做得對極了。我聽說她母親很惱火。她跟很多人講你們訂婚了。」

「我們沒有訂婚。」尼克說。

「到處傳說你們有。」

「這也沒辦法，」尼克說。「我們沒有。」

「你不是打算結婚嗎？」比爾問。

「沒錯。但是我們沒有訂婚。」尼克說。

「有什麼差別？」比爾審問。

「我不清楚。就是有差別。」

「我看不出來。」比爾說。

「好了，」尼克說。「讓我們喝到茫。」

「也好，」比爾說。「讓我們喝到爛醉。」

「讓我們喝到茫，然後去游泳。」尼克說。

他喝光杯子裡的酒。

「我對她感到非常抱歉，但又有什麼辦法呢？」他說。「你知道她母親那副德性！」

「她挺嚇人的。」比爾說。

「突然之間就結束了，」尼克說。「我不該談起這件事。」

「你沒有。」比爾說。「是我起的頭，現在不談了。我們別再講這件事。你不該去想它，否則可能又要走上回頭路。」

尼克沒想到那方面。事情似乎已成定局。那倒是個想法，讓他覺得比較好過。

「也對，」他說。「總是有那種危險。」

他現在心情好了。沒什麼不可挽回的事。他可以在週六夜晚到鎮上去。今天是星期四。

「機會一定還有。」他說。

「你自己要留意。」比爾說。

「我會照顧自己。」他說。

他感到高興。什麼都沒結束。什麼都沒失去過。星期六他要到鎮上去。他覺得輕鬆多了，就像比爾開始談這件事以前的那種感覺。總會有條出路。

「我們帶獵槍到下面湖岬去找你爸。」尼克說。

「好啊。」

比爾把壁架上的兩把獵槍拿下來。他打開一盒子彈。尼克穿上他的厚呢外套和鞋子。鞋子烘乾硬梆梆的。他還頗有醉意，不過腦袋是清醒的。

「你感覺怎樣？」尼克問。

「很棒。我剛好有些醉意。」比爾正扣上毛衣的鈕扣。

「喝醉也沒好處。」

「是沒好處。我們應該到戶外。」

他們走到門外。風正吹得強勁。

「鳥禽遇上這種天氣會躲在草裡面。」尼克說。

他們朝著下方的果園走去。

「今天早上我看到一隻山鷸。」比爾說。

「也許我們會把牠趕飛起來。」尼克說。

「這麼大的風沒辦法射中。」比爾說。

現在到了外面，瑪姬那件事不再那麼悲傷。甚至不怎麼重要。大風把那種事都吹走了。

「風從大湖那邊直接吹過來。」尼克說。

他們頂著風聽到碰的一聲槍響。

「那是我爸，」比爾說。「他在下面的沼澤地。」

「我們走那條路抄捷徑。」尼克說。

「我們穿過那片矮草地，看會不會趕飛出什麼東西。」比爾說。

「好啊。」尼克說。

現在瑪姬的事一點也不重要。大風從他腦袋把它吹走了。他依舊可以經常在週六夜晚到鎮上去。有備無患總是好事。

夏日的人們

走在霍頓灣鎮通往湖邊的碎石路上，途中有一處湧泉。水來自道路下的磚瓦溝，從溝邊的裂縫汩汩湧出，漫過濃密的薄荷矮叢流進沼澤，尼克在黑暗中把手臂伸進泉水，但冰冷得讓人受不了。他感覺到泉底出水口噴出的細沙如羽毛般滑過指間。尼克心想：希望我能全身浸在這水裡，一定舒服多了。他收回手臂坐到路邊，眞是炎熱的夜晚。

沿路過去穿透樹林，他看見比恩家的白色房子矗立在湖邊木樁上。他不想去下面碼頭。所有人都到那邊游泳。他不喜歡奧德加在凱特身旁。他看見那輛汽車停在倉庫旁的路上。奧德加與和凱特在那下面。奧德加每次盯著凱特的眼神就像一條死魚似的。難道奧德加一點兒都不知道嗎？凱特絕不會嫁給他。凱特絕不會嫁給那些讓她提不起勁的人。如果他們企圖向她示好，只會讓她覺得噁心，然後冷漠走開。奧德加原本可以讓她提起興致，而不是心生厭惡掉頭就走，她會慢慢敞開心扉，舒解，鬆懈，輕易被佔有。奧德加以爲這是愛意使然。他的眼睛瞪得老大，眼角通紅。她眞受不了，要他不許碰她。都因爲他的那對眼睛。後來奧德加希望他們像從前一樣還是朋友。在沙灘上嬉戲，堆堆泥偶，兩人划船遊玩整天。凱特都穿著泳裝。奧德加就盯著她看。

奧德加三十二歲，爲了精索靜脈曲張動過兩次手術。他長相怪異，每個人都喜歡朝他的臉多看幾眼。奧德加未曾明白箇中道理，對他來說這代表了任何意義。每到夏天這情況就變得更嚴重。其實奧德加爲人相當不錯。他一向是對尼克最好的人。如果尼克現在想要的話大可横刀奪愛。尼克心想：萬一奧德加知道了或許會自殺。想不透他會怎麼自殺。無法想像奧德加會死掉。也許他不會這麼做。然而人們會這麼做。不只是為了愛情。奧德加只想到為愛自殺。奧德加到底夠不夠愛她，只有天曉得，這檔事說穿了就是動了念頭，對那肉體動了念頭，經過一番前戲，甜言蜜語，稍加嘗試，千萬別嚇到對方，別預設她的想法，只顧行動不要發問，溫柔地動那念頭，讓她也動了心而感到愉悅，開點兒玩笑舒解不安情緒。接下來的就順里成章，這不是愛情。愛情讓人害怕。他，尼古拉斯·亞當斯，之所以能予取予求是因為他有某種才能。也許這才能不會持久。也許有一天他會失去它。他希望能分給奧德加，或者說給奧德加聽。你不能隨便跟一個人談任何事。尤其是奧德加。不，不只是奧德加。對任何人都一樣，不管在什麼地方。這一直是他的大毛病，話太多了。他透露太多自己的事。不過，對那些普林斯頓、耶魯和哈佛的處男總該幫得上忙。為什麼州立大學都沒有處男？也許是因為男女同校。他們遇到的女孩就是想結婚，那些女孩對他們一路相挺然後嫁給他們。像奧德加、哈維、邁克和其他那些伙伴會變成什麼樣？他不知道。他活得還不夠久。他們是世上最好的一群人，他們會發生什麼事？他哪會知道。他從懂事以來只不過十年光陰，怎能像哈代[1]跟漢姆生[2]那樣寫出深刻的題材。他當然不行。等他到了五十歲再說。

黑夜裡，他跪下去喝了一口泉水。心裡感覺還不錯。他知道自己會成為偉大的作家。他涉獵甚

---

1 湯瑪斯·哈代（Thomas Hardy, 1840-1928）是英國作家，其小說作品多以農村生活為背景，對農民的貧窮狀況表達同情。

2 克努特·漢姆生（Knut Hamsun, 1859-1952）是挪威作家，一九二〇年獲得諾貝爾文學獎。

廣，這點他們比不上。任何人都比不上。只是他知道的事還不夠多。那會慢慢累積，他明白的。冰冷泉水讓他兩眼發疼。他呑了太大一口，就像吃冰淇淋。喝水時把鼻子浸在水裡就是這種感覺。他還是去游泳好了。胡思亂想沒什麼好處，只要一開始就想個沒完。他沿路下去，經過左邊的那輛汽車和大倉庫，秋天時蘋果和馬鈴薯會在此裝載上船，再經過比恩家漆成白色的房子，有時他們會點起提燈在硬木地板上跳舞，然後走上碼頭，這時大夥兒在這裡游泳。

他們都在碼頭外面游泳。走過架在水上粗糙不平的木板道時，尼克聽到長跳板的兩聲反彈，接著一陣水花聲。波浪拍打著碼頭下的木樁。他想那一定是阿桔。結果凱特像隻海豹似的冒出水面，攀著梯子走上來。

「是威梅奇，」她朝其他人喊。「快來，威梅奇。眞的很好玩。」

「嗨，威梅奇，」奧德加說。「簡直棒透了。」

「威梅奇在哪兒？」阿桔的聲音，他游得很遠。

「威梅奇這傢伙是旱鴨子嗎？」比爾低沉的嗓音從水上傳過來。

尼克覺得很高興，像這樣有人衝著你叫還眞會玩心大起。他蹭掉腳上帆布鞋，把襯衫往頭頂一拉，踢掉長褲。赤裸雙腳踩在佈滿一層沙的碼頭木板上。他飛快跑過彈性柔軟的木頭跳板，腳趾用力蹬在跳板邊緣，身體一伸就落進水中，流暢地往深處鑽，不知不覺潛到水裡。他跳下去前吸了大口氣，現在弓著背，拖著伸直的腳，持續在水中逗留。然後他冒出水面，臉朝下漂浮著。他翻過身張開眼睛。他一點也不喜歡游泳，他只想跳水和待在水中。

「怎麼樣，威梅奇？」阿桔就在他後面。

「太熱了。」尼克說。

他深吸一口氣，用手抓住足踝，膝蓋縮到下巴下面，慢慢沉進水裡。上層水溫還算暖和，不過他一路往下很快就變涼，變冷。接近湖底時已經相當冰冷。尼克緩緩落到湖底，腳趾碰到軟泥土層很不舒服，他打直身子用力一蹬往上衝。出了水面來到漆黑的夜色下，這感覺十分奇妙。尼克泡在水裡，有一下沒一下地輕鬆划著。奧德加和凱特在碼頭上聊天。

「你有沒有在磷光閃閃的大海裡游泳過，卡爾？」

「沒有。」奧德加對凱特說話的嗓音很不自然

尼克想：這麼一來我們不就全身都可以擦火柴了。他吸大口氣，屈膝抱緊沉下去，這次他眼睛睜開著。他慢慢下沉，一開始側邊往下，後來頭朝下，但這樣不好玩。他在黑暗水中看不見東西。第一次潛下去時閉眼睛是對的。那種全憑身體的直覺很有趣，儘管不一定都正確。他沒有沉到水底，倒是伸展開來在涼水層中穿梭，就保持在表層暖水的下方，潛在水中多麼有趣，在水面游眞是乏味，游在海面上又另當別論了。有趣的是那海水浮力，不過會嚐到鹹味而讓你口渴。淡水比較好，尤其在這樣的一個炎熱夜晚。他上來換氣時正好在碼頭突出的邊緣，於是爬上梯子。

「喔，跳水吧，威梅奇，可以嗎？」凱特說。「來個精采的跳水。」他們一起坐在碼頭上，背靠著一根大木樁。

「表演不濺水花的跳水，威梅奇，」奧德加說。

「好啊。」

尼克濕淋淋地走上跳板，心中默想如何跳水。奧德加和凱特看著他，夜色中的一個黑影站在跳板

盡頭，擺好姿式跳下去，這是他觀察水獺學來的。要轉身往上時，尼克在水中暗想：啊，要是只有凱特跟我在這下面就好了。他迅速衝向水面，覺得眼睛和耳朵裡都是水。他一定是忍不住吸了口氣。

「眞是精采。非常完美。」凱特在碼頭上喊。

尼克爬上梯子。

「其他人呢？」他問。

「他們游到外面湖灣。」奧德加說。

尼克走到凱特和奧德加身旁躺在碼頭上。他聽到阿桔和比爾游到遠方的黑暗中。

「你是最棒的跳水者，威梅奇。」凱特說，同時用她的腳碰他的背。尼克被觸到時神經繃了一下。

「哪兒的話。」他說。

「你是個奇才，威梅奇。」奧德加說。

「沒有啦。」尼克說。他正在思索，思索是否可能跟某個人潛在水中，他能屛氣三分鐘，貼著湖底的泥沙，他們可以一起浮上來，換口氣再潛下去，如果知道方法就很容易潛下去。他有一次爲了賣弄，在水裡喝掉一瓶牛奶，還剝了一根香蕉吃，然而他得借助重物才能停留在水裡，如果底下有個拉環，或者任何可以讓他勾住手臂的東西，這麼一來就沒問題。唉，怎麼可能，你找不到那樣的女孩，女孩禁不起這種事，她會被水嗆到，這麼做會淹死凱特，凱特根本不會潛水，他希望世上有那樣的女孩，也許他會找到一個，也許永遠找不到，因爲除他以外沒人會像那樣潛在水中。會游泳算什麼，游泳平淡無奇，沒人像他那麼了解水性，埃文斯頓[3]倒有個傢伙可以屏氣六分鐘，不過是個瘋子。他眞希望自己是一條魚，不，還是不要得好。他笑了出來。

「想到什麼好笑的，威梅奇？」奧德加用他沙啞、親近凱特的嗓音說。

「我希望自己是一條魚。」尼克說。

「還眞是好笑。」奧德加說。

「也是。」尼克說。

「別說傻話了，威梅奇。」凱特說。

「你想做一條魚嗎，布茲斯坦？」他把頭枕在木板上，背對著他們說。

「不想，」凱特說。「至少今晚不想。」

尼克的背用力頂住她的腳

「你想做什麼動物，奧德加？」尼克說。

「約翰·摩根[4]，」奧德加說。

「你眞有心，奧德加。」凱特說。尼克覺得奧德加紅光滿面。

「我想成爲威梅奇。」凱特說。

---

3 埃文斯頓（Evanston）是美國伊利諾州的一座城市，位於密西根湖畔芝加哥的北邊。

4 約翰·皮爾龐特·摩根（John Pierpont Morgan, 1837-1913）是美國十九世紀末到二十世紀初最具影響力的金融家。

「你隨時可以變成威梅奇太太。」奧德加說。

「不會有威梅奇太太。」尼克說。他繃緊背部肌肉。凱特兩腳伸直靠到他背上，就像擱在爐火前的圓木上。

「別說得太肯定。」奧德加說。

「我十分確定，」尼克說。「我要娶個美人魚。」

「她就成了威梅奇太太。」凱特說。

「不，她不會，」尼克說。「我不讓她做威梅奇太太。」

「你如何不讓她做？」

「我就是不讓她做。她儘管試試看。」

「美人魚不會結婚。」凱特說。

「那正合我意。」尼克說。

「你會觸犯曼恩法[5]。」奧德加說。

「我們會待在四英哩的管轄範圍外，」尼克說。「我們可以從走私販那兒取得食物。你弄一套潛水衣來拜訪我們，奧德加。如果布茲斯坦想來就帶著她。我們每週四下午都在家。」

「我們明天要做什麼？」奧德加說，又變成那沙啞、親近凱特的嗓音。

5曼恩法（Mann Act），由美國眾議員詹姆士·羅伯特·曼恩（James Robert Mann）在一九一〇年提出的聯邦法案，禁止州際或國際貿易中以不道德目的販賣婦女或少女。

「喔，管他的，我們別談明天的事，」尼克說。「來聊一聊我的美人魚。」
「你的美人魚聊夠了。」
「好吧，」尼克說。「你和奧德加聊自己的。我要想我的美人魚。」
「你很不正經，威梅奇。你不正經到令人討厭。」
「不，才不是。我很老實。」然後，他躺著閉上眼睛說：「別打擾我。我在想她。」
他躺在那兒想著美人魚，同時凱特的腳背頂著他的背，她在跟奧德加聊天。
奧德加和凱特聊自己的，他沒聽在說些什麼。他就躺著，放空思緒，頗爲愜意。
比爾和阿桔在遠一點的湖濱上了岸，沿著沙灘走去汽車那邊，然後倒車開上碼頭。尼克坐起來穿上衣服。比爾和阿桔坐在前座，游那麼久都累了。尼克跟凱特和奧德加進去後座。他們靠到椅背上。比爾轟隆隆地開上斜披轉進大路。在那條幹線公路上，尼克看到其他車輛的燈光在前方駛上山坡，逐漸移出視線，它們過山頂時一片漆黑，接近時光線閃爍，接著在比爾超車後又暗淡下來。這條路沿著湖岸高地走。從沙勒沃伊駛來幾輛大車，闊佬們坐在司機後面，追上他們又超越過去，在路上橫衝直撞不打近光燈。他們超越時就像鐵路列車呼嘯而過。比爾沿途對著林間路上的汽車閃著大燈，要那些駕駛讓開路線。沒人從後面超過比爾，除了有一次後面閃起了大燈，直到比爾把他拋開。比爾放慢車速，接著突然轉進一條沙石路，然後爬坡穿越果園駛往農舍。汽車換到低速檔，平穩地駛在果園間。
凱特把嘴湊近尼克的耳朵。
「大約一個小時後，威梅奇。」她說。尼克把腿緊貼著她的大腿。汽車在果園上方的山頭轉了一圈，停在屋子前面。

「伯母睡了。我們得保持安靜。」凱特說。

「晚安，各位，」比爾低聲說。「我們早上再過來。」

「晚安，史密斯，」阿桔低聲說。「晚安，布茲斯坦。」

「晚安，阿桔，」凱特說。

奧德加要暫住這裡。

「晚安，各位，」尼克說。「再見，摩根。」

「晚安，威梅奇。」奧德加在門廊上說。

尼克和阿桔往下走進果園。尼克伸手到樹上摘了一顆奧登堡公爵夫人蘋果。蘋果還很青，尼克咬了一口，吸吮酸溜溜的汁液，再把果肉吐掉。

「你跟柏德游了好久，阿桔。」他說。

「不算太久，威梅奇。」阿桔答說。

他們走出果園，經過信箱來到硬地公路上。公路跨越溪流的涵洞裡升起冷霧。尼克在橋上駐足。

「走吧，威梅奇。」阿桔說。

「好啊。」尼克附和。

他們爬上山丘，路在這裡轉進圍繞教堂的小樹林。一路上經過的房屋都沒亮燈。霍頓灣鎮沉浸在睡夢中。路上沒有汽車駛過。

「我還不覺得睏。」尼克說。

「要我陪你走走嗎？」

「不用，阿桔。不麻煩你。」

「好吧。」

「就跟你走到我家這兒爲止。」尼克說。他們撥開紗門扣環走進廚房。尼克打開冷藏櫃瞧一瞧。

「想吃些什麼嗎，阿桔？」他說。

「我想吃塊派。」阿桔說。

「我也是。」尼克說。他從冷藏櫃上層拿了些炸雞和兩塊櫻桃派，用油紙包起來。

「我的這份要帶走。」他說。阿桔從水桶舀了滿滿一勺水，和著水把他那塊派餅吞下去。

「如果你想讀些什麼，到我房間去拿。」尼克說。阿桔一直盯著尼克那包點心。

「別幹蠢事，威梅奇。」他說。

「沒問題的，阿桔。」

「好吧。別幹蠢事就是了。」阿桔說。他推開紗門，走過草地回到自家小屋。尼克把燈關掉，出去將紗門扣上。他用一張報紙包在點心外面，然後穿越潮濕草地，爬過籬笆，沿著大榆樹下的馬路穿過鎮區，經過最後幾處立在十字路口的鄉村免費投遞信箱，離開小鎮走上通往沙勒沃伊的公路。他跨過溪流之後直接穿過一片田野，繞著果園外圍一直走到空地邊緣，然後爬過柵欄鑽進樹林。樹林中央有四棵鐵杉樹緊密生長在一起。鬆軟的地面落滿松針，沒沾上露水。這片樹林未曾被砍伐過，地上既乾燥又溫暖，沒有長出灌木叢。尼克把那包點心放在一棵鐵杉樹下面，然後躺下來等候。他看到凱特穿過黑暗的樹林走了過來，但是他動也不動。凱特沒看見他，手上抱著兩條毯子在那兒呆立片刻。從黑暗中看過去就像挺著大肚子。尼克嚇了一跳，後來覺得很滑稽。

「嗨，布茲斯坦。」他開口說。她嚇得的毯子都掉下去了。

「哎呀，威梅奇。你不該那樣嚇唬我。我還擔心你沒來。」

「親愛的布茲斯坦。」尼克說。他緊緊摟住她，感覺她身子貼在他身上，那柔媚的身軀完完全全貼著他的身軀。她緊偎在他懷裡。

「我好愛你，威梅奇。」

「親愛的，我親愛的布茲斯坦。」尼克說。

他們攤開毯子，凱特將它們抹平。

「帶毯子眞是非常冒險。」凱特說。

「我知道，」尼克說。「我們把衣服脫了。」

「喔，威梅奇。」

「那會更好玩。」他們脫掉衣服坐在毯子上。這樣光著身子坐在那兒，尼克覺得有些尷尬。

「你喜歡我不穿衣服，威梅奇？」

「哎喲，我們鑽到毯子下面，」尼克說。他們就躺進粗糙的毯子裡。他全身火熱地貼著她清涼的肌膚，摸索那身軀，覺得心滿意足。

「滿意嗎？」

凱特緊迫盯人地追問。

「開心嗎？」

「喔，威梅奇。我就是想這樣。我就是需要這樣。」

他們一起躺在毯子裡。威梅奇慢慢移動他的頭，鼻子貼著那脖子曲線一路往下，直到胸口。就像滑過鋼琴鍵盤。

「你聞起來眞清涼，」他說。

他用嘴唇輕輕觸碰她的乳房。它在唇間變得鼓脹，他用舌頭去舔它。他的所有感覺又回來了，他把雙手往下伸，撫摸著凱特的身軀。那手緩緩滑下去，她依偎得服服貼貼。她緊靠著他的腹部，覺得舒服極了。他摸索著，有一點兒笨拙，然後找到姿式了。他用手捧住她胸部，將她往自己身上抱。尼克猛烈親吻她的背。凱特把頭往向前垂。

「這樣舒服嗎？」他問。

「喜歡。喜歡。喜歡極了。喔，來吧，威梅奇。拜託，來吧。來吧，來吧。拜託，威梅奇。求求你，求求你，威梅奇。」

「就這樣了。」尼克說。

他突然意識到粗糙的毯子扎在自己赤裸的身上。

「我做得不好嗎，威梅奇？」凱特說。

「不，你很好。」尼克說。他的腦子轉得飛快又清醒。把一切看得透徹。「我餓了。」他說。

「希望我們整晚都睡在這兒。」凱特擁抱他。

「很棒的主意，」尼克說。「但是沒辦法。你得回屋子去。」

「我不想回去。」凱特說。

尼克站起來，一陣微風吹在他身上。他拉起襯衫，快活地穿上它。他把長褲和鞋子也穿上。

「你得穿上衣服，小淘氣。」他說。她躺在那兒，把毯子拉到頭上。

「只要一會兒。」她說。尼克過去鐵杉樹下拿點心。他打開包裝。

「快點，穿好衣服，小淘氣。」他說。

「我不想。」凱特說。「我要整晚睡在這。」她在毯子上坐起來。「把東西遞給我，威梅奇。」

尼克把衣服遞給她。

「我剛才想到。」凱特說。「如果我睡在這裡，他們只會認爲我是個糊塗蛋，拿了毯子跑到外面這邊，不會有事的。」

「你會睡得不舒服。」尼克說。

「如果不舒服，我就進去。」

「我們先吃東西，然後我得走了。」尼克說。

「我穿件衣服。」凱特說。

他們坐在一起吃炸雞，每個人吃了一塊櫻桃派。

尼克起身，然後跪下來跟凱特吻別。

他走過潮濕的草地回去屋子，上樓進到自己房間，躡手躡腳免得地板發出咯吱聲，現在最適合上床睡覺，把床單給拉直了，用手壓一壓枕頭。躺在床上眞好，舒服，愉快，明天要去釣魚，他一如往常只要自己記得就會禱告，爲家人祈禱，也祈求自己成爲偉大的作家，爲凱特，爲那些伙伴，爲奧德加，還有爲明天的釣魚祈禱，可憐的老奧德加，可憐的老傢伙，正睡在山上農舍裡，也許沒在睡覺，也許整夜都睡不著。然而，不管你做什麼都沒用，一點用都沒有。

第五部　兩人為伴

新婚之日

他才剛游完泳，走上山坡後在水盆裡洗腳。房間裡很熱，達奇和陸曼神情緊張地站在旁邊。尼克拿了一套乾淨的內衣，乾淨的絲質短襪，新的襪帶，從五斗櫃抽屜拿出白襯衫和衣領，然後全都穿上。他站在鏡子前面打上領帶。達奇和陸曼讓他聯想到拳擊賽和足球賽上場前的更衣室。他欣賞他們的那副緊張模樣。他好奇的是如果自己即將走上絞刑臺，會不會也是這般景像。也許是。唯有事到臨頭他才會了解。達奇出去拿了開瓶器回來，打開那瓶酒。

「好好喝上一口，達奇。」

「你先喝，史坦[1]。」

「不用。別囉嗦。快喝。」

達奇喝了好大一口。尼克嫌他喝太多了。畢竟那是僅有的一瓶威士忌。達奇把瓶子遞給他。他把瓶子遞給陸曼。陸曼喝得沒有達奇那麼大口。

1 史坦（Stein）是尼克的外號，也是海明威為自己取的外號之一。

「好了，史坦，老小子。」他把酒瓶遞給尼克。

尼克呑了幾口。他喜歡喝威士忌。尼克穿上長褲。他完全沒在想什麼。霍尼・比爾、阿特・梅耶還有阿桔正在樓上更換禮服。他們應該要喝上一口。天啊，爲什麼就只有一瓶酒。

婚禮結束後，他們坐上約翰・科塔斯基的福特汽車，駛下山坡來到湖畔。尼克付給約翰・科塔斯基五元，科塔斯基幫他把行李搬去下面的小船。他們倆跟科塔斯基握了握手，然後他的福特汽車沿路爬坡回去。汽車駛到老遠還聽得到聲音。尼克找不到父親幫他藏在冰窖後方李樹叢裡的船槳，海倫在小船旁等他。最後他找到了，把船槳扛到岸邊。

在黑暗中穿過湖面得划上好一陣子。又熱又悶的夜晚。兩個人都沒多說什麼。婚禮被幾個人掃了興。接近岸邊時尼克用力划，讓船衝上沙灘。他把船往岸上拉，海倫下了船。尼克吻她。她用尼克教她的方式熱情吻回去，嘴唇微張，兩人舌頭交纏在一起。他們彼此緊緊擁抱，然後朝上方的小屋走去。又黑又長的一段路。尼克打開門鎖，回去船上拿行李。他點亮了燈，兩人一起把小屋看過一遍。

關於寫作

天氣愈來愈熱，熾熱陽光直曬他的後頸。

尼克釣到一條漂亮的鱒魚。他不在乎是否釣到很多鱒魚。現在河水變得又淺又寬，兩岸都是樹林。上午時分的太陽下，左岸樹林在河面投出短短的陰影。尼克知道每塊陰影下都有鱒魚。以往一個炎熱的日子，他和比爾·史密斯在黑河發現這事。到了下午，當太陽越過頭頂移到山坡那邊時，鱒魚會到河水對面的清涼陰影下。

最大的魚會待在靠近河岸的地方。你在黑河一定能釣到大魚。比爾和他早已發覺。太陽下山後，牠們就全移到外面的急流中。日落前的太陽使河水反射出耀眼光線，這時在急流中任何地方都可輕易釣到大魚。但幾乎不可能在那時候釣魚，河水就像陽光下的一面鏡子那樣刺眼。當然，你可以往上游下竿，但是在黑河那樣的溪流裡，或者在這條河上，你得頂著急流涉水前進，遇到水深的地方，河水會直朝你身上湧起。儘管所有書本都說這是唯一方法，但逆流垂釣一點都不有趣。

所有書本。以往他和比爾從書本中獲得不少樂趣。它們都從一個虛構的緣起揭開序幕。例如說在獵狐狸。比爾・柏德[1]在巴黎的牙醫師說，飛蠅釣法就是你在跟魚鬥智。艾茲拉[2]說，我一向都這麼認爲。那還眞是可笑。可笑的事還多著，在美國，人們認爲鬥牛很可笑。艾茲拉認爲釣魚很可笑。許多人認爲詩很可笑。英國人都很可笑。

還記得在潘普洛納[3]，人們認爲我們是法國人，所以把我們推出柵欄跑在牛前面？反過來說，比爾的牙醫師在釣魚方面也是一樣糟糕。那是比爾・柏德。以前比爾是指比爾・史密斯。現在比爾是指比爾・柏德。比爾・柏德當下人在巴黎。

他結婚後就失去了比爾・史密斯，奧德加，阿桔，所有那些老玩伴。是因爲他們都是處男嗎？阿桔確定不是。不，他失去他們是因爲他結婚就等於承認有件事比釣魚還重要。

這層友誼是他建立起來的。比爾在他們認識以前從沒釣過魚。後來兩人一起走遍了每個地方。黑河，斯特金河，松林荒原，明尼蘇達河上游，所有的那些小溪。關於釣魚的事大多是他和比爾一起發現的。他們在農場工作，六月到十月去樹林裡遠足釣魚。比爾每到春天就辭掉工作。他也是如此。艾茲拉認爲釣魚很可笑。

比爾不在意他在兩人認識以前就開始釣魚，不在意他曾自己去過所有溪流。他確實爲兩人關係感

---

1 威廉・奧古斯・柏德（William Augustus Bird, 1888-1963）又名比爾・柏德（Bill Bird），在法國巴黎了創立三山出版社（Three Mountains Press），曾為海明威出版短篇故事集《在我們的時代裡》（*In Our Time*）。

2 艾茲拉・龐德（Ezra Pound, 1885-1972），美國現代主義詩人，長期旅居歐洲，一九二〇年代初期在巴黎與海明威相識而成為摯友，對海明威日後的寫作之路有著深厚影響。

3 潘普洛納（Pamplona）是西班牙北部納瓦拉自治區（Navarra）的首府，以傳統節慶中的奔牛活動聞名。

到驕傲。這就像一個女孩看待其他女孩那般。如果是過去交往的對象，她不在意。然而後來交往的就是另一回事了。

他猜想，那就是他失去他們的原因。

他們全都跟釣魚結了婚。艾茲拉認爲釣魚很可笑。大多數的人也這麼認爲。他跟海倫結婚前就已經跟釣魚結了婚。眞的結了婚。這一點也不可笑。

所以他失去了他們一夥人。海倫認爲這是因爲他們不喜歡她。

尼克坐在陰影下的一顆大圓石上，把他的布袋垂掛到河裡。河水在石頭兩旁激起漩渦。陰影下十分清涼。樹林下的河岸是沙灘，上面有水貂的足跡。

他要避開烈日才對。石頭上既乾燥又涼爽。他坐著讓水流出靴子，順著石頭邊緣淌下去。

海倫認爲這是因爲他們不喜歡她。她確實這麼想。啊，他想起以往對人們結婚所懷的那份恐懼。眞是滑稽。也許是因爲他都跟年紀較大的人混在一起，沒結婚的那群人。

奧德加老想跟凱特結婚。凱特不要跟任何人結婚。她和奧德加經常爲這事爭吵，但是奧德加不要別人，而凱特不要任何人。她希望彼此只是好朋友，奧德加希望是眞心朋友，他們一直很彆扭，總在爭執要怎麼做。

都是夫人[4]播下了那些禁慾主義的種子。阿桔在克里夫蘭有跟妓院的女孩交往，不過他也有這種

4夫人在這裡是引據《包法利夫人》（*Madame Bovary*）這部長篇小說，法國作家居斯塔夫·福樓拜（Gustave Flaubert, 1821-1880）的作品，故事描述包法利夫人的兩次出軌都遭情人背棄，最後自殺身亡，因書中許多段落詳細描繪人心情慾，在出版之初被視為淫穢之作。

觀念。尼克也有。這觀念完全出自虛構。你讓這虛構的觀念深植心中，終此一生奉行不悖。所有熱情就放在釣魚和夏日。

他曾熱愛這些事勝於一切。他曾熱愛跟比爾在秋天挖馬鈴薯，乘車長途旅行，在湖灣釣魚，大熱天躺在吊床上閱讀，游到碼頭外面，在沙勒沃伊和佩托斯基打棒球，住在灣區，夫人的烹調技術，她對待僕人的方式，在餐廳吃飯時眺望窗外長片田野和伸入湖面的岬角，跟她交談，跟比爾的老爸喝酒，離開農場到處釣魚，閒散著無所事事。

他熱愛漫漫長夏，以往每到八月第一天就覺得心煩，他知道釣鱒魚的季節只剩下四個星期。如今偶爾在夢中還有那種感覺。他會夢到夏季就要過去，而他都還沒釣過魚。這讓他在夢中感到心煩，像被關在牢裡一樣。

沃倫湖[5]畔山丘綿延，湖上風暴直襲汽艇，引擎上撐了一把傘不讓衝上來的浪花濺濕火星塞，抽掉積水，在狂風暴雨中駕船沿著湖岸遞送蔬菜，爬上浪頭，滑落浪底，波濤緊追在後，從岸上帶來的食品雜貨、郵件和芝加哥報紙用油布蓋住，人坐在上面免得弄濕，船顛簸得難以靠岸，在爐火前烘乾身子，他光腳去拿牛奶時，鐵杉林中吹著風，腳下踩著濕松針。天亮起床，划船過湖面，徒步翻越雨後的山丘，到霍頓溪釣魚。

霍頓溪總需要來一場雨。舒爾茲溪遇到下雨就不好了，溪水泥濘泛濫，淹過草地。一條溪變成這個樣還釣得到鱒魚嗎？

---

5 沃倫湖（Walloon Lake）位於密西根州下半島，佩托斯基的南方。

那就是有頭公牛追得他翻過籬笆的地方，他弄丟自己的皮夾子，所有魚鉤都在裡面。

他要是像現在這樣了解公牛就好。馬埃拉[6]和阿拉卡貝紐[7]如今身在何處？在瓦倫西亞[8]和桑坦德[9]的八月節慶上，在聖塞巴斯提安[10]的幾場惡鬥中，桑切斯·莫西亞斯[11]殺了六頭牛。報紙上鬥牛新聞的詞彙不斷浮現在腦海中，直到他必須放棄看報。米烏拉[12]的鬥牛大賽。儘管眾所皆知的是他單手揮布的動作並不流暢。安達魯西亞[13]之光。馬屁精齊克林。胡安·德雷莫托。貝里蒙蒂·布埃非呢？

馬埃拉的小弟現在也是個鬥牛士。事情都這樣發展。

---

6 曼努埃·賈西亞（Manuel García, 1896-1924），暱稱馬埃拉（Maera），西班牙職業鬥牛士。

7 荷西·賈西亞·羅德里格斯（José García Rodríguez, 1875-1947），綽號阿拉卡貝紐（El Algabeño），西班牙職業鬥牛士。

8 瓦倫西亞（Valencia）是西班牙第三大城，位於東部地中海沿岸，該城西方小鎮布尼奧爾（Buñol）在每年八月最後一個星期三的蕃茄節（La Tomatina）舉行知名的蕃茄大戰。

9 桑坦德（Santander）位於西班牙北部比斯開灣沿岸，八月最後一天是當地的殉道節。

10 聖塞巴斯提安（San Sebastián）位於西班牙北部與法國交界的巴斯克自治區。

11 伊納西奧·桑切斯·莫西亞斯（Ignacio Sánchez Mejías, 1891-1934），西班牙鬥牛士。

12 米烏拉（Miura）是一種專門培育用來鬥牛的牛隻品種，源自於西班牙南部塞維亞省（Seville）。

13 安達魯西亞（Andalucía）是西班牙南部的自治區，包含八個省份，首府在塞維亞。

他的內心整年下來都被鬥牛佔據了。欽克[14]看到馬匹被衝撞，嚇得滿臉慘白痛苦不已。唐[15]說他從不在意那些馬。「就在那時，我突然了解自己愛上了鬥牛。」一定是馬埃拉的緣故。馬埃拉是他所認識最偉大的一個人。欽克也這麼認為。他跟著他在奔牛節中到處狂奔。

他，尼克，是馬埃拉的朋友，馬埃拉在他們從門簾上方看去的八十七號包廂向他們揮手，等到海倫看到他時又揮了揮手，海倫很崇拜他，包廂裡有三名長矛手，其他長矛手都在包廂前的場地裡大顯身手，下場前後都會抬頭揮手，他跟海倫說長矛手只為彼此賣命，當然這是眞的。這是他看過最好的刺擊技巧，包廂裡戴著哥多華帽的三名長矛手對每個傑出的刺擊都點點頭，其他長矛手就朝他們揮手，然後輪他們上陣。就像葡萄牙人上場的那次，老長矛手將帽子丟進場內，趴在木板牆上觀看年輕的達．維加表演。那是他看過最悲情的畫面。那就是肥胖長矛手夢寐以求的角色，做一個場中央的騎士。天啊，達．維加這小子騎得多棒。那才叫騎馬功夫。在電影裡看起來就不怎麼樣。電影毀了一切。那像在談論某件有趣的事，正因如此讓戰爭變得不眞實。太多的空談。任何的事拿來談論都不恰當。眞實的事拿來寫作也不恰當。這樣一定會把它毀了。

唯一稱得上好的寫作是你虛構的，你想像出來的。這麼一來任何事都會成眞。比如說當他寫《我

14 艾瑞克．多爾曼史密斯（Eric Dorman-Smith, 1895-1969），一名英國陸軍的愛爾蘭裔軍官，綽號欽克（Chink），第一次世界大戰期間在義大利的紅十字會醫院與海明威相識而成為好友。

15 一九三〇年代海明威前往西班牙時，在當地是用唐．埃內斯托（Don Ernesto）這個名字。

的老爸》[16]時，他從未看過一名騎師摔死，然而第二個星期，喬治．巴弗芒[17]就在跳障礙時摔死，事情就是這樣。他寫過的好故事都是虛構的，沒有一個發生過。其他事倒曾發生過。是更好的題材嗎？也許吧。這是家人們無法理解的地方。他們認爲全都來自於經驗。

這就是喬伊斯[18]的缺點。《尤利西斯》裡的迪達勒斯這角色是喬伊斯本人，所以他糟糕透了。喬伊斯把他寫得太浪漫、太聰明。他虛構出布盧姆，這人物眞是絕妙。他杜撰出布盧姆太太，她眞是世界上最偉大的角色。

那就是麥克[19]的寫作方式。他的作品太接近現實生活。你必須體會生活，然後創造出自己的人物。不過麥克是有幾分才華。

尼克在故事裡從不扮演自己。他虛構自己。他當然沒看過印地安婦人生小孩。這就是故事出色的

16《我的老爸》是海明威在一九二三年出版的短篇故事之一，描述義大利男孩喬（Joe）和身為賽馬騎師的父親巴特勒（Bulter）的故事，兩人移居法國後靠賭馬獎金購得一匹賽馬，巴特勒再度參加越野障礙賽，卻在最後一道柵欄跳躍失敗，被摔倒的馬壓死。

17喬治．巴弗芒（Georges Parfrement, 1863-1923），法國頂尖的越野障礙賽騎師，1一九二三年四月十七日在比利時出賽中，跳躍一道石牆時馬被絆倒重壓在他身上，造成他傷重不治

18詹姆斯．喬伊斯（James Joyce, 1882~1941），愛爾蘭詩人與小說家，最知名的作品是一九二二年的長篇小說《尤利西斯》（*Ulysses*），描寫都柏林的小市民布盧姆（Bloom）在一天生活中發生在周遭的日常經歷，其中一個角色是年輕學生史蒂芬．迪達勒斯（Stephen Dedalus）。

19阿契博得．麥克列許（Archibald MacLeish, 1892–1982），美國詩人兼作家，曾三度獲得普利茲獎，亦曾擔任美國國會圖書館館長。

地方。沒人知道實情。他是在前往卡拉阿奇[20]的路上看過一位婦人生小孩，並且試圖提供幫助。事情就是這樣。他希望自己能維持那樣的寫作。他有時候可以。他希望成爲一位偉大的作家。他相當肯定自己會成功。他從許多方面看出這點。他會不顧一切地去達成。然而其中因難重重。

如果你熱愛這世界，喜歡活在其中，而且深愛某些人，那就很難成爲偉大的作家。當你熱愛那麼多地方時就會很困難。這麼一來，你會身體健康，心情愉悅，過著快樂的日子，如此罷了。

他總是在海倫身體不適的時候進行得最順利。正好那時充斥著不滿與爭執。此外有時候你必須寫作。沒有意識的，只是反射動作。還有時候你覺得似乎寫不下去了，但過一會兒又知道自己遲早會寫出另一篇好故事。

寫作眞的比任何事都要有趣。你會從事寫作一定爲了這個緣故。他以前未曾領悟到。它沒有顧忌。它純粹是最大的滿足。它比其他的事都要來得嗆辣有勁。但要寫得好又非常困難。

那可是有許多訣竅。

如果你利用訣竅來寫作就很簡單。每個人都利用訣竅。喬伊斯創造了數以百計的新訣竅。只因爲它們是新的並不代表它們就比較好。它們全都會變成老套。

他希望像塞尚[21]作畫那樣寫作。

20卡拉阿奇（Karagatch）是土耳其西北部毗離希臘的一座小鎮。

21保羅・塞尚（Paul Cézanne, 1839-1906），法國後印象派畫家，作畫方式揚棄印象派從光影顏色捕捉事物表面的印象，繼而從立體結構去尋找事物的本性，被稱為現代繪畫之父。

塞尙起初用上所有訣竅。後來他打破一切，建立起眞實的東西。那是很難做到的。他是最偉大的一個。永遠是最偉大的。這不是崇拜。他，尼克，希望描寫鄉野，讓自己作品跟塞尙繪畫相提並論。你必須從自己內心做起。那沒有任何訣竅。沒有人曾像那樣描寫鄉野。他覺得這簡直是個神聖的工作。這事嚴肅的要命。如果你能堅持到底就會成功。只要你曾親身經歷那生活。

這件事你不能拿來談論。他打算致力於寫作，直到成功爲止。也許永遠做不到，不過接近目標時他會知道。這是一份工作。也許要做一輩子。

寫人物毫不費力。所有時髦的題材都很好寫。在這年代，那些顯赫的純樸藝術家，比如說卡明斯[22]，當他文思泉湧時，寫作就像自然形成，但不包括《巨大的房間》，那是一本書，是一部鉅作。卡明斯花了很大功夫才完成它。

還有其他人嗎？年輕的阿希[23]有些才華，但還說不準。猶太人很快就變差了。他們一開始都很好。麥克是有才華。唐納・史都華[24]的才華僅次於卡明斯。從他筆下的哈達克夫婦可以略窺一斑。

---

22 愛德華・艾斯特林・卡明斯（Edward Estlin Cummings, 1894-1962），美國著名的詩人兼畫家、劇作家與散文作家，署名多用小寫的e e cummings，第一次世界大戰時到法國加入救護隊，期間被軍方指控通敵而拘留在集中營三個半月，他據此經歷於一九二二年寫出小說《巨大的房間》（*The Enormous Room*）。

23 索倫・阿希（Sholem Asch, 1880-1957），波蘭裔猶太小說家兼劇作家。

24 唐納・奧格登・史都華（Donald Ogden Stewart, 1894-1980），美國作家兼編劇，在一九二四年出版《哈達克夫婦出國記》（*Mr. and Mrs. Haddock Abroad*）這本諷刺小說，描述一對首次出國旅遊的美國夫妻發生的滑稽事。

林．拉德納[25]，可能吧。非常有可能。像舍伍德[26]這樣的老傢伙。像德萊塞[27]這樣更老的傢伙。還有其他人嗎？也許有些年輕小伙子。默默無聞的偉大作家。不過，從來沒有作家是默默無聞的。

他們追求的東西跟他不一樣。

他能看到塞尚的畫。葛楚．史坦[28]家裡的那幅畫像。假如他曾做對事，她會知道的。盧森堡的那兩幅佳作，布赫海姆博物館借展的那些畫他每天都看。脫掉衣服要去游泳的士兵，樹林間的房子，那棵樹後面有間房子，不是深紅色的那棵，是另一棵深紅色的。小男孩的畫像。塞尚也畫人物。不過那比較簡單，他用自己的鄉野經驗來處理人物。尼克也可以寫人物。寫人物毫不費力。沒人知道他們的底細。如果聽起來不錯，讀者就相信你說的話。他們相信喬伊斯說的話。

他知道塞尚會怎麼來畫這條河。老天，只要他能來這兒作畫就好。他們都死了，這眞是糟糕。他們工作了一輩子，然後變老，死去。

---

25 林．拉德納（Ring Lardner, 1885-1933），美國體育專欄與短篇小説作家，寫作故事多在描繪美國生活中的場景與人物，被譽為最能一針見血的諷刺作家。

26 舍伍德．安德森（Sherwood Anderson, 1876-1941），美國小説家，寫作故事多以小鎮生活為題材。

27 西奥多.德萊塞（Theodore Dreiser, 1871-1945），美國小説家，作品中對現實生活中的苦難多所著墨，與海明威、威廉．福克納（William Faulkner, 1897-1962）並列為美國現代文學三巨頭。

28 葛楚．史坦（Gertrude Stein, 1874-1946），美國作家與詩人，後來定居法國，她設在巴黎的沙龍收藏了塞尚的繪畫，許多文人與藝術家原本來此賞畫，演變成固定聚集，海明威是常客，並視史坦為自己的導師，後來兩人交惡後漸行漸遠尼克想像著塞尚會如何畫這處河流和沼澤，他站起來走進河裡。這水是如此冰冷和眞實。他涉水過河，在這畫面中走動。他跪在河畔沙灘上，手伸到裝鱒魚的布袋裡。他拖著布袋走過淺灘，讓它浸在水裡。往日的小男孩又活過來了。尼克打開袋口，讓魚滑進水中，看牠游過淺灘離去，背脊露出水面，穿梭在石塊間游向深水急流。

「牠太大了，吃不下。」尼克說。「我到營地前面釣幾條小魚當晚餐。」

他爬上河岸，捲起魚線，起身走進樹叢。他吃了一個三明治。他走得匆忙，釣竿很礙事。他不再思索。他把一些想法記在腦子裡。他想趕回營地開始工作。

他走在樹叢間，握著釣竿緊靠身體。魚線鉤到一根樹枝。尼克停下腳步，切斷前導線，捲好魚線。現在釣竿舉在前面，走在樹叢裡輕鬆多了。

他在前方看到一隻兔子，疲憊地躺在小徑上。他停下來，心裡不太情願。兔子氣若游絲。兔子頭上叮著兩隻壁蝨，每隻耳朵後面各一隻。灰色壁蝨飽脹得吸滿鮮血，像顆葡萄一樣大。尼克把牠們摘下來，牠們的頭又小又硬，舞動著節足。他把牠們丟在小徑上一腳踩下去。

尼克拎起兔子，看牠全身無力眼神呆滯，將牠放到小徑旁的香蕨木叢下。他放下去時感覺牠的心臟還在跳。兔子靜靜躺在灌木叢下。牠或許會醒過來，尼克心想。壁蝨大概趁牠蹲在草叢時叮上去。也許兔子才在空地上跑跳。他不知道。

他繼續沿小徑走向營地。把一些想法記在腦子裡。

阿爾卑斯山村即景

即使在一大清早，下到山谷裡還是很熱。我們扛的滑雪板上積雪被太陽曬到融化，木板也被烤乾。山谷現在是春天，但是陽光非常熾熱。我們扛著滑雪板和帆布背包沿路來到加爾蒂[1]。走過教堂墓園時，一場葬禮才剛結束。神父從墓園出來經過身旁，我對他說：「願主保佑。」神父彎腰答禮。

「奇怪的是神父從不對人開口。」約翰說。

「你大概認爲他會說『願主保佑』。」

「他們從來不答話。」約翰說。

我們停在路上，看著教堂司事用鏟子填上新土。一個農人站在墓穴旁邊，一臉黑色鬍鬚，腳穿高筒皮靴。教堂司事放下鐵鏟挺直腰桿。穿高筒靴的農人從教堂司事手中接過鏟子繼續填土——就像在田裡施肥一樣把土鋪平。在晴朗的五月早晨，往墓穴填土看起來很不眞實。我無法想像有人死了。

「想想看，有人在這樣的日子裡被埋葬了。」我對約翰說。

「我不喜歡這事。」

「好吧，」我說，「我們沒必要去想。」

我們繼續上路，經過鎮上的房子來到旅館。一個月來我們都在錫爾夫雷塔[2]山區滑雪，這會兒下

---

1 加爾蒂（Galtur）是奧地利西部接近瑞士邊界的山區小鎮

2 錫爾夫雷塔阿爾卑斯山脈（Silvretta Alps）分佈於奧地利西部到瑞士境內。

到山谷還眞好。在錫爾夫雷塔滑雪一向都很不錯，但現在是春季滑雪，只有清晨和傍晚的雪況還算可以。其他時間的積雪都被豔陽給糟蹋了。我們倆都對太陽感到厭煩。你沒辦法避開陽光。僅有的陰影來自於一塊塊岩石，還有冰川旁那棟在岩石庇護下建起的小屋，而且在陰涼處內衣上的汗水會結冰。站在小屋外面一定要戴墨鏡。被陽光曬到黝黑是很舒服，但這陽光已經到了令人討厭的地步。你沒辦法在陽光下久留。我很高興離開雪區下山。春天到錫爾夫雷塔上面滑雪已經太晚。我滑到有一點兒厭倦。我們待的時間太長了。嘴裡還有那股我們喝的雪水味道，那是從小屋的屋頂融化下來的雪水。那股味道成爲我對滑雪的一部分感受。我很高興除了滑雪還有別的事做，我很高興下了山，離開春天難以捉摸的高山，走進五月早晨的山谷。

旅館老闆坐在門廊，椅子往後翹起靠在牆上。廚師坐在他旁邊。

「嗨，滑雪啊！」旅館老闆說。

「嗨！」我們說，然後將滑雪板靠牆放著，卸下背包。

「山上怎樣？」旅館老闆問。

「很好。陽光多了些。」

「沒錯。每年這時候的陽光都太多了。」

廚師坐在他的椅子上。旅館老闆跟我們走進去，打開他的辦公室，拿出我們的郵件。有一綑信和幾份報紙。

「來些啤酒吧。」約翰說。

「好啊。我們到裡面喝。」

老闆拿來兩瓶啤酒，我們邊喝邊看信。

「最好再來些啤酒。」約翰說。這次是一位姑娘拿酒過來。她笑著打開酒瓶。

「很多信。」她說。

「對啊。很多。」

「喝得愉快。」她說完走出去，帶走空酒瓶。

「我都忘了啤酒的味道。」

「我可沒忘。」約翰說。「我在上面小屋時經常好想喝酒。」

「喲。」我說，「我們這就喝到了。」

「任何事都不該做太長時間。」

「的確。我們在山上待太久了。」

「實在太久了，」約翰說。「一件事做那麼久沒什麼好處。」

陽光照進敞開的窗子，穿透桌上的啤酒瓶。酒瓶是半滿。瓶裡的啤酒起了一點氣泡，泡沫不多，因為天氣還很冷。你把酒倒進杯子時它就浮了起來。我朝窗外望去，看著白色馬路。路旁的樹木覆滿灰塵。後面是一片綠色田野和一條小河。河岸有一排樹，還有一座裝了水車的工坊。從工坊開口看去，我看到一根長圓木，一把鋸子在圓木上起起落落。似乎沒人在照料它。四隻烏鴉走在田野上。一隻烏鴉停在樹上察看。門廊外，廚師離開他的椅子，走去通往後面廚房的走廊。房子裡，陽光穿透桌上的空玻璃杯。約翰身子往前傾，把頭枕在手臂上。

透過窗子，我看到兩個人走上前面階梯。他們來到酒吧間。一個是長了鬍鬚，穿高筒靴的農人。

另一個是教堂司事。他們在窗戶旁的桌子坐下。那姑娘進來站在他們桌邊。農人似乎沒看她。他就端坐著把手放在桌子上。他穿了自己的舊軍服，手肘地方縫了補丁。

「要點些什麼？」教堂司事問。農人完全沒在聽。

「你要喝什麼？」

「杜松子酒。」農人說。

「還有一小瓶紅酒。」教堂司事告訴那姑娘。

姑娘拿來飲料，農人喝起杜松子酒。他看著窗外。教堂司事看著他。約翰已經把頭往前靠在桌上。他睡著了。

旅館老闆進來朝那桌子過去。他用方言說話，教堂司事也用方言應答。農人看著窗外。旅館老闆走出房間，農人站起來。他從皮夾拿出一張折疊好的一萬克朗鈔票把它攤平。姑娘走上前來。

「一起算？」她問。

「一起算。」他說。

「紅酒讓我來付。」教堂司事說。

「一起算。」農人又對姑娘說一遍。她伸手到圍裙口袋裡，掏出滿手錢幣數了零錢。農人走出門外。旅館老闆在他一走出去又到房間裡跟教堂司事說話。他在桌邊坐下。他們用方言交談。教堂司事滿臉笑意。旅館老闆則是一臉嫌惡。教堂司事從桌邊起身。他是小個子，臉上一撮小鬍子。他把身子探出窗外，往路上看去。

「他進去了。」他說。

「進去獅子旅館？」

「對。」

他們又談了一會兒，然後旅館老闆來我們桌旁。他是高個子，上了年紀。他看到約翰睡著了。

「他很累。」

「對啊，我們起得很早。」

「你們想馬上吃東西嗎？

「都可以，」我說。「有什麼可吃？」

「想吃什麼都有。姑娘會拿菜單過來。」

姑娘拿來菜單。約翰醒了。菜單是用墨水寫在卡片上，卡片插在一塊木板上。

「這是菜單。」我對約翰說。他看著菜單，仍舊昏昏欲睡。

「跟我們喝杯酒，好嗎？」我邀請旅館老闆。他坐下來。「那些農人都是畜生。」旅館老闆說。

「我們來到鎮上時，看到那個人在葬禮上。」

「那是他的妻子。」

「喔。」

「他是個畜生。這些農人都是畜生。」

「怎麼說？」

「你絕不會相信。你絕不會相信那個人才做了什麼事。」

「告訴我。」

「你絕不會相信。」旅館老闆對著教堂司事說。「法蘭茲，過來這兒。」教堂司事走過來，帶著他那小瓶紅酒和玻璃杯。

「這兩位先生才從威斯巴登小屋下山，」旅館老闆說。我們握了握手。

「你要喝什麼？」我問。

「不用了。」法蘭茲搖搖手指。

「再一小瓶？」

「好吧。」

「你們聽得懂方言嗎？」旅館老闆問。

「聽不懂。」

「怎麼回事？」約翰問。

「他要告訴我們那農人的事，我們進鎮時看到在填墓穴的那個人。」

「反正，我聽不懂，」約翰說。「說太快了。」

「那個農人。」旅館老闆說，「今天把他妻子送去埋葬。她是去年十一月死的。」

「十二月。」教堂司事說。

「那沒什麼差別，她在去年十二月的時候死的，他通知了鎮公所。」

「十二月十八日。」教堂司事說。

「不管怎樣，除非等到雪季過後，他沒辦法把她送去埋葬。」

「他住在帕茨瑙恩河谷[3]另一頭，」教堂司事說。「不過他屬於這個教區。」

「他完全無法帶她出來？」我問？

「沒辦法。只能等積雪融化，他從住的地方坐雪橇過來。所以他今天把她送去埋葬，當神父看到她那張臉之後就不想埋了她。你繼續講下去，」他對教堂司事說。「說德語，不要講方言。」

「神父覺得很不對勁，」教堂司事說。「給鎮公所的報告說她死於心臟病。我們都知道她有心臟方面的毛病。她過去常在教堂昏倒，很久沒來上教堂了。她沒力氣爬山路。當神父掀開蓋住的臉時，他問奧茲說：『你妻子受了很大的苦？』『沒有，』奧茲說。『我回到家時，她就死了躺在床上。』

「神父又看了看她的臉。他覺得不是那回事。

「『爲什麼她的臉變成那樣？』

「『我不知道。』奧茲說。

「『你最好搞清楚。』神父說，他把毯子蓋回去。奧茲一語不發。神父看著他。奧茲回望著神父。『你想知道？』

「『我必須知道，』神父說。」

「精彩的來了，」旅館老闆說。「聽好。繼續說，法蘭茲。」

「『這個嘛。』奧茲說，『她死的時候，我報告過鎮公所，然後把她放到柴房的大木塊上面。當我要用木塊時她已經僵硬了，我把她豎直靠在牆上。到了晚上我進去柴房劈木頭時，她的嘴巴張開

---

3 帕茨瑙恩河谷（Paznaun）是奧地利西部的一處隘口，崔桑那河（Trisanna）貫穿其間。

著，我就把提燈掛在她嘴上。』

「『你爲什麼這麼做？』神父問。

「『我不知道。』奧茲說。

「『你這樣做了很多次？』

「『每晚去柴房幹活都這樣。』

「『這就錯得離譜了。』神父說。『你愛你的妻子嗎？』

「『對啊，我愛她。』奧茲說。『我很愛她。』」

「你都聽懂了嗎？」旅館老闆問。「你懂他妻子發生了什麼事嗎？」

「我懂了。」

「要不要吃東西了？」約翰問。

「你點菜。」我說。「你認爲這是眞的？」我問旅館老闆。

「當然是眞的，」他說。「這些農人都是畜生。」

「他現在去哪兒了？」

「他去我同行那兒喝酒，獅子旅館。」

「他不想跟我一起喝酒。」教堂司事說。

「他從知道妻子的狀況之後都不願跟我喝酒。」旅館老闆說。

「喂，」約翰說。「來吃東西吧？」

「好啦。」我說。

遍野雪境

登山纜車在軌道上又顛了一下，然後停住。它沒辦法再前進，吹來的積雪扎實堆在軌道上。強風吹襲毫無掩蔽的高山地表，橫掃覆雪將它刮成堅硬冰面。尼克在車廂為自己的滑雪板上了蠟，他把靴頭插進固定器，扣緊卡鉗。他從車廂側邊跳到結實的雪地上，做了一個迴旋跳躍後蹲低身子，拖曳著雪杖衝下山坡。

喬治在前方白雪上又起又落，最後降到視線外。在陡峭起伏的山腰上疾速俯衝，尼克滑得渾然忘我，全心體驗一會兒躍升，一會兒落下的奇妙感受。他稍微一蹬，腳下白雪似乎離他而去，然後他往下落，再往下落，愈來愈快衝下去，最後落在長陡坡上。他蹲低到幾乎坐在滑雪板上，盡量保持重心放低，激起的雪花像一陣風暴，他知道速度太快。不過他控持住了，絕不放鬆以免失足。接著眼前一堆被風吹到窪地左側的鬆軟積雪，他被絆倒一路翻滾，滑雪板撞得鏗鏘作響，感覺像個飛奔的兔子，然後被樹枝攔停下來，他的兩腿交疊，滑雪板豎直翹起，鼻子和耳朵塞滿白雪。

喬治在前面不遠的斜坡下方，正用力拍掉防風夾克上的雪花。

「你摔得真慘，邁克，」他朝尼克喊說。「都是那塊討厭的鬆軟積雪。它也讓我像這樣摔倒。」

「不知從峽谷滑下去的感覺如何？」尼克躺著踢一踢滑雪板，然後站起來。

「你得滑在左側。那是一條漂亮的高速下坡，到最下面要急轉即停，因為有一道籬笆。」

「稍等一會兒，然後我們一起滑。」

「不，你趕快先走。我想看你怎麼滑下峽谷。」

尼克．亞當斯從喬治面前過去，寬厚背脊和一頭金髮還有些花白，然後滑雪板開始在稜線邊緣滑動，接著他驟然俯降，在冰晶的雪花中發出嘶嘶聲，滑過峽谷時就像在波濤中起起伏伏。他保持在左側路線，到最後衝向籬笆時，他將膝蓋緊緊併攏，如同鎖螺絲一般扭轉身體，滑雪板急轉向右揚起一陣雪塵，減速之後就平行於山坡與籬笆的方向逐漸停止。

他往山上看去。喬治正用單膝跪姿的方式滑下來；一條腿伸在前面打彎，另一條腿在後面拖曳；他的雪杖就像某種昆蟲的細足，觸地時會激起一團雪花，最後這一跪一拖的身影做了個漂亮的右轉，姿式蹲低，兩腿一前一後，身子側傾防止擺盪，雪杖就像亮點般突顯了弧線，這全都籠罩在雪白的漫天迷霧中。

「我就怕急轉即停，」喬治說。「這積雪太厚。你滑得真棒。」

「我的腿沒辦法做單膝跪姿。」尼克說。

尼克用滑雪板壓低籬笆頂端那股鐵絲，喬治滑了過去。尼克跟他到下面馬路。他們沿馬路撐著雪杖曲膝向前，進入一片松樹林。路面結成光滑的冰層，被馬車拖曳的圓木染成髒污的橘黃色。他們滑在馬路旁的積雪上。這路陡降到一條溪流旁，然後是筆直的爬坡。穿過樹林後，他們看到一棟屋簷低矮、飽經風霜的長屋。從樹間看去是暗淡的黃色。靠近一看，窗框漆成了綠色。油漆斑駁不已。尼克用雪杖敲開卡鉗，踢掉滑雪板。

「我們還是把滑雪板帶上去好了。」他說。

他把滑雪板扛在肩上，用鞋根上的雪釘蹬進結冰路面，爬上陡峭山路。他聽到身後傳來喬治喘息和踢鞋跟的聲音。他們把滑雪板疊在旅館旁邊，幫對方拍掉褲子上的雪花，將靴子蹬乾淨，然後走進屋子。

屋裡相當暗。角落裡的大瓷爐發出火光。天花板很矮。房間四周擺著沾滿酒漬的污黑木桌，後面是磨到光滑的長凳。兩個瑞士人坐在火爐旁叼著煙斗，喝著兩杯混濁的新酒。他們脫掉夾克，在火爐另一邊靠牆坐下。隔壁房間的歌聲停止，一位穿藍色圍裙的姑娘從房門走進來，看他們要喝些什麼。

「一瓶西昂[1]紅酒，」尼克說。「這樣可以嗎，喬治？」

「當然，」喬治說。「你比我更懂酒。我什麼酒都喝。」

那姑娘出去。

「任何事都比不上滑雪，是吧？」尼克說。「尤其是滑很長一段時間後終於停下休息的感覺。」

「哈，」喬治說。「真是棒得難以形容。」

那姑娘把酒拿過來，他們在打開瓶塞時碰上麻煩。最後是尼克打開酒瓶。姑娘走出去，他們聽到她在隔壁房間用德語唱歌。

「裡面有些木塞屑應該沒關係。」尼克說。

「我在想她有沒有提供糕點。」

「我們問問看。」

姑娘進來，尼克注意到鼓脹的圍裙下面原來是懷孕的大肚子。他心想：我在她第一次進來時竟然

---

1 西昂（Sion）是瑞士西南部瓦萊州（Valais）的首府，此地盛產葡萄酒。

沒看出來。

「你在唱什麼？」他問她。

「歌劇，德國歌劇。」她不太願意談這個話題。「如果想吃的話，我們有蘋果　餅。」

「她不是很友善，對吧？」喬治說。

「喔，還好啦。她不認識我們，況且她也許以爲我們要取笑她的歌聲。她大概是從北部德語地區來的，所以在這裡有些敏感，然後沒結婚就懷了小孩，她就更敏感了。」

「你怎麼知道她沒結婚？」

「沒戴結婚戒指。見鬼了，這一帶的女孩都是沒結婚就挺著大肚子。」

門開了，一群伐木工人從路上走進屋裡，他們蹬著靴子，身上冒出蒸氣。女侍爲這群人拿來三公升的新酒，他們分坐兩張桌子，抽著菸沉默不語，帽子脫了，背靠牆上或者趴在桌上。外面拖著木頭雪橇的馬匹偶爾甩甩頭，脖子上鈴鐺就發出響亮的聲音。

喬治和尼克很開心。他們相處甚歡。他們知道兩人即將打道回府了。

「你什麼時候得回去學校？」尼克問。

「今晚，」喬治回答。「我得搭上十點四十分從蒙特勒[2]開出的火車。」

「我眞希望你能留下，這樣我們明天就可以去利斯山[3]滑雪。」

---

2 蒙特勒（Montreux）是瑞士日內瓦湖東岸的城鎮，也是著名的度假勝地

3 利斯山（Dent d Lys）是瑞士境內阿爾卑斯山脈中的一座山，位於蒙特勒東北方。

「我得上課，」喬治說。「啊，邁克，你不是希望我們能一起遊走各地？帶著滑雪板坐上火車，所到之處就滑個盡興，然後繼續上路，晚上投宿旅館，橫越整個伯爾尼高地[4]到瓦萊州，穿過整條恩加丁山谷[5]，背包裡只帶修理工具和額外的毛線衣與睡衣，就別管學校或任何事了。」

「對啊，用同樣方式再去走遍黑森林[6]。哇，都是些好地方。」

「那就是你去年夏天釣魚的地方，不是嗎？」

「是啊。」

他們吃掉餡餅，把剩下的酒喝完。

喬治往後靠住牆，閉起眼睛。

「喝酒都會讓我有這種感覺。」他說。

「不舒服的感覺？」尼克問。

「不。我覺得很好，只是有些奇怪。」

「我知道。」尼克說。

「當然。」喬治說。

---

4 伯爾尼高地（Bernese Oberland）是瑞士首都伯恩（Bern）南方的一塊高山地區，南接瓦萊州，以高山滑雪與湖泊景觀聞名。

5 恩加丁山谷（Engadin）是瑞士東部格勞賓登州（Graubünden）境內的因河（Inn）河谷，為著名的高山滑雪勝地。

6 黑森林（Schwarzwald）是德國西南部的高山森林地區，南接瑞士北境。

「我們要再來一瓶酒？」尼克問。
「我不喝了。」喬治說。
他們坐在那兒，尼克用手肘撐住桌子，喬治癱靠在牆上。
「海倫要生孩子了？」喬治說，他離開牆壁湊近桌子。
「是啊。」
「什麼時候？」
「明年夏末。」
「你高興嗎？」
「是啊。就現在來講。」
「你會回去美國？」
「我認爲應該會。」
「你想回去嗎？」
「不。」
「海倫怎麼想？」
「不。」
喬治坐著不出聲。他瞪著空酒瓶和空杯子。
「眞是麻煩，對吧？」他說。
「不。也不盡然。」尼克說。

「爲什麼？」

「我不知道。」尼克說。

「你們將來會在美國一起滑雪嗎？」喬治說。

「我不知道。」尼克說。

「高山不多。」喬治說。

「不，」尼克說。「山上岩石太多。樹木也太多，而且都太遠。」

「是啊，」喬治說，「在加州就是那樣。」

「對啊，」尼克說，「我去過的地方都是那樣。」

「是啊，」喬治說，「就是那樣。」

瑞士人起身付帳，然後出去。

「眞希望我們是瑞士人。」喬治說。

「他們都得了甲狀腺脹大。」尼克說。

「我不相信。」喬治說。

「我也不信。」尼克說。

他們笑了出來。

「也許我們不會再去滑雪了，尼克。」喬治說。

「我們一定要去，」尼克說。「如果不能滑雪就沒意義了。」

「我們會去，好吧。」喬治說。

「我們一定要去。」尼克附和。

「希望我們可以就此說定。」喬治說。

尼克站起來，扣緊防風夾克。他彎腰橫過喬治面前，拾起靠在牆邊的兩根雪杖。他把一根雪杖戳在地板上。

「做承諾沒任何好處。」他說。

他們開門出去。天氣非常寒冷。雪結成硬硬的一層冰。馬路朝山上攀升，進入松樹林。

他們從旅館牆邊取回剛才堆放的滑雪板。尼克穿上他的手套。喬治已經走上馬路，肩上扛著滑雪板。現在他們要一起踏上返家之路。

兩代父子

鎮上的這條幹道中央立了一塊改道標誌，但所有車輛照舊行駛過去，所以尼古拉斯·亞當斯相信那是已經完工的維修工程，他繼續開在貫穿市鎮的空盪石磚道上，變換的交通號誌將他攔停，燈號在車流稀少的週日仍舊運作，明年若是預算不足或許就亮不起來了；如果你是當地人，曾在樹下散步，行駛到小鎮繁茂的樹木下會勾起心中的回憶，不過對外地人來說這枝葉太濃密了，遮蔽陽光讓房子變得潮濕；通過最後一棟房子，開上起伏而筆直向前的公路，紅土路堤修飾平整，兩旁都是再生林地。這裡不是他家鄉，不過現在是秋分時節，走在這片鄉野上看看風景也不錯。棉花已經摘完，空地上是一塊塊玉米田，其中穿插幾片紅高粱，輕鬆開著車，兒子睡在旁邊座位，結束了一天的行程，計畫好過夜要去的城鎮，尼克注意起哪些田裡有大豆或豌豆，樹林與耕地怎麼分佈，農舍房屋座落在農田林地的什麼方位，一路試想在這片鄉野上打獵，推算每塊空地會有多少鳥禽來覓食築窩，估計會在哪個地方發現一群鵪鶉，牠們會朝哪個方向飛去。

打鵪鶉的時候，你絕不要站在鳥群逃回老巢的路線上，一旦牠們被獵狗發現，或者群起飛竄的時候，就會朝著你蜂湧而來，有的直衝上天，有的劃過耳際，一陣呼嘯掠過身旁，你從未看過牠們飛在空中有這麼浩大的聲勢，這時唯一的方法就是轉過身去，在飛過肩頭時開槍射擊，要搶在牠們收起翅膀衝進樹叢前。在鄉野中打鵪鶉的技巧是他父親教的，尼古拉斯·亞當斯開始想起他父親。當他回憶父親時，最先想到的總是那對眼睛。魁梧的身材，敏捷的動作，寬闊的肩膀，鷹鉤鼻，消瘦下巴上的鬍鬚，這些你從來不會多想——想到的總是那對眼睛。在額眉保護下深深嵌在頭上的眼睛，像是某種珍貴儀器得做好特別防護。他的視覺敏銳又看得遠，比一般人好上許多，這是父親得天獨厚之處。他父親的視力可以說是跟大角羊或老鷹不相上下。

他以往常跟父親站在湖邊，那時他自己的眼力還很好，然後他父親說，「他們升起旗子了。」尼克看不到旗子或旗竿。「就在那邊。」他父親說，「是你妹妹桃樂西。她升起旗子，現在走到碼頭上。」

尼克望著對面湖岸，他可以看到蓊鬱的長長水岸，後面更高的樹林，扼守湖灣的岬角，農場那邊開闊的山坡地，還有他們蓋在林間的白色農舍，但是就完全看不到旗竿或碼頭；只看得到潔白的沙灘和彎曲的湖岸。

「你看得到面向岬角的山坡上有一群羊？」

「看到了。」

牠們是灰綠色山坡上的一塊白斑。

「我能數出有幾隻。」他父親說。

就像那些擁有超越人類需求官能的人，他父親也很神經質。而且他會意氣用事，如同大多數這類的人一樣，既讓別人痛苦，自己也受氣。此外，他遇上不少倒霉事，並非全都是自己的緣故。他曾落入圈套，跟他沒什麼關係的事，然而人們在他中計前就各以不同方式出賣了他。所有意氣用事的人都會頻頻遭到出賣。尼克還沒辦法寫他父親的事，儘管以後會寫，不過這片可以打鷓鴣的鄉野讓他想起童年時的父親，有兩件事令他感激在心，就是教他釣魚和打獵。他父親對這兩件事的看法精闢入理，談其他事就錯誤百出，比如說關於性，尼克很高興情況是如此；因爲必定有人會給你第一把槍，或者有機會第一次拿槍使用它，而且總得活在有魚、有獵物的地方才能學習釣魚打獵，他現在三十八歲，對釣魚和打獵的熱愛絲毫不減，就跟第一次和父親去狩獵時一樣。這股熱情未曾衰退，他非常感激父親帶他見識這種熱情。

至於另外那件事，他父親不怎麼擅長的那件事，你所需的技能都是與生俱來的，每個人都是就地取材，無師自通；無論你活在哪兒都沒差別。他記得非常清楚，父親在那方面只告訴了他兩件事。有一次他們一同出去打獵，尼克從鐵杉樹上打下一隻紅松鼠。受傷的松鼠跌落，當尼克去撿起來時，牠把小男孩的姆指球咬穿一個洞。

「卑鄙的小雜種，」尼克說，同時抓著松鼠的頭往樹上一砸。「看牠把我咬成這樣。」

他父親看了看說：「把血吸乾淨，回到家時塗一些碘酒。」

「這小雜種。」尼克說。

「你知道雜種是怎麼來的？」父親問他。

「我們咒罵時都會說雜種。」尼克說。

「雜種是人類和獸類交媾生出來的。」

「人爲什麼要這樣做？」尼克說。

「我不知道，」他父親說。「但那是不道德的罪行。」

這激起尼克的想像，同時也讓他感到驚恐，他想到形形色色的動物，似乎沒一樣吸引他，而且不切實際，父親當面給予他的性知識除此之外只有另一件事。他有天早上在報紙上讀到新聞說恩里科·

卡羅索[7]因爲誘姦罪[8]被捕。

「什麼是誘姦？」

「那是最喪盡天良的罪行。」他父親回答。尼克想像那偉大的男高音手拿馬鈴薯搗碎器，朝向一位漂亮的女士，看起來就像雪茄盒裡那些照片上的安娜・海爾德[9]，做出古怪荒誕而又喪盡天良的事。就算覺得毛骨悚然，他打定主意要在年紀夠大時至少也來試一次。

他父親對那方面的結論是手淫會導致失明、精神錯亂和死亡，嫖妓會沾染可怕的性病，你該做的就是不要跟別人發生性關係。就另一方面而言，父親擁有他所見過視力最好的一雙眼睛，尼克非常愛他父親，長期下來都是如此。現在知道所有前因後果之後，就算想起事情變糟以前的早年時光也不會是多好的回憶。假如他寫下來或許還能釋懷。他有許多事都藉由把它們寫下來才得以釋懷。但現在寫還太早。太多人還活著。所以他決定想別的事。對於父親的事他無能爲力，已經徹底想過好多遍。葬儀社老闆在父親臉上化的妝還印在腦海，其他後事也記憶猶新，包括父親的債務。他對老闆恭維了幾句，對方驕傲得沾沾自喜。但並非葬儀社老闆塑造出父親的遺容。他只是把一些不夠完美的地方修飾漂亮。那張臉是長久以來自我塑造成形的，尤其最後三年影響最劇。這是一個好故事，不過太多跟他牽連的人還活著，現在不適合寫。

7恩里科・卡羅索（Enrico Caruso, 1873-1921），義大利歌劇男高音，被譽為史上最著名的男高音演唱家。

8文中用mash這個字，原指馬鈴薯泥，或將食物搗成泥，報紙新聞取其俚語用法，有調情、挑逗、引誘進行性行為之義。

9安娜・海爾德（Anna Held, 1872-1918），法國舞台劇女演員兼歌手。

至於稍早提到那方面的事，尼克是在印地安營地後方的鐵杉林裡獲得自己的經驗。去那地方要從他家走一條小徑穿過樹林到農場，再走一條蜿蜒道路通過林間空地就會到營地。他現在還記得光腳走在小徑上的感覺。印象最深的就是自家後方鐵杉林裡滿地的松針，樹林中枯倒的樹幹腐化成木屑，閃電劈裂的長樹枝像標槍一樣高掛樹梢。你從一根圓木上跨越小溪，如果失足就會掉進下面污黑的沼澤。你爬過一道柵欄出了樹林，太陽下曬得硬梆梆的小徑穿過一片田野，上面盡是牧草殘梗、小酸模和毛蕊花，左邊是小溪盡頭的一灘泥沼，水鳥會在這裡覓食。冷藏屋就在那條溪上。羊舍底下有新鮮的糞肥，其他舊的糞肥頂端已經乾燥結塊。然後又是一道柵欄，羊舍通往房屋的小徑又硬又燙，灼熱的沙土路直朝樹林走去，中途跨越溪流，這次有一座橋，橋旁長了香蒲，你會摘香蒲去浸透煤油，晚上用魚叉捕魚時拿來點火做提燈。

大路接著往左拐，繞過樹林爬上山，你從這兒走一條寬闊的泥板岩路進樹林，走在樹下很清涼，這路拓寬是爲了要把印地安人砍的樹皮拖運出去。鐵杉樹皮疊成一落一落長列排放著，上面蓋上更多樹皮，看起來就像房子，剝皮後的泛黃大圓木就橫躺在被砍倒的地方。他們任由樹幹在林中腐爛，甚至不打算清除或燒掉。他們要的只是樹皮，都拿去給博因城的鞣皮廠；樹皮在冬天從結冰的湖面拖運走，樹木一年比一年減少，愈來愈多炎熱無蔭的空地盡是雜草叢生。

不過那時還有很多樹林，原始林的樹木都長很高才有旁枝，你走在乾淨鬆軟的褐色松針地上，四周沒有灌木叢，即使天氣再熱，這裡仍是陰涼，他們三人背靠著鐵杉樹幹，這樹幹足足有兩張床的長度那麼寬，樹頂上和風徐徐，枝葉間光影斑斑，比利說：「你想和楚蒂再來一次？」

「您想嗎？」

「嗯啊。」

「走吧。」

「不要，就在這兒。」

「但是比利……」

「我不介意比利在場。他是我哥哥。」

事後他們坐著，就他們三個人，聽到樹梢上有一隻黑松鼠，但看不到牠。他們等牠再叫出聲，因爲牠叫的時候會抽一下尾巴，那麼尼克只要察覺動靜就可以開槍。他父親一天只給他三發子彈去打獵，他帶著一把槍管很長的二十號單管霰彈獵槍。

「這混蛋動也不動。」比利說。

「你開槍嚇牠，尼基。我們會看到牠逃跑，然後朝牠再開一槍。」楚蒂說。她難得說一長串話。

「我只剩兩發子彈。」尼克說。

「這混蛋。」比利說。

他們靠在樹上安靜坐著。尼克覺得肚子餓，但心情愉快。

「艾迪說他總會找個晚上跟你妹妹桃樂西上床。」

「什麼？」

「他是這麼說。」

楚蒂點點頭。

「他就想麼做。」她說。艾迪是他們同父異母的哥哥，十七歲的年紀。

「假如艾迪・蓋比敢在晚上過來，甚至跟桃樂西說話，你們知道我會對他做什麼？我會像這樣殺了他。」尼克把槍上了膛，瞄也不瞄就扣下板機，朝那雜種艾迪・蓋比的腦袋或肚子上轟出手掌大的一個洞。「就像那樣。我會殺了他。」

「那麼他最好別來，」楚蒂說。她把手伸進尼克的口袋。

「他最好要非常小心，」比利說。

「他就是愛吹牛，」楚蒂用手在尼克口袋裡摸索著。「但是你別殺他。你會惹上大麻煩。」

「我會像那樣殺了他。」尼克說。艾迪・蓋比的胸口開了個大洞躺在地上。尼克神氣活現踩他身上。

「我會剝掉他的頭皮。」他說得樂不可支。

「不要，」楚蒂說。「那很下流。」

「我會剝下他的頭皮送給他媽媽。」

「他媽媽死了，」楚蒂說。「你別殺他，尼基。看我面子上，你別殺他。」

「剝掉頭皮後，我會把他丟去餵狗。」

比利顯得很沮喪。「他最好要小心，」他鬱悶地說。

「牠們會把他撕成碎片，」尼克說，還喜孜孜地想那畫面。然後，就在把那雜種叛徒剝了頭皮，站在旁邊看他被狗撕碎，眉頭皺也不皺時，他往後倒在樹幹上，脖子被緊緊勒住，楚蒂掐住他，讓他難以呼吸，對他喊說：「不許殺他！不許殺他！不許殺他！不要。不要。不要。尼基。尼基。尼基！」

「你是怎麼啦？」

「不許殺他。」

「我一定得殺了他。」

「他只是愛吹牛。」

「好吧，」尼基說。「我不殺他，除非他接近我家。放開我。」

「那就好，」楚蒂說。「那麼你想幹什麼事嗎？我覺得現在不錯。」

「只要比利走開。」尼克先殺了艾迪·蓋比，又饒了他一條命，現在他可是個男子漢。

「你走開，比利。你都在附近晃盪。走遠一點兒。」

「混蛋，」比利說。「我快煩死了。我們來這兒是爲了什麼？打獵或別的事？」

「你可以帶著槍。裡面有一發子彈。」

「就這樣。我會打一隻又黑又大的松鼠回來。」

「我會喊你。」尼克說。

接著，完事之後，過了很長一段時間都還不見比利的人影。

「你覺得我們會生小孩？」楚蒂併攏棕色的雙腿，快活地抬腳磨蹭他。尼克的心思早已跑得老遠。

「我認爲不會。」他說。

「不會才怪。」

他們聽到比利開槍。

「我想知道他打中沒有。」

「別擔心。」楚蒂說。

比利走過樹林。槍扛在肩上，手抓著一隻黑松鼠的前腳。

「看，」他說。「比一隻貓還大。你們辦完事了？」

「你在哪兒打到的？」

「就在那邊。先看到牠跑過去。」

「要回家了。」尼克說。

「不要。」楚蒂說。

「我要回去吃飯。」

「好吧。」

「明天想打獵嗎？」

「可以。」

「你們帶走那隻松鼠。」

「好啊。」

「吃完飯後出來？」

「不行。」

「你覺得怎樣？」

「很好。」

「那就好。」

「親我一下。」楚蒂說。

現在開車行駛公路上，天色逐漸變暗，尼克始終在想他父親的事。天黑之後他就不會再想父親了。天黑之後一向屬於尼克獨處的時間，他若非獨自一人就會覺得不對勁。父親身影每到秋天或初春就會回到他眼前，當草原上飛來小鷸鳥，當他看到成堆的玉米，看到一片湖水的時候；或者看到一輛馬車，看到或聽見野雁群飛，或躲在蘆葦叢裡獵鴨子時；還有想起那一次，一隻老鷹在紛飛的大雪中凌空而下，抓住蓋在帆布下的假鳥後往天上衝，牠猛拍翅膀，爪子勾到了帆布。走在廢棄的果園中，剛翻土的農田上，灌木叢裡，小山丘上，或者走過枯黃草地時，劈柴或提水時，經過磨穀坊，榨汁廠，河堤，尤其坐在壁爐前，他父親會突然現身眼前。他住的城鎮都不是父親認識的地方。從他十五歲之後，兩人就不曾共同生活。

父親在天氣寒冷時鬍子會結霜，炎熱時會流很多汗。他喜歡在大太陽下到農場幹活，因爲他不用以此維生，就愛做些苦差事，但尼克不愛。尼克愛他父親，不過討厭他的氣味，有一次他必須穿父親的一套內衣，因爲父親穿起來太小，那氣味令他感到噁心，他就脫掉拿去溪裡壓在兩塊石頭下，然後說衣服不見了。父親要他穿上時，他就告訴父親說氣味不好聞，但是父親說衣服才洗過。衣服的確洗過。尼克要他聞聞看，父親不高興地嗅了一下，然後說洗得乾乾淨淨的。尼克釣魚回來沒穿內衣，推說衣服弄丟了，結果挨了一頓鞭子，因爲他說謊。

他後來坐在大門敞開的柴房裡，把獵槍上了膛，拉起板機，望著坐在紗窗陽臺上看報紙的父親，然後心裡想，「我可以把他轟到地獄去。我可以殺了他。」最後他覺得氣消了，可是想到這把槍是父親給的，還是有一點噁心。於是他去印地安營地，走在黑暗中，擺脫那股氣味。家裡只有一個人的氣味他會喜歡，是其中一個妹妹。他完全不接觸所有其他的人。他的嗅覺在開始吸菸後變遲鈍了。這是好事。嗅覺靈敏對獵狗來說有好處，對一個人來說卻沒什麼幫助。

「爸爸，當你還是小孩，常跟印地安人去打獵，那是怎樣的情景？」

「不知該怎麼說。」尼克嚇一跳。他甚至沒注意到小男孩醒了。他看著兒子坐在旁邊座位上。他都感覺自己是獨自一人，但這小男孩卻跟在身旁。他納悶這情況持續多久了。「我們經常整天都在獵黑松鼠，」他說。「父親一天只給我三發子彈，他說這樣可以訓練我打獵，而且一個小男孩到處開槍不是好事。我的同伴是叫做比利．蓋比的男孩，和他妹妹楚蒂。我們幾乎每天都去，一整個夏天都是如此。」

「印地安人的名字眞有趣。」

「可不是嘛。」尼克說。

「告訴我他們是怎樣的人？」

「他們是歐及布威族人，」尼克說。「人都很親切。」

「跟他們在一起覺得怎樣？」

「這很難講。」尼克．亞當斯說。你總不能說她是第一個給了他從未有過的美妙經驗，更別提那豐潤的褐色雙腿，平坦的肚子，堅挺小巧的胸部，緊緊摟住的手臂，靈活打轉的舌頭，朦朧的眼神，嘴裡的好味道，還有那侷促不安，喘不過氣，甜美，濕潤，歡悅，緊繃，渴望，高亢，極致，不斷，無窮無盡，永不停歇，戛然而止，大鵬就像微光中的夜鴞展翅而去，徒留灑落林間的日光和粘在腹部的松針。因此當你來到印地安人住過的地方，你會聞到他們留下的氣味，就算滿地的空藥瓶和成群的蒼蠅，都掩蓋不了那些茅香味，菸草味，還有其他像是才裝箱的貂皮味道。不管多麼挖苦他們的戲謔之語，或者多麼年邁色衰的印地安老太婆，都改變不了這種感覺。不管他們後來弄得一身甜膩味有多噁心，也不管他們最後幹了什麼事。這無關他們如何終此一生。他們的結局都是一個樣，古早以前還好，現在就不行了。

至於另一件事。你打一隻飛鳥跟打任何飛鳥都是一樣。牠們五花八門，飛行方式形形色色，但是打鳥的直覺是一樣的，所以打最後一隻跟打第一隻沒有差別。這道理要歸功於父親的教導。

「你也許不喜歡他們，」尼克對小男孩說。「但我認爲你會喜歡上他們。」

「爺爺小時候也和他們生活在一起，對吧？」

「對。當我問他說他們是怎麼樣的人，他說其中有很多是他的朋友。」

「我會和他們一起生活嗎？」

「我不知道，」尼克說。「看你決定。」

「我到多大年紀可以拿槍自己打獵？」

「十二歲，如果我覺得你做事夠謹愼。」

「我希望現在就有十二歲。」

「你很快就到了。」

「爺爺是怎樣的人？我幾乎想不起他，只記得從法國回來的那次，他給了我一把空氣槍和一面美國國旗。他是怎樣的一個人？」

「這很難描述。他是偉大的獵人和釣手，還有一對厲害的眼睛。」

「比你偉大嗎？」

「他的槍法比我好多了，他父親也是打飛鳥的高手。」

「我敢說他比不上你那麼好。」

「喔，他的確比較好。他開槍又快又漂亮。看他開槍比起任何人還過癮。他總是對我的槍法感到失望。」

「爲什麼我們從不到爺爺的墓前祈禱？」

「我們住在這國家的不同地區。從這裡過去的距離很遠。」

「在法國時就沒這回事。我們在法國就會過去。我覺得我們應該到爺爺的墓前祈禱。」

「改天去吧。」

「希望我們不會住到太遠的地方，不然你死後我就不能到你墓前祈禱。」

「我們得看著辦。」

「你覺得我們可不可以都葬在一個方便的地方？我們可以都葬在法國。那就很好了。」

「我不想葬在法國。」尼克說。

「喔，那麼，我們就得在美國找一個方便的地方。我們可不可以都葬在農場外面？」

「這是個好主意。」

「這麼一來，我去農場的路上就能在爺爺的墓前停下來祈禱。」

「你還眞實際。」

「唉，我覺得過意不去，爺爺的墳墓連一次都沒去造訪過。」

「我們一定會去，」尼克說。「我看我們一定會去。」

國家圖書館出版品預行編目資料

海明威傑作選：老人與海＋尼克．亞當斯故事集／海明威著、林捷逸譯 .—— 初版 —— 臺中市：好讀，2016.10
面： 公分，——（典藏經典；96）
譯自：The old man and the sea
譯自：The Nick Adams stories

ISBN 978-986-178-400-7（平裝）

874.57 105018181

好讀出版

典藏經典 96

海明威傑作選：老人與海＋尼克．亞當斯故事集

作者／海明威
翻譯／林捷逸
總編輯／鄧茵茵
文字編輯／莊銘桓
行銷企劃／劉恩綺
發行所／好讀出版有限公司
台中市407西屯區何厝里19鄰大有街13號
TEL:04-23157795 FAX:04-23144188
http://howdo.morningstar.com.tw
（如對本書編輯或內容有意見，請來電或上網告訴我們）
法律顧問／陳思成律師

戶名：知己圖書股份有限公司
劃撥專線：15062393
服務專線：04-23595819 轉 230
傳眞專線：04-23597123
E-mail：service@morningstar.com.tw
如需詳細出版書目、訂書、歡迎洽詢
晨星網路書店 http://www.morningstar.com.tw

印刷／上好印刷股份有限公司 TEL:04-23150280
初版／2016 年 10 月 15 日
定價／350 元
如有破損或裝訂錯誤，請寄回台中市 407 工業區 30 路 1 號更換（好讀倉儲部收）

Published by How Do Publishing Co., LTD.
2016 Printed in Taiwan
ISBN 978-986-178-400-7